Wolfsmond

AF205866

An die, die mich in den Momenten gesehen haben,

in denen niemand anderes mich sah.

Danke.

Betty Winzinger

Wolfsmond

Roman

Books on Demand Verlag

Norderstedt

Bibliografische Information der Deutschen Nationalbibliothek:
Die Deutsche Nationalbibliothek verzeichnet diese Publikation in der Deutschen Nationalbibliografie; detaillierte bibliografische Daten sind im Internet über http://dnb.dnb.de abrufbar

1. Auflage

Taschenbuchausgabe 10/2018

Copyrigh © 2018 by Betty Winzinger

Printed in Germany

Herstellung und Verlag: BoD – Books on Demand, Norderstedt

ISBN: 9783748148548

Kapitel 1

Das Rauschen des Windes, der durch die Blätter fuhr, ließen ihn erwachen, wie aus einem Traum, den er hatte. Doch konnte er sich nicht erinnern, was er darin erlebt hatte, noch konnte er verstehen, warum er gerade hier. War er wirklich wach oder schlief er noch?

Als er seine Augen öffnete, wusste er nicht, wo er gerade war oder wie viel Zeit in diesem Moment verstrich. Sein Atem stieg in kleinen Nebelschwaden in die eisige Luft auf und voller Orientierungslosigkeit blickte der Junge umher. Er stand mitten auf einer Waldlichtung, die Bäume knarzten und knacksten um ihn herum, über ihm erstrahlte ein leuchtendes Rot von der Verfärbung des Himmels. Wurde es Tag oder Nacht?

Unter seinen Füßen knirschte der Wald, der Boden war mit Zweigen und Blättern übersät, soweit er es sehen konnte. Dunkelblonde Strähnen fielen ihm in die Augen und mit einem genervten Handstrich wischte er sich diese aus dem Sichtfeld. Dabei fiel ihm etwas auf. Knapp unter seiner Hand, etwa über dem Gelenk, war ein merkwürdiges Mal zu sehen, von der Farbe sehr dunkel und die Form so seltsam, doch irgendwie auch bekannt. Das Zeichen war wie ein keltische Triqueta geformt, dicke Linien wurden an den Stellen, wo sie sich mit anderen Linien trafen, dünner bis sie sich miteinander zu verschlingen schienen. Hatte er das schon immer so gehabt? Er konnte sich nicht daran erinnern, es schien einfach nichts einen Sinn zu ergeben. Und es war niemand hier, der ihm Antworten zu seinen vielen Fragen geben konnte.

Mit dem Daumen seiner anderen Hand versuchte er, das schwarze Zeichen weg zu reiben, angestrengt starrte er dabei auf die Stelle doch es tat sich einfach nichts. Das Ding blieb dort, als ob es sich an ihm festgefressen hatte. Das gefiel ihm ganz und gar nicht, es konnte doch nur ein böses Omen sein, das ihm von den Göttern auferlegt worden war.

Bei Thors Namen, wenn er jemals aus diesem Albtraum erwachen würde, er würde allen Göttern danken, dass er doch nicht verrückt geworden war. Aber es schien nicht, als würde er aufwachen. Und er glaubte, dass er nicht so bald nach Hause kommen würde, wo auch immer das sein mochte.

Etwas klirrte und sofort sah er in die Richtung, aus der es kam. Jemand oder etwas kam auf ihn zu, was ein leises

Knurren aus seiner Kehle entlockte. Doch über das Geräusch, das ihn doch etwas verwirrte, konnte er nicht lange nachdenken, denn eine gebeugte Silhouette tauchte aus den Bäumen auf und je näher diese kam, umso besser konnte er erkennen, um wen es sich da handelte.

„Junge, du bist hier falsch!", sagte die alte Frau mit den grauen, langen Haaren und den graublauen Augen.
Ihre Stimme klang rau und doch schwang Wissen in dieser Stimme mit, vor dem er sich eigentlich hätte fürchten müssen. Doch je näher sie ihm kam umso neugieriger wurde er.

„Ich weiß doch noch nicht einmal, wo ich hier bin", antwortete er während er den Kopf leicht neigte und sie von oben nach unten musterte.

Sie wirkte in ihrem langen Kleid und den vielen bunten Ketten wie eine Zauberin oder eine Hexe, doch etwas an ihr war seltsam vertraut. Er kannte sie nicht, da war er sich absolut sicher, doch wie sie auf ihn zuging, mit dem Stab in ihrer Hand, ließ ihn kurz den Kopf schütteln.

„Du musst gehen, beeil dich!"

An der oberen Spitze ihres Stabes waren Steine, Scherben und kleine Utensilien festgemacht, die bei jedem Schritt, den sie ging, ein lautes Geräusch von sich gaben. Man hätte ihn wunderbar zum Musik machen benutzen können, wenn man die Lust dazu hätte aber der junge Mann wusste gerade nicht, wo sich oben und unten befand.

„Wohin soll ich denn gehen?", fragte er deswegen die alte Frau, die sich vor ihm hinstellte und mit dem Ende des Stabs auf ihn zeigte.

„Sie kommen dich holen, du dummer Junge. Lauf so schnell du kannst!", rief die Hexe, oder was auch immer sie war, weswegen er die Beine in die Hand nahm und lief.

Er eilte so schnell und so weit, bis dass es dunkel wurde als er bei einem kleinen Bach stoppte um zu verschnaufen. Wo war er denn nun? Irgendetwas hatte ihn hierhergetrieben, von weitem hörte er lautstarkes Gebrüll und doch wusste er, dass ihm hier nichts passieren konnte. Eigentlich sollte er sich wundern, wer diese Leute dort waren und doch war er für den ersten Augenblick froh, sich in Sicherheit gebracht zu haben.

Langsam beugte er sich zu dem klaren Wasser hinunter und schöpfte etwas mit seinen beiden Händen hinaus, damit er es trinken konnte. Um ihn herum war es finster, doch er sah noch genug um sich zurecht zu finden. Es war, als kannte er jeden Stein und jeden Ast hier, doch er selbst war noch nie an diesem Ort gewesen. Der Junge kannte ja noch nicht einmal seinen eigenen Namen oder sein Alter.

Alles was ihm Aufschluss über sich selbst geben konnte, waren die Sachen an seinem Leib.

Mittlerweile war die Nacht wieder ruhig geworden, nur einzelnes Rascheln kam von den Bäumen. Langsam richtete er sich wieder auf, er betrachtete seine Kleidung die zwar nicht mehr die Neuste war, dennoch immer noch einen guten und stabilen Eindruck machte. Seine Schuhe sahen schlimmer aus, sie wirkten abgetragen und würden wohl nicht mehr lange durchhalten. Doch darum musste er sich ein andermal kümmern.

In seinen Taschen befand sich nichts außer ein kleiner Metallschlüssel, der schon leichten Rost angesetzt hatte. Der Schlüssel würde eher zu einer Kiste passen als zu einer Tür. Vielleicht, wenn er das passende Schloss fand, fand er auch etwas über sich selbst raus? Möglich wäre alles und so formte sich ein Plan in seinem Kopf, der nur noch ausgeführt werden musste. Der erste Punkt war, sich etwas Nahrung zu besorgen und dann in die nächste Stadt zu gehen, in der er möglicherweise etwas Arbeit fand und sich so sein Essen verdienen konnte. In dieser Zeit würde er alle möglichen Kisten versuchen zu öffnen mit dem kleinen Gegenstand in seiner linken Wamstasche. Das hörte sich doch wirklich gut an, anders konnte er es nicht beschreiben.

Um sich etwas zu orientieren, blickte er sich um und biss sich auf die Unterlippe, er konnte nicht einmal sagen, in welche Richtung er musste. Schon etwas verzweifelt, schaute er nach oben und entdeckte dort die Sterne. Wenn er sich so nicht weiterhelfen konnte, dann mussten ihm diese leuchtenden Dinger eben den Weg weisen.

Zuerst würde er nach Norden gehen, vielleicht traf er dabei sogar auf eine kleine Siedlung. Auf jeden Fall würde er sich etwas besorgen müssen, um jagen zu können. Vielleicht würde er sich einen Speer schnitzen, er musste ihn nur spitz genug kriegen um durch Fell zu kommen. Das Fell könnte er irgendwo verkaufen, es würde sich bestimmt ein Käufer dafür finden. Und vielleicht auch etwas Fleisch, man musste eben nur sehen, an wen man sich da genau wendete.

Etwas später hatte der junge Mann einen passenden Stock gefunden, der für ihn die passende Größe hatte, den er mit Steinen und viel Geschick spitz schleifen konnte. Um ihm noch etwas zu schmücken, band er ein paar Federn, die er am Boden gefunden hatte, um den Schaft. Das sollte verdeutlichen, dass dieser Speer jemanden gehörte und zwar ihm allein.

Langsam wurde es wieder hell, als er sich auf die Suche machte. Vielleicht gab ihm das einen Vorteil, wenn die meisten Tiere träge und müde nach einem Schlafplatz suchten während er noch hellwach war. Um nicht gleich gesehen zu werden, ging er in die Hocke und ging schleichend hinter den Büschen entlang, so leise wie nur möglich. Leider hatte einfach kein Glück, egal wie lange er suchte oder wartete, es war einfach kein Tier zu entdecken.

Fluchend gab er nach stundenlanger Suche auf. Mittlerweile knurrte ihm der Magen, Beeren und Kräuter würden ihn zwar am Leben halten aber es ihn würde nicht wirklich dauerhaft sättigen. Er sehnte sich nach einem köstlichen Stück Fleisch, aber auch eine schön warme Suppe würde es gerade tun. Nachher würde er noch einmal sein Glück versuchen, doch erst einmal brauchte er eine Pause. Das Letzte, was er noch mitbekam war ein zischendes Geräusch, wie von einem Pfeil, der die Sehne eines Bogens verließ bevor er in eine Bewusstlosigkeit fiel.

Luft! Er musste atmen, er brauchte Sauerstoff, der seine Lungen füllte und ihn am Leben hielt. Als er dazu die Gelegenheit bekam, zog er ihn mit raschen Zügen ein als wäre, dass das Einzige, was er noch tun konnte. Er trug eine Augenbinde und seine Hände waren hinter ihm gefesselt, so dass er weder wusste, wo er war, noch konnte er sich informieren, wer da bei ihm stand. Kurz kniff er seine

Lippen zu einem dünnen Strich zusammen, diese Situation hier war alles andere als behaglich.

„Er ist wach…", hörte er eine weibliche Stimme flüstern, sie klang rauchig und mit einem Geheimnis belegt, das ihn zu sich locken wollte.

„Ich sehe es. Geh zu Goliath und sag ihm Bescheid", erwiderte eine dunkle Männerstimme, die ihm kalte Schauer über den Rücken jagte.

Irgendetwas an seiner Sprechweise sagte ihm, dass der Junge nichts Gutes von diesen Menschen zu erwarten hatte. Trotzdem hob er fragend den Kopf in die Richtung der Stimme, damit er besser lauschen konnte. Irgendetwas, ein Wort oder ein Geräusch, konnte ihm verraten wo er war oder wenigstens, mit wem oder was er es zu tun haben würde. Denn er würde nicht einfach klein beigeben.

Der Stofffetzen, der als Augenbinde gedient hatte, wurde ihm vom Kopf gerissen und für einen Augenblick musste er sich an das helle Licht des Tages gewöhnen. Es waren also mehrere Stunden vergangen seitdem er ohnmächtig geworden war. Mit einem Ruck blickte er zu seiner Schulter, sie schmerzte als ob eine Biene ihn dort gestochen habe. Man musste ihn wohl mit einem Betäubungspfeil getroffen haben, der zur Bewusstlosigkeit führte.

Lautes Klappern, die von der Tür gegenüber ihm herrührte, ließ ihn seinen Blick zu dem großen Mann führen, der mit dunklen Augen auf ihn hinunter stierte. So richtig wohl war ihm bei dessen Anblick nicht und sein Magen zog sich vor Furcht und Respekt regelrecht zusammen. Seine ganze Statur schien nur eins zu sagen: Zerstörung. Allein würde er es niemals schaffen, diesen Kerl irgendwie zu umgehen, geschweige denn zu bekämpfen. Was sollte er denn gegen diesen riesengroßen Kerl schon machen?

Dunkle Haare, die in langen Strähnen durcheinander hingen, gaben ihm noch mehr den Eindruck eines Wilden, der nur auf eines wartete, nämlich zu zertrümmern, was auch immer ihm unter die Nase kam. Der Junge auf jeden Fall wollte vermeiden, dass seine Knochen das Nächste waren, was der Riese zertrümmerte. Selbst der Käfig, in dem er gerade hockte, wirkte schmal und klein bei dem Anblick des Mannes, der in der Tür stand. Doch bevor auch nur ein Wort gesprochen werden konnte, schellte eine Glocke, so laut, dass man es vermutlich noch Kilometer weit hören konnte. Jeder Einzelne schreckte auf, man hatte wohl nicht damit gerechnet und damit sollte der dunkelblonde Schopf recht behalten.

„Wir werden angegriffen!", schrie jemand, niemand den er sah aber doch nah genug um gehört zu werden.

Der Gefangene zerrte an seinen Fesseln, er musste hier raus, denn nochmal wollte er das nicht mitmachen. Der Riese wendete sich selbst ab um zu sehen, was da genau vor sich ging, er schien der Anführer des ganzen Trupps zu sein und er würde das auch nicht mal hinterfragen. Alles an ihm schrie Chef, er hatte einfach schon ein autoritäres Auftreten. Doch diese Sache beschäftigte ihn wirklich nur einige Sekunden, denn er sah wie Flammen sich hochbäumten über die alten Gemäuer, in denen er festsaß. Der Käfig war nicht mehr abgeschlossen und wenn seine Entführer nicht mehr daran dachten, dann wäre er wohl schneller frei als die Typen auch nur denken konnten. Unruhig blickte er zu den merkwürdigen Flammen nach oben, die am oberem Rand der Mauern entlang züngelte. Sie waren von einer merkwürdig hellen blauen Farbe und schienen alles zu vernichten, was ihnen entgegenkam. Der junge Mann wollte nicht unbedingt Teil des Futters für die merkwürdige Hitze werden, weswegen er kurz an seinen Fesseln zerrte. Verdammt, wenn er hier nicht bald rauskam, würde er so Enden wie die armen Kerle dort am Tor, von denen nichts mehr übrig war außer Knochen. Blanke, weiße Knochen.

Während er fieberhaft überlegte, wie er seine Fesseln lösen könnte, verschwand der riesige Mann aus der Zelle, in dem der Blonde gefangen war, und mit ihm gingen auch alle anderen. Seufzend schloss der Junge die Augen und atmete tief ein und aus bevor er gleich versuchen würde, sich auf den Boden zu werfen und so irgendwie weiter zu kommen. Das würde schmerzhaft werden. Langsam und auch etwas ängstlich schaukelte er den Stuhl auf und ab, er wusste nicht wann genau er sich zu Boden schubsen sollte, auch wenn er das eigentlich gar nicht wollte. Doch er konnte nicht einfach abwarten, bis diese Kerle wiederkamen. Sie sahen gefährlich genug aus um dem Jungen einen Heidenrespekt einzujagen.

„Das ist wirklich dumm, was du da versuchst", raunte eine weibliche Stimme hinter ihm, seine Handfesseln wurden durchgeschnitten und mit einem erleichterten Ausstoß hob er den Blick an.

Ein Mädchen, das ungefähr sein Alter haben musste, stand mit einem Umhang schräg hinter ihm, in ihrer linken Hand ein Messer. Er schnappte er sich das Messer aus ihrer Hand und löste das dicke Seil an seinen Füßen, das ihn an den Füßen festgebunden hatte. Als er den Kopf wieder hob, wurde ihm das kleine Messer mit dem hölzernen Griff aus der Hand gerissen.

„Fass nie die Waffe eines Räuberkindes an", hörte er die warnende Stimme des Mädchens, doch bevor er darüber nachdachte, wurde er am Arm gepackt und gezogen.

Widerwillig ließ er es zu, dass das Mädchen mit den kupferroten Haaren und dem wilden Blick ihn steuerte, denn er kannte sich hier nicht aus. Er hörte nur Schreie, grobe Flüche und er konnte es nicht mit Sicherheit sagen, aber bestimmt lagen auch ein paar Tote und Verletzte hier rum. War das ein Überfall? Oder hatte er gerade einen sehr wilden Traum und würde in wenigen Augenblicken schweißgebadet in einem weichen, gemütlichen Bett aufwachen? Er war sich nicht wirklich sicher.

Das Räubermädchen sah nur für ein paar Sekunden zu ihm zurück, wohl um zu gucken ob bei ihm alles in Ordnung war. Aber das war es nicht, er war verstört. Irgendetwas hier stimmte einfach nicht, zuletzt, weil es eben auch ein Überfall war. Oder eine Entführung? War er das Ziel? Nein, ganz bestimmt nicht, so viel wusste er einfach. Trotzdem kam es ihm einfach merkwürdig vor.

„Das Feuer…!", schrie er auf als er die tobenden Flammen erblickte, die sich weiter nach vorne gegraben hatten.

Sie züngelten nach unten über das Gemäuer und schienen nur auf die nächste nahrhafte Speise für sie zu warten, die sie mit vergnügen verschlingen würden. Das

16

Mädchen hatte ihn wohl nicht gehört, oder aber, was er eher vermutete, sie ignorierte ihn einfach. Sie kannte sich ja wohl damit aus, er aber so überhaupt gar nicht. Er hatte sowas noch nie gesehen und fast war er stehen geblieben um das Schauspiel zu verfolgen. Die Rothaarige zog ihn mit sich und durch das große Steintor nach draußen in die Freiheit des Waldes. Da sie endlich stehen geblieben waren, einige Meter von dem Tor entfernt, atmete er zum ersten Mal, seit er in diesem Käfig aufgewacht war, richtig durch. Er stemmte seine Hände gegen seine Knie, das war doch alles einfach so verrückt!

„W…wie heißt du überhaupt?", kam Atem holend von ihm an das Mädchen vor ihm gerichtet.

Dieses schien gerade die Gegend mit ihren Augen abzusuchen, wohl um alles abzusuchen. Dabei betrachtete er die dünne Gestalt in den dicken Klamotten aus Fell und Leder. Ihre Haare waren zusammengebunden und unter einer Kapuze versteckt.

„Lehy…und jetzt rede nicht so viel!", befahl sie ihm mit verkniffenem Mund.

Sie schien unruhig zu sein, sie suchte die Gegend ab als würde sie auf etwas oder jemanden warten und schon Sekunden später erhellte sich ihre Miene als sie der Ruf einer Eule zu hören war.

Eine Eule mitten am Tag? Ein seltsames Gefühl machte sich in seinem Bauch breit, dass ihm sagte, dass dieser Tag noch sehr lange andauern würde. Würde er denn jemals seine Ruhe haben um für einen Moment zu verschnaufen? So wie er das sah, nicht.

Einige Männer in dunklen Gewändern kamen auf sie zu, er setzte schon zurück um weg zu laufen, doch er stockte weil Lehy dasselbe nicht tat. Sie kannte wohl diese Gestalten, was ihn verwirrte und zugleich verschreckte.

„Dalairia", meinte einer der Männer unter den Kapuzen zu dem jungen Mädchen, wohl eine Art Begrüßung oder dergleichen.

Das kam ihm seltsam vor, denn das schien eine ganz andere Sprache zu sein als die, die er kannte. Es konnte aber auch ein Code für etwas sein, vermutlich interpretierte er auch zu viel hinein. Die Möglichkeit bestand aber, dass er bei diesen Menschen mehr über sich herausfinden konnte, deswegen folgte er den Wink der Rothaarigen, die ihn dazu aufforderte, ihnen hinter her zu gehen. Also ging er mit, folgte ihnen über gewaltige Felsen und steile Hänge bis er zu einer Baumstadt gelangte. Und wenn er Baumstadt sagte, meinte er nicht in Bäume hinein geschlagene Häuschen, sondern riesige Häuser auf den Wipfel der Fichten, Tannen und zahllosen Laubbäumen, die es hier anscheinend sehr häufig gab und sich in grüner Pracht der Sonne entgegenstreckten. Geblendet von dieser Pracht bemerkte er nicht, wie sich alle vor einer Gestalt verneigten, die auf sie zu gingen und nur der scharfe Klang einer Stimme brachte ihn dazu, sich der merkwürdigsten Gestalt zu zuwenden, die er jemals in seinem Leben gesehen hatte, darin war er sich absolut sicher.

„Wer ist das?", erklang eine sehr alberne Stimme, die zu einem sehr albernen Mann gehörte.

Beinahe hätte er gelacht, doch er riss sich zusammen und verneigte sich ebenfalls vor dem Mann mit diesem lächerlichen bunten Hut auf seinem Kopf. Das braune Kinnbärtchen und die leichenblauen Augen verliehen ihm einen fahlen Teint, der ihn wie eine bunt angezogene Leiche wirken ließ. Der junge Mann kräuselte die Lippen, es fiel ihm wirklich schwer, den anderen nicht auszulachen. Einer der Kapuzenträger erhob sich etwas und berichtete dem komischen Kauz davon, wie der Überfall stattgefunden hatte. Nun wurde ihm klar, wer oder was ihn vor diesem unheimlichen Riesen gerettet hat, auch wenn ihm Lehys Rolle dabei nicht ganz klar war. Denn sie wurde in dem ganzen Bericht nicht einmal erwähnt. Vorsichtig schielte er zu der Rothaarigen neben ihm, die sich selbst den Zeigefinger auf die Lippen legte. Also sollte er wohl nicht verraten, dass sie bei ihm gewesen war.

„Wie ist dein Name, Junge?", hörte er die nasale Stimme ihn fragen, er hob augenblicklich den Kopf und blickte den Mann mit der krummen Nase an.

„Ehm…", machte er nur, denn er hatte ja selbst keine Ahnung, wie er hieß.

Sollte er sich einen Namen ausdenken? Aber welchen? Welcher würde nicht komisch klingen und zu ihm passen? Weil seine Überlegungen schon viel zu lang dauerten, richtete er sich vollkommen auf. Das war wohl nicht die normale Umgangsweise mit diesem Kerl da drüben aber das interessierte ihn wirklich wenig.

„Ich kenne meinen Namen nicht", antwortete er deswegen wahrheitsgemäß, was der bunten Leiche wohl nicht zu gefallen schien.

„Das glaube ich dir nicht! Sag mir, wie du heißt oder ich lasse dich köpfen!", fing er an zu keifen, vielen der Männer stockte für einen Moment der Atem.

Warum nur hatten diese Menschen vor so einem Trottel Angst? Was brachte sie dazu, diesen Mann dort zu fürchten, obwohl er für den jungen Wanderer nur eine Witzfigur war.

„Ich lüge nicht!", erwiderte er, seine Augen bohrten sich in die des anderen, was den Harkennasenmann zurückfahren ließ.

Er war wohl wirklich nicht daran gewöhnt, dass man ihm widersprach. Ob er wohl der König der Narren war? Jedenfalls ließ seine bunt gemischte Kleidung ziemlich gut darauf schließen, doch so wie er sich verhielt war das genaue Gegenteil der Fall.

„Hängt ihn! Der König der Räuber befiehlt es euch!", schrie der Leichenmann und da hatte er auch schon die Rolle, die er ausfüllte.

Narrenkönig würde wohl besser zu ihm passen, doch auch diesen Kommentar verbiss er sich, denn er wollte nicht noch mehr Ärger provozieren als er eh schon hatte. Ob er gehängt wurde oder nicht, hing jetzt ganz alleine von der Reaktion der Männer um ihn herum ab. Diese schienen ratlos zu sein, sie waren es wohl nicht gewohnt solche Befehle entgegen zu nehmen.

„Ich habe keinen Namen und weiß nicht wer oder wo ich bin. Glaubt mir doch!", bat er alle Menschen, die er sehen konnte, er blickte um sich herum um die verschiedenen Gesichter sehen zu können.

Was würde nun kommen? Was würde mit ihm geschehen, würde er heute sterben obwohl er noch nicht einmal seinen eigenen Namen wusste?

Stille herrschte, die minutenlang nicht unterbrochen wurde, nicht einmal dieser königliche Idiot rührte sich. Lautes Pochen von Holz auf Stein unterbrach die Stille vor dem Sturm, die ihn beinahe getötet hätte. Alle Blicke, auch der seine, wanderten zu der Person, von der das laute Geräuschen gekommen war. Gebeugt und mit einem Mantel vermummt stand sie da, doch dem blonden Jüngling kam sie auf eine seltsame Weise bekannt vor. Hatte er sie schon mal gesehen? Jetzt wo er genauer hinsah, kam ihm dieser Umhang wirklich bekannt vor. Mit angehaltenem Atem sah er zu, wie die Person langsam ihren Kopf enthüllte.

Kapitel 2

„Habe ich dir dummer Junge nicht gesagt, du sollst laufen", sprach die raue Stimme der alten Frau.

Er hatte sie im Wald gesehen, als er verwirrt nach einem Weg suchte, der irgendwie nach draußen führte.

Nun war er, gefühlte Tage danach, tiefer im Wald als zuvor. Und noch mehr in Gefahr. Hilflos zuckte er mit den Schultern, er wusste nicht so recht was er nun darauf antworten sollte. Denn an sich war er auch gelaufen, doch wohl in die völlig falsche Richtung, den die, vor denen sie ihn gewarnt hatte, waren wohl direkt um ihn herum. Oder ging es wirklich nur um den da vorne?

Langsam schob sich die alte Hexe nach vorne, ihre Ketten klimperten bei jedem Schritt und der König der Räuber zuckte zusammen als der Stab neben ihm auf den Boden klopfte, er wich sofort einen Schritt zur Seite.

„Ich bin mir sicher, du hast was zu sagen, Mama Birga, aber…", versuchte er zu sagen, doch verstummte er sofort als sie ihm ihre freie Hand entgegenstreckte.

„Ich verweigere euch, diesen jungen Mann dort zu töten. Er steht unter dem Schutz der Götter und die Sterne haben sein Erscheinen prophezeit!", kam herrisch von der unbekannten Dame, die hier wohl sehr viel Autorität genoss.

Sogar dieser sogenannte „König der Räuber" schluckte und neigte sein Haupt.

Bei Thors Hammer, wenn er nur wüsste, wo er hier hineingeraten war? Er kannte keinen dieser Menschen, er wusste noch nicht einmal, woher er selbst stammte. Und doch stand diese alte Frau dort vorne für ihn ein, als wäre er ihr eigen Fleisch und Blut. Mit Wut im Bauch ballte er seine Hände zu Fäusten, ihm gefiel es einfach nicht, so zu sein…so unbekannt und ohne Namen. Doch bevor er seinen Gefühlen Luft machen konnte, sah er wie Birga ihn zu sich winkte und er folgte ihrer Aufforderung, indem er unsicher nach vorne ging. Die ältere Frau stupste mit dem Finger gegen seine Stirn und blickte ihm in die Augen. Es kam ihm vor, als würde er in die Tiefen der ihren versinken und doch nichts entdecken. Es gab keine Klarheit.

„Ich bin Mutter der Mütter und ich sehe, dass du keine hast. Deswegen nehme ich dich auf und gebe dir einen Namen", begann sie zu sprechen, ihm wurde ganz flau im Magen.

Eigentlich wollte er keine Mutter haben, doch als er diese Worte hörte, wurde ihm klar, wie sehr er gerade eine brauchte. Mit hoffnungsvollen Augen blickte er auf, der

Stab, den sie die ganze Zeit in ihrer Hand hielt, rasselte. Die Gestalt ließ eine Hand in den Beutel gleiten, die um den Stab hing und zog einen Stein heraus. Er trug eine Rune darauf, die schwarz gemalt war und leicht im Licht schimmerte.

„Ich nenne dich Sian, mein Kind. Und von nun an stehst du unter meinen Schutz und unter den Schutz der Götter, die dich auf deinen noch weiten Weg begleiten werden."

Ein warmes Gefühl machte sich in seinem Herzen bereit und er nahm die Rune entgegen, die er mit leuchtenden Augen betrachtete. Er hatte einen Namen! Er drehte sich zu dem „König der Räuber" um und hielt ihm die Rune entgegen.

„Mein Name ist Sian und ich verneige mich nicht vor dir!", entkam seinen Lippen, mutig begegnete er den Blick des Königs, der fassungslos zu sein schien.

Etwas schien ihn zu beunruhigen, doch der junge Mann mit dem Namen Sian fragte nicht nach. Ob Götter oder Schicksal, was es auch sein mag, etwas hatte ihn hierhergeführt.

Der Mann mit der Harkennase grinste, er wusste, dass er sich das nicht gefallen lassen würde. In seiner Welt war er ein hohes Tier, alle hier hörten auf ihn und er besaß die

Macht. Doch nicht in Sians Welt, er war ein Außenstehender und gehörte nicht zu ihnen. Er war frei, er brauchte keine Regeln, die ihn fesselten und zum Bleiben verurteilten. So wie ein Rabe würde er sich seinen Weg finden und wie ein Wolf würde er dafür kämpfen. Ungerührt blickte der blonde junge Mann in das Gesicht vor ihm, doch er würdigte ihm kein Wort mehr. Er hatte gesagt, was er sagen hatte wollen. Niemand würde ihn dafür noch verurteilen, denn es war sein Recht. Mit einem Namen konnte er sich Gehör verschaffen ohne sich peinlichst berührt zu fühlen, weil ihm kein Name zugedacht war. Und doch, obwohl er diesen Moment gerade triumphierend genoss, ergab sich ein bitterer Nachgeschmack. Wer war er eigentlich? Wieso war er hier auf dieser Welt? Hatte ihn jemand geschickt oder verlassen? Enttäuschung kroch in ihm hoch und verscheuchte jedes Zufriedenheitsgefühl, dass noch vor wenigen Augenblicken sein ganzes Sein erfüllt hatte.

Augenblicke jagten den vorherigen nach und mit jeder Minute, die verging, fühlte er sich unwohler. Sein Magen wurde ganz flau als er daran dachte, dass er weder Vergangenheit noch Zukunft hatte. Denn was wollte er eigentlich hier in diesem Dorf, wenn er noch nicht mal die Frage nach seiner Herkunft beantworten konnte. Nein, hier gehörte er nicht hin und deswegen blickte er zu Mama Birga auf, die schon zu wissen schien, was ihm durch den Kopf ging.

„Du hast das Herz am rechten Fleck und den Verstand eines Fuchses. Du bist schlau und wirst deinen Weg finden." Die Worte der alten Frau rührten hin und zaghaft nickte er.

Er konnte nicht bleiben, es musste einen Weg geben um heraus zu finden, weshalb er überhaupt hier auf dieser Welt war.

„Doch bevor du gehst…", kam von der rauchigen Stimme der Alten, „…bleibst du diese eine Nacht noch hier. Du solltest dich vorbereiten auf eine lange Reise, die die Götter für dich erdacht haben. Nichts wird einfach aber das Ziel wird es wert sein."

Sian biss sich auf die Unterlippe, Mama Birga hatte recht und doch konnte es ihm gar nicht schnell genug gehen bis er von hier fortgehen konnte. Doch er brauchte eine Pause von den Dingen, die um ihn geschehen waren. Ereignisse hatten sich aneinander gejagt und ihn völlig erschöpft, er würde ein wenig Schlaf brauchen. Und auch etwas Essen. Bei dem Gedanken daran knurrte sein Magen laut und entlockte damit Mama Birga und einigen Menschen in seiner Nähe ein Lächeln. Beschämt wurden seine

Wangen rot, er senkte den Blick und biss sich auf die Unterlippe, doch wurde seine Scham durch den Geruch des Essens vertrieben. Ja, er hatte wirklich Hunger und wenn es nach ihm ginge, dann könnte er einen ganzen Berg voll Nahrung zu sich nehmen.

Sich nach dem Ursprung des Essensgeruchs umsehend, erblickte er das junge Mädchen mit den rötlichen Haaren. Ihr Blick war intensiv, wissend und dennoch unergründlich, so dass er sich fragte, was sich wohl in ihrem klugen Kopf abspielte. Mehr doch fragte er sich, ob sie wusste, was das hier alles bedeuten sollte. Er hatte keine Ahnung, welchen Weg nun seine Reise nehmen würde und ob er das auch alleine schaffen würde. Ein mulmiges Gefühl machte sich in seinen schlanken Bauch breit, doch wollte er über diese ganzen Sachen wirklich keinen einzigen Gedanken mehr verschwenden. Wenigstens nicht heute Abend, denn es erwartete ihn ein Festmahl, dass er sich in seinen kühnsten Träumen nicht ausgemalt hätte können.

Die alte Frau mit dem Namen Birga geleitete ihn zu einem sehr großen Tisch, versetzt standen viele kleinere, doch kam er gar nicht dazu, sich einen Platz davon auszusuchen. Sofort wurde er auf die harte Bank gedrückt, vor ihm erschien wie durch Zauberei ein voller Teller. Fleisch,

Brot, Wein und Met, mit verschiedensten Gewürzen gekocht, gebraten, gebraut und gebacken. Ihm lief das Wasser im Mund zusammen, es fiel ihm wirklich schwer, sich noch zurück zu halten. Mit einem fast schon flehenden Blick sah er hinauf zu der krumm gebeugten Frau, die mit einem amüsierten Lächeln nickte.

Also warum sich jetzt noch zurückhalten?

Der erste Biss schmeckte so köstlich, dass er beinahe vor Glück gestöhnt hätte. Das Fleisch lag zart in seinem Mund und mit schnellen Bissen schluckte er es hinunter um sich ein Stück Brot zwischen die Zähne zu legen. Mann…er wusste gar nicht, wann er zuletzt etwas gegessen hatte, geschweige denn so etwas Leckeres. Plötzlich hatte er das Gefühl, angestarrt zu werden und mit unsicherem Blick wanderte sein Kopf nach oben. Doch nur ein paar andere lachten wegen ihm, die meisten anderen waren selbst aufs Essen konzentriert. Kein Grund sich zu schämen, sagte er sich selbst, doch wollte sich sein Körper nicht mehr weiter zum Essen überreden lassen. Um nicht weiter aufzufallen, aß er noch ein paar Gabeln voll, ehe er das Essen beendete um sich einen Ort zu suchen, an dem er sich ausruhen konnte. An dem er allein war, um einfach einmal durchzuatmen.

Der Wein hatte seinen Kopf etwas schummrig gemacht, so dass er nicht klarsah, doch wusste er ganz genau, wer dort in der Ecke saß und auf ihn wartete. Stolpernd hielt er sich an einem der Baumstämme fest während er die Gestalt mit den kupferroten Haaren musterte.

„Lehy", murmelte Sian mit schwerer Zunge, schlafen klang gerade nach der einzigen vernünftigen Idee, die er jemals hatte. Dennoch bezweifelte er, dass ihm das bald gelingen würde.

„Sian also, ja?" Ihre Stimme klang anders als sonst, vorwurfsvoll und auf eine Weise sehr verachtend.

Was ihn ein wenig schmerzte, denn er mochte die kleine flinke Gestalt. Seit sie ihn gerettet hatte, war er das Gefühl nicht losgeworden, dass sie beide etwas verbinden würde, das weit über eine bloße Freundschaft hinausgehen könnte. Doch die Möglichkeit bestand, dass er sich mit seiner Ahnung irrte und am Ende konnten sich die beiden jungen Leute so gar nicht leiden.

„Ja, Sian." Seine eigene Stimme klang hohl und auch etwas angetrunken, sie wollte so gar nicht zu ihm passen.

So wie der ganze Rest an ihm, irgendetwas stimmte gewaltig nicht, er gehörte hier nicht hin. Er fühlte sich fremd in einem Land, wozu er eingeladen wurde, doch sein Verstand weigerte sich, es als sein Zuhause zu betrachten.

Nein. Er hatte zwar einen Namen, der ihm aber nicht gehörte und war in einem Land, das niemals sein Zuhause sein würde.

Als hätte die junge Frau vor ihm erkannt, was ihm durch den Kopf ging, kam sie zu ihm rüber und streichelte durch sein verwildertes Haar.

„Du bleibst nicht", raunte sie, worauf er den Kopf schüttelte. Nichts hielt ihn hier außer der Tatsache, dass hier seine Geschichte begann. Doch auch wenn hier sein Anfang war, musste es ja irgendwie weitergehen. Nach dem Auftakt kam nämlich immer mehr und dazu musste er sich aufraffen. Ihre Berührung wurde tröstender und beinahe hätte er die zärtliche Geste ausgekostet, wenn hinter ihm nicht laute Schritte auf ihn zugekommen wären.

Wie ein Geist verschwand seine Gesprächspartnerin und er holte tief Luft, um sich aufzurichten und nicht wie ein betrunkener Trottel zu wirken, der er gerade war. Mit einem tiefen Atemzug nahm er den Geruch nach Bier war, frisch gebrautes Bier, und nasser Hund, was ihn mehr als verwunderte. Er hatte hier weder Hund noch Wolf gesehen, deswegen verwirrte ihn die Anwesenheit des Geruchs. Eine schwere Pranke legte sich auf seine Schulter und nur mit viel Überwindung konnte er es vermeiden, zusammen zu zucken.

Als er zögernd nach oben sah, um den Ursprung dieser massiven Hand zu sehen, erblickte er einen rothaarigen
Bären. Nicht, dass es ein richtiger Bär war, aber diesen
Mann dort konnte man nur als solchen bezeichnen. Er war
massiv, muskulös und bestimmt sehr schwer. Der Kleinere
von beiden musste es nicht ausprobieren um zu wissen,
dass dieser massive Fels von einem Mann alles widerstehen
konnte, was ihm über den Weg lief. Der Blonde erblickte
eine Ähnlichkeit mit Lehy, die man nicht übersehen konnte.
Die gleichen wissenden Augen mit der bodenlosen Tiefe, in
der man sich verlieren konnte. Doch anders als bei seiner
Tochter waren seine Augen nicht grün, sondern tief-braun.
Was für eine seltsame Kombination, rotes Haar und braune
Augen. Und aus einem unerfindlichen Grund wünschte
sich der junge Mann, dass dieser Brocken ihn akzeptierte.
Als Mensch, als Abenteurer und Krieger. Doch davon war
er wirklich weit entfernt.

„Komm schon, Kleiner. Ich zeig dir dein Lager", tönte
die tiefe Stimme, die reine Männlichkeit ausdrückte und einen Beschützergeist.

Dieser Krieger würde alles für seinen Stamm und seine
Familie tun, das sah man ihm sofort an. Ob er freiwillig ein
Räuber war, das konnte der Junge nicht erkennen, doch
schien ihm das Rauben nicht wirklich viel auszumachen. Er

war einer der Männer, die diesen seltsamen Ort überfallen hatte, an dem Sian gefesselt in diesem Käfig sein Ende erwartete.

Nickend ging er also Lehys Vater hinterher, dass er das war, darin war nicht zu zweifeln. Seine großen Schritte ließen den Neuankömmling zwei schnelle nacheinander machen, damit er überhaupt hinterherkam. Er wollte ihn irgendetwas fragen, zu Lehy oder zu dem Harkennasenmann, vielleicht auch zu diesem seltsamen Ort hier. Doch fiel es ihm nicht nur schwer, klar zu denken, sondern auch irgendwelche Sätze zu formulieren, die nicht danach schrien, dass er ein Trunkenbold war. Er konnte sich ja nicht mal erinnern, ob er jemals vor diesem Abend etwas getrunken hatte. So wie er sich gerade fühlte, war das nicht der Fall und eine böse Vorahnung sagte ihm, dass er nicht heil aus der Sache herauskommen würde.

Der Weg war nicht weit, doch kam es dem Wanderer wie eine Ewigkeit vor, als sie an der Holzhütte ankamen. Sie musste schon ziemlich alt sein, etwas morsch aber für seine Bedürfnisse völlig ausreichend. Er wollte ja nur drin schlafen und nicht gleich darin wohnen. Wehmütig dachte er daran, dass jeder hier in diesem Räuberdorf seinen festen Platz hatte, er aber würde lange Zeit danach suchen müssen bis er sich wirklich irgendwo dazu gehörig fühlte.

Müde ließ er sich auf das kleine Lager fallen, das gut duftende Stroh hieß ihn fast schon willkommen. Der große, starke Mann, der ihn hierhergeführt hatte, legte schmunzelnd eine Decke auf ihn, ehe er endlich allein gelassen wurde.

Ruhe. Selige Ruhe.

Ein Schrei weckte ihn aus seinen so erholsamen Schlaf und verärgert stand er auf, weil er zu gerne einfach weitergeschlafen hätte. Doch ein flaues Magengefühl ließ ihn ahnen, dass etwas Grauenvolles passiert war, vielleicht war es aber auch nur das Endergebnis der durchzechten Nacht gestern. Um sich irgendwie selbst zu verteidigen, falls es eine Bedrohung war die ihn aus dem Schlaf geweckt hatte, nahm er sich die nächstbeste Waffe, die er fand. Ein Bogen aus wunderschönem dunklen Holz und dazu ein Köcher mit genau 12 Pfeilen. Das konnte er wirklich gut gebrauchen, wenn Gefahr im Verzug war. Noch verwirrt und benebelt vom Schlaf öffnete er die Tür der kleinen Unterkunft, in der er geschlafen hatte. Dabei hörte er leises, bitterliches Weinen. Etwas stimmte hier nicht, ganz und gar nicht. Mit schnellen Schritten lief er zurück zu dem großen Platz, den er gestern bei seiner Ankunft gesehen hatte.

„Nein…" flüsterte er bestürzt als er das gesamte Grauen vor sich erblickte.

Suchend sah er sich um bis er Mama Birga entdeckte, dank allen Göttern lebend. Er schaffte es zum Glück, nicht noch einmal zurück zu sehen zu dem Leichenberg, der sich mit den vielen Leuten auftürmte, dennoch hatte sich der Anblick in seinen Verstand gebohrt und er würde niemals mehr weichen. Ihm wurde schlecht bei dem Gedanken daran, dass das alles Menschen waren, die gestern noch mit ihm gegessen und gelacht hatten. Lebendige Menschen aus Fleisch und Blut, deren nun leere, starre Augen ihn bis in sein Grab verfolgen würden.

Auf ewig.

Voller Furcht stammelte er ein paar Wörter, doch niemand schien ihm so recht zuzuhören. Sie alle waren wie gebannt, in ihren Augen spiegelte sich Trauer, Wut und noch so vieles mehr.

Ihn fröstelte, den Wald umgab einen merkwürdigen Schatten, der nicht weichen wollte. Es stimmte hier einfach nichts, trotzdem sah es so aus wie gestern. Schwere Schritte kamen auf sie zu, dumpf, bedrohlich und Sian sehr wohl bekannt. Sie waren wegen ihm her, er hatte diese Menschen getötet, unbewusst, doch die Schuld lastete wie ein großer Brocken auf ihm und nahm ihm schier den Atem.

„Sian…" hörte er die rasselnde Stimme seiner Beschützerin.

Neben ihr saß Lehy wie betäubt, ihre Haare waren zerzaust und wenige Strähnen schienen Bekanntschaft mit Feuer gemacht zu haben. Sie sah aus wie jemand, der etwas sehr Wichtiges verloren hatte und ihm wurde klar, dass dieses Etwas nicht gerade unbedeutend war.

„T…tut mir…" begann er, doch wurde er von lautem Lachen unterbrochen.

Seine Nackenhaare stellten sich sofort auf, denn er erkannte diesen Mann hinter ihm.

Allein seine bloße Anwesenheit ließ ihn unbehaglich fühlen, wie aus Reflex spannten sich sämtliche Muskeln in seinem Körper an als warte er nur auf die Gelegenheit, weg zu laufen. Aber auch wenn ihm sein Körper, sogar sein Verstand, das Weglaufen befahl, so würde er dies nicht machen.

Mit standfester Entschlossenheit, die aus dem Nichts kam, drehte er sich zu der gigantischen Gestalt um. Muskeln über Muskeln bespannten den Körper des Riesen und obwohl ihm eigentlich die Knie bei dem Anblick schlottern müssten, so wich er nicht einen einzigen Zentimeter zurück. Er war kein Feigling. Selbst wenn er nichts über sich wusste, so war das das Einzige, was völlig klar war für ihn.

Das dröhnende Gelächter erschall aus dem Mund des gefährlich aussehenden Riesen. Und doch war da etwas, was Sian beim ersten Mal gar nicht gesehen hatte. Angst. Moment, blitzte da wirklich Angst in seinen Augen auf? Mit allem hatte er gerechnet, Wut, Mordlust, Spaß an dieser Grausamkeit, doch niemals etwas wie Furcht. So ein Gigant wie Goliath durfte doch keine Angst vor etwas oder jemanden haben, eigentlich fürchtete man sich doch eher vor ihm.

Das schien nicht nur ihm aufgefallen zu sein, denn auch die alte Frau neben ihm schien nicht gerade beeindruckt zu sein. Vielleicht, aber auch nur vielleicht, wusste die alte Frau mehr über diesen Mann als sie gerade zugab.

Das Lachen wurde unterbrochen von einem durchschneidenden Geräusch in der Luft. Niemand sagte etwas, sondern sah nur mit großen Augen auf den Speer, der zwischen dem großen Hünen und ihnen aufragte. Das zischende Geräusch bevor der Speer aufgekommen war, hatte sich in den Kopf des blonden Jungen gebrannt und auch Goliath schien wie gebannt auf den noch wippenden

Schaft der Waffe zu sehen. Alle wussten, was dies zu bedeuten hatte: Gefahr! Hier war es nicht sicher und obwohl der erste Gedanke es zu ließ, dass es sich um Goliaths Leute handeln musste, so schien sich dieser ebenfalls mit an zu schicken, von hier zu fliehen.

Mama Birga, das erstaunte alle, war schneller auf den Beinen, als man es sich von ihr vorstellen konnte. Diese Frau war flink, wo man Gebrechen erwartete und agil, wo man bei anderen älteren Leuten Langsamkeit und Vorsicht vorfand. Doch diese Frau schien noch viel mehr auf dem Kasten zu haben als es den Anschein hatte. So langsam fragte sich Sian, ob diese Frau überhaupt zu diesem Volk der Räuber gehört hatte, von denen die Mehrheit abgeschlachtet und vom Feuer verbrannt auf dem Boden herumlagen. Traurig, weil er ihnen allen kein Begräbnis zukommen lassen konnte, sah er noch einmal nach hinten, bevor er sich ebenfalls von diesem Platz entfernte.

Sie liefen, der Wind wurde beinahe schon neidisch auf die Schnelligkeit, die sie erreichten. Hinter ihnen hörte man ein Zischen, ein enttäuschtes Knurren und diese Mischung aus Geräuschen ließ Sians Nackenhaare steil aufragen. Doch er blieb bei seinen Kameraden, er würde nicht zurück blicken um heraus zu finden, was das war.

Erst als sie nichts mehr hörten, keinen Lärm, kein Zischen oder Beben, da blieben sie endlich stehen. Sian fühlte sich…leer. Wenn er es wirklich beschreiben müsste, dann war, dass das passende Wort. Menschen waren gestorben, die Leichen hatten sich in seinen Kopf gebrannt. Seine Gedanken wurden zu einer tödlichen Spirale, die sich immer weiter ins Negative zog bis er fast schon weinte. Doch da lag eine Hand auf seiner Schulter, ganz plötzlich, und ehe er wusste was das sollte, merkte er das tröstliche Gefühl, der ihm ausgerechnet der Mann mit der Harkennase schenkte.

Moment! Wo kam er denn bitte her? Ungläubig blickte er in die blaublassen Augen, die ihn scheinbar aufmuntern oder trösten wollten. Sollte er die anderen fragen? Doch diese schienen mit sich selbst beschäftigt sein. Nun gut, wenn der einstige König der Räuber mit ihnen gehen wollte, dann ließ er ihm eine Chance. Nur mulmig war ihm dabei, denn dieser Mann hätte ihn vor 24 Stunden gerne tot gesehen.

„Sollen wir Feuer machen?" fragte die vernünftige Stimme der jungen Frau, die ungefähr in seinem Alter sein musste.

Obwohl Lehy wirklich erschöpft aussah, würde sie an ihre Grenzen gehen und noch viel weiter, damit alle sicher waren und es ihnen gut ging. Fragend blickte sie in die Runde, um nach Zustimmung zu suchen und diese bekam sie auch.

Sian und sie suchten also etwas Feuerholz, was ihnen schnell gelang während Mama Briga zusammen mit Enar, so hieß der Mann mit der Harkennase wie Sian nun herausfand, das Nachtlager herrichtete.

Nicht viel später versammelten sich alle um das Feuer, das mit leisem Knacksen und Ächzen vor sich hin brannte. Tröstende Wärme überfiel die vier Personen, die nun nach dieser Nacht den nächsten Morgen beinahe schon herbeisehnten um zu vergessen, was ihre Augen erblickten. Das Feuer prasselte noch als nach und nach die Augen eines jeden einzelnen zufielen. Die Erschöpfung und die Pein war zu groß um sie noch länger im wachen Zustand ertragen zu können und so begleitete nur die Geräusche des Waldes den Schlaf, der ihnen zum Glück zuteilwurde.

Kapitel 3

Sian wachte auf vom leisen Gesang der Vögel um sie herum. Außer ihm war nur Mama Birga wach, die dem Feuer neues Holz zum Fressen gab. Mit einem leisen Zischen erwachte es wieder zum Leben und wärmte alle, die um es herumlagen und saßen. Die alte Frau legte ihren Zeigefinger auf ihre Lippen als Zeichen, dass er leise sein sollte und so schloss er seinen Mund wieder, den er geöffnet hatte um ihr eine Frage zu stellen. Ruhe war doch eigentlich im Moment das, was sie alle brauchten.

Mit fragendem Blick sah er zu dem rothaarigen Mädchen, dass in der Gruppe mitgekommen war, es sah in diesem Moment so friedlich aus, als hätte sie einen angenehmen Traum. Der Blonde wünschte es ihr vom ganzen Herzen, denn Schlaf sollte erholsam sein und nicht das Gegenteil bewirken. Vermutlich würde sie den Schlaf auch brauchen, denn obwohl er nicht wusste, wohin ihre Reise nun ging, so ahnte er bereits, dass es keine leichte sein würde. Er würde sich vielem stellen müssen, vorausgesetzt seiner Vergangenheit, die er weder kannte noch sich an sie erinnern konnte.

Als konnte sie erahnen, wohin seine Gedanken gingen, pfiff Birga leise um seine Aufmerksamkeit erneut zu erlangen. Sie raschelte leise mit einem kleinen Beutel, den sie aus ihrer Tasche zog und winkte ihn zu sich. Mit Zögern stand er auf und ging leise zu ihr, damit er die anderen beiden nicht weckte. Es überraschte ihn in der Tat, dass Enar, den er immer noch für sich Harkennasenmann nannte, noch hier bei ihnen war, doch war es wahrscheinlich der Schutz der Gruppe, der ihn hierbleiben ließ. Sian auf jeden Fall fühlte sich dank der Mehrzahl sehr viel sicherer als wenn er irgendwo alleine herumstreunen würde.

Mit mulmigem Gefühl setzte er sich also neben die alte Frau, die ihn mit einem Zwinkern begrüßte. Das Rascheln in dem kleinen Beutel ließ ihn aufmerksam werden und mit großer Neugier betrachtete er die kleinen, dunkelblau glänzenden Steine, die sie herausholte. Er nahm einen davon an, wiegte ihn in seiner Hand und strich mit den Fingern darüber um zu ertasten, wie er sich anfühlte. Glatt mit kleinen Erhebungen hob er sich von allen anderen Steinen ab, die Sian jemals gesehen hatte. Und noch etwas machten die Steine Mama Birgas besonders, denn kleine Linien waren darauf eingebettet, die sich mit einer grünlichen Farbe von den Steinen abhoben.

Mit einem neugierigen Blick sah er zu der weisen Frau auf, die alles zu wissen schien, was er nicht wusste. Und das nervte ihn, auch wenn er diesem Ärger nicht Luft machen wollte. Er schluckte ihn hinunter und gab ihr den kleinen Stein wieder, der nun leicht angewärmt von seiner Hand war. Was es alles für Sachen gab. Sian kam nicht mehr aus dem Staunen raus und mit Interesse beobachtete er, wie die Steine in den Händen der alten Frau verschwanden. Was sie wohl vor hatte? Sie schien die Steine in ihren Händen durchzuschütteln ehe sie sie in die Luft warf und mit klappernden Geräuschen kamen sie auf den Boden auf. Da waren welche, die mit der Zeichnung nach unten lagen und welche, die das grünliche Bild oben zeigten.

„Was siehst du?" fragte die Reibeisenstimme der alten Dame und er wusste nicht so recht, was er ihr antworten sollte.

„Steine…" murmelte er zögernd, nicht wissend, was sie eigentlich von ihm hören sollte.

Da versetzte sie ihn einen leichten Klaps gegen den Hinterkopf.

„Unsinn denkst und redest du. Sieh genauer hin und erzähl mir, was du siehst."

Der Blonde betrachtete die Steine noch etwas genauer, doch beim besten Willen konnte er nicht erkennen, was sie von ihm hören wollte. Da waren Bilder auf Steinen, die eine komische Farbe hatten, außergewöhnlich waren für viele, doch für ihn irgendwie…bekannt, fast schon unwichtig und nichtssagend.

„Runen…" raunte er erstaunt, er kannte das Wort noch nicht mal und doch war es ihm eingefallen. Erstaunt über das Wort, sprach er es nochmal aus, jede Silbe nahm er in Augenschein bis ihm der Klang seiner Stimme mit der Aussprache des Wortes wirklich gefiel.

„Das sind sie, in der Tat", bestätigte ihn die Stimme neben ihm, er wollte wissen, was sie damit vorhatte.

Doch sie schwieg weiterhin zu dem Thema, weswegen er dieses Mal nicht die Steine als Ganzes betrachtete, sondern jedes so kleine Merkmal für sich entdeckte, als gäbe es etwas, was ihm verschleiert war und nur dadurch heraus zu finden war.

Birga schien der geduldigste Mensch der Welt zu sein, denn sie wartete und wartete und wartete bis Sian wieder zu ihr aufsah. Wissend, dass er mit seinen Gedanken in einer Sackgasse gelandet war hob sie einen Stein hoch, der mit dem Bildchen nach oben zeigte.

„Sie sagen dir, welchen Weg zu einschlagen wirst. Es wird nicht immer leicht, mein Sohn, doch Wege sind nie einfach", erklärte sie ihm und betrachtete den Stein etwas genauer.

Ein Pfeil, so schien es, durchstieß einen Kreis. Vielleicht die Sonne, dachte er sich, denn um den Kreis herum waren kleine Striche angedeutet.

„Süden", raunte er, denn nur im Süden lief die Sonne ihren gewohnten Gang bis sie im Westen untergehen würde.

„Ja, Süden", wurde erwidert und so beschlossen sie die ganze Sache für sich.

Die Geräusche des Waldes, die mit jeder Stunde mehr wurden, weckten die anderen beiden auf. Lehys wildes Haar stand in alle Richtungen ab, ihr schlaksiger Körper erhob sich von der provisorischen Schlafstätte, die aus dem Umhang von der Greisin bestand. Das Feuer prasselte und zischte als Sian noch ein wenig Feuer nachlegte, damit es noch eine Weile brannte. Stille herrschte um sie herum, nur der Wald um sie herum und das Lagerfeuer machten ein paar Geräusche. Es war entspannend, nun da sie sich in Sicherheit wiegten. Unsicher, ob sie sich trennen sollten oder miteinander weiterziehen, starrte Sian nachdenklich in das schöne Leuchten der Flammen.

„Süden also?" schnarrte Enars Stimme, rau durch den Schlaf und der Trockenheit seiner Kehle, die es nach Wasser dürsten musste.

Lehy schmiss ihm einen ledrigen Trinkschlauch hin, den er ungeschickt fing und öffnete. Mit gierigen Schlucken trank er ihn leer. Die junge Frau verzog zwar kurz den Mund, doch sagen tat sie nichts dazu. Sie würde bei der nächsten Gelegenheit sie mit frischem Wasser füllen, damit sie etwas für unterwegs hatten.

Ein leises, zustimmendes Geräusch kam von der jungen Rothaarigen, die anscheinend mitbekommen hatte, wohin der Weg gehen sollte. Was man im Süden fand, wusste keiner so recht, aber vielleicht würden sie ihren Weg noch finden. Der Blonde jedenfalls hatte so eine Ahnung, dass er noch einiges erleben würde bevor er die Wahrheit über seine Vergangenheit herausfand.

In der Nähe der Gruppe, die nun aus vier Leuten bestand, gab es einen kleinen Bach. Sie wuschen sich, wobei das eher aus einer kleinen Katzenwäsche bestand. In der Hoffnung, dass sie bald zu einer Stadt oder wenigstens einem Dorf gelangten, gingen sie los und hinterließen eine gelöschte Feuerstelle, die kleine Rauchschwaden von sich gab als Abschied. Stunden um Stunden wanderten sie gen

Süden, das Licht der Sonne wurde heller und breiter bis die Mittagsstunde herannahte.

Die Ungeduld des blonden Jünglings wuchs mit jeder Stunde und doch ließ er sich dazu überreden, eine Pause zu machen. Auch weil, und das konnte man nicht übersehen, die Kraft der beiden weiblichen Mitglieder zu schwinden schien. Damit sie nicht ohne Nahrung waren, machte sich Sian auf die Jagd und erledigte 3 Hasen, die er ohne mit der Wimper zu zucken köpfte und häutete um sie über dem Lagerfeuer zu braten. Das Fleisch war gar als er die Tiere von der Stelle nahm, Mama Birga und Lehy teilten sich einen Hasen während er und der ehemalige König der Räuber jeweils einen für sich hatten.

Doch so recht Hunger hatte der Blondschopf nicht, den sein Magen rebellierte bei dem Gedanken an die Vorkommnisse letzter Nacht. Unruhig sah er zwischen den Leuten hin und her, die mit ihm am Feuer saßen um zu sehen wie es ihnen ging. Seiner jungen Begleiterin merkte er an, dass es ihr nicht so prickelnd ging während der Mann gleich neben ihm völlig gleichgültig dasaß und sein Kaninchenfleisch verputzte. Die Miene der alten Frau aber konnte er nicht entschlüsseln, zu viel und gleichzeitig viel zu wenig sah er darin und er würde sie auch nicht danach fragen. Manchmal war es eben besser, wenn man Dinge ungefragt ließ.

Die Reisedauer hielt zwei Tage lang bis sie am Abendhimmel eine kleine Stadt entdeckten. Erleichterung zeigte sich in den Mienen der Reisenden, aber auch Erschöpfung. Sie traten auf einen Weg, einer Straße ähnlich, nur etwas schmaler und mit zahlreichen Kieselsteinen bedeckt. Sian stolperte beinahe, als er die Schrittgeschwindigkeit anhob um rechtzeitig anzukommen bevor die Stadttore für sie alle geschlossen wurde. Dennoch schafften sie es, die Wächter zu überzeugen, sie noch durch zu lassen bevor der Weg hinein für sie bis zum nächsten Morgen versperrt war. Birga musste einen der Männer, die das große Tor hüteten, etwas zugesteckt haben, jedenfalls sah der junge Blonde das aus dem Augenwinkel als den Eingang zur fremden Stadt passierte. Er hätte gerne gewusst, was das genauer war, doch war es nun wichtiger, eine Stelle zu finden, wo sie übernachten konnten. Der bestochene Wächter wies sie auf das „Das tänzelnde Einhorn" hin, das Besucher an jeder Uhrzeit einließ, wenn nur das Gold richtig stimmte.

Sian selbst besaß nichts, doch er ahnte, dass Mama Birga schon etwas einfallen würde, wenn sie davorstanden.

Und tatsächlich, das Gespräch zwischen der alten Frau und dem Besitzer des Einhorns dauerte keine Minute, schon bot er ihnen ein Zimmer an. Sie mussten es sich zwar zu viert teilen, doch es war alle mal besser als draußen zu übernachten. Regenwolken hatten sich über den Himmel zusammengebraut und hatten wohl nur darauf gewartet bis sie unter sicherem Dach standen, denn mit leisem Rauschen begann es zu regnen. Sians Nackenhaare stellten sich aus einem unbekannten Grund deswegen auf, dennoch genoss er das Geräusch der Tropfen auf dem festen Dach über ihnen. Er staunte nicht schlecht über das Zimmer, das sie bekamen, denn es war geräumiger als er es ich vorgestellt hatte.

Ein warmes Feuer brannte ihm kleinen Kamin vor sich hin, um Wärme zu suchen setzte sich der Junge vor dem prasselnden Feuer und beobachtete wie es langsam aber sicher das Holz verschlang. Neben dem Kamin stand ein kleiner Haufen Holzscheite bereit um im Notfall das Feuer zu füttern falls es drohte auszugehen. Enars schnarrende Stimme, die sich über irgendetwas beschwerte, ließ ihn die Augen verdrehen. Was es auch immer war, er hatte gerade so gar keine Lust darauf, sich damit zu beschäftigen. Sie waren nach Süden gegangen, so wie es die Runen gesagt hatten und dennoch war nichts in Aussicht, was ihm helfen könnte, seine Erinnerungen wieder zu finden.

Vielleicht war er wirklich einfach nur zu ungeduldig, dennoch störte es ihn immens, kein Gedächtnis an seine Vergangenheit zu haben. Mit mulmigen Gefühl sah er zurück zu seinen Reisebegleitern, die eigentlich auch nur dabei waren, weil sie nichts mehr hatten. Oder weil sie etwas suchten, wohin sie konnten. Er wurde traurig bei den Gedanken, dass sie bald verlassen könnten. Dennoch schüttelte er den Kopf und beobachtete, wie sich Lehy auf eines der Betten fallen ließ und sich in das warme Fell einkuschelte, dass auf den Schlaflagern lag um zusätzliche Wärme abzugeben. Der junge Mann musste etwas schmunzeln, als er das sah. Er sah nur noch einen rothaarigen Schopf, der Rest ging in dem grauweißen Fell unter.

„Wir sollten schlafen." schlug die Älteste unter ihnen vor und damit hatte sie wohl auch recht.

Der Weg hierher war anstrengend gewesen, er sah es jedem einzelnen an und Müdigkeit machte sich in ihm breit als er das breite Bett ansah, dass er sich mit Enar teilen würde. Während ein leises Ein- und Ausatmen von der Frauenseite kam, Lehy war bereits eingeschlafen, sah der Narrenkönig, Sians heimlicher Spitzname für den ehemaligen Räuberkönig, hellwach. Doch der junge Mann würde

50

sich jetzt nicht darum kümmern, dass der Mann mit dem schwarzen Haaren sich ebenfalls hinlegte. Er war so todmüde, dass er beim bloßen Hinlegen schon einschlief.

Doch viel Schlaf bekam er nicht, denn Enar stieß ihn in die Seite.

„Junge, wach schon auf." sagte er scharf, seine Stimme klang wie verändert.

Nicht mehr diesen komischen Klang in seiner Stimme, sondern klar und deutlich forderte er ihn auf zu erwachen und zur Klarheit zu finden. Blinzelnd fand er langsam zu sich, doch die Worte blieben ihm Halse stecken als er aus dem Fenster war. Grünes Feuer loderte an einzelnen Dächern der Stadt, er hatte es schon einmal gesehen. Einen Augenaufschlag später war ihm klar, dass das Feuer nicht von den Räubern gewesen sein konnte. Nein, etwas Böses, hinterhältiges hatte sie verfolgt und stellte seine Macht zur Schau, als ob es nichts Mächtigeres gab als es selbst.

„Weiß es, wo wir genau sind…?" flüsterte Sian fragend während er die Flammen anstarrte.

Doch keine Antwort kam, also wusste Enar genauso viel wie er, nämlich rein gar nichts. Noch einmal bäumten sich die wilden Flammen auf und verschwanden dann mit einem leisen Zischen. So als wäre nichts gewesen hinterließ es die Häuser mit ihren dunklen Dächern unversehrt, doch der junge Mann hatte noch lebhaft vor Augen, wie es das bloße Fleisch von den Körpern seiner Opfer genagt und blanke Knochen hinterlassen hatte. Er zuckte bei dem leisen Seufzen des Dunkelhaarigen zusammen, der zusammen gesackt neben ihm stand und genauso wie er nach draußen sah. Für den Moment sah es so aus, als würde Enar zum ersten Mal deutlich zeigen, dass er um sein Volk trauerte. Vielleicht, und auch nur vielleicht, könnten die beiden Freunde werden, wenn sie zusammen weiterzogen. Und das machte den jungen Fremden Mut, denn er konnte bei dieser Sache wirklich Freunde gebrauchen.

Mit der Gewissheit, dass an diesem Tag noch etwas Unheilvolles passieren würde, legte er sich in das weiche Bett, doch an Schlaf war nicht mehr zu denken. Immer wieder wachte er auf mit dem Gefühl der Bedrohung, doch, wenn er sich umsah, war da niemand. Vielleicht machte er sich einfach nur zu viele Sorgen oder er steigerte sich in eine Sache hinein? Wie es auch immer sein mochte, nach dem Aufstehen war keine Zeit mehr, den Kopf in den Wolken zu haben, denn die alte Dame zeigte erneut, dass sie fitter war als sie aussah. Mit energischer Stimme wies sie alle anderen dazu an, ihre Sachen zusammen zu packen und die Herberge zu verlassen. Wohl hatte Mama Birga nur für eine Nacht bezahlt oder der Wirt hatte verlangt, dass sie morgen schon gehen mussten.

„Ich besorge Brot, Lehy einen zusätzlichen Trinkschlauch und Sian, geh außerhalb der Stadt noch einmal jagen, so dass es für 2 Tagesmärsche reicht. Enar, du…"

Man hörte sie stocken als sie sich überlegte, wofür sie den Dunkelhaarigen gebrauchen könnte. Die schlaksige Gestalt wirkte nicht gerade so, als hätte sie wirklich viel auf den Kasten. Eher war er tollpatschig und nur in einem gut: Befehle zu geben. Als er also die Arme miteinander vor der Brust verschränkte, seufzte die Dame auf und schüttelte den Kopf.

„Warte auf uns am Wegweiser. Wir kommen nach", murmelte sie, etwas verärgert, weil der „Spinner", wie sie leise hinzufügte, nichts draufhatte außer dumm in der Gegend rum zu stehen.

Doch Sian mischte sich da nicht ein, er war froh, dass er etwas zu tun hatte.

Sein Bogen, den er vom Dorf der Räuber mitgenommen hatte, wirkte schon alt und doch merkte man, dass er noch einige Zeit überleben konnte. Das Holz war dunkel aber glatt, mit wunderschönen Verzierungen versehen. Die Sehne zeigte noch immer Stärke wie auch Haltbarkeit. Warum er ihn mitgenommen hatte, wusste er nicht. Vielleicht hatte er ihn an etwas erinnert, jedenfalls fühlte er sich mit der Waffe verbunden und wollte sich auch nicht davon trennen. Zudem hatte sie ihm schon bei der Jagd gute Dienste geleistet.

Die beiden Männer verließen in aller Herrgottsfrühe die Kleinstadt, die Luft war noch kühl und frisch. Sian war dennoch müde, gnadenloser Schlafentzug hielt ihn die letzten Tage immer wieder wach und er merkte selbst, dass er dringend Schlaf benötigte. Doch er musste es jetzt einfach aushalten, er konnte ja irgendwann anders wieder schlafen. Jetzt war es wichtig, den anderen genügend Essen für die nächsten Reisetage zu besorgen. Er ließ Enar an der besagten Stelle stehen, die Mama Birga mit klaren Worten angewiesen hatte und ging für sie alle jagen. Es war nicht einfach mit der Müdigkeit irgendetwas zu erlegen, leise sein war nicht wirklich drin und immer wieder schwankte er, weil ihn der Schwindel packte.

Irgendwann schlug er sich auf die Wange um sich endlich richtig aufzuwecken, zum Teil klappte das auch. Am Ende erledigte er ein paar Hasen und zwei Enten, die ihm zufällig über den Weg gelaufen waren. Völlig untypisch für die Vögel im Wald herum zu laufen, doch Zufälle gab es und so machte er sich auf, um zurück zu Enar zu gelangen. Lange wollte er den älteren Mann nicht allein lassen, wer wusste schon was er alles so anstellte. Gerade war er sehr froh um das Stückchen Normalität, was ihm geschenkt wurde. Doch als er den Wegweiser erreichte, der einmal Richtung Süden und einmal Richtung Westen zeigte, sah er den Dunkelhaarigen nicht.

Panisch drehte er sich um, schrie den Namen des einstigen Räuberkönigs und suchte mit seinen Augen die Gegend ab. Nichts. Er war nicht dort. Bei allen Göttern, er hatte ihn doch hier stehen lassen. Warum sollte denn auf einmal fort sein? Da hörte er es leise knacken und krachen.

Mit verwirrtem Blick beobachtete der Blonde, wie sich Enar von einem Baum baumeln ließ bis er wieder festen Boden unter den Füßen hatte. Erst dann stampfte Sian auf und sah mit bösem Blick zu, wie er ihm entgegen kann.

„Du Trottel hättest dir den Hals brechen können", fauchte er wütend dem unschuldig aussehenden Narren an, doch dieser zuckte einfach nur mit den Schultern.

„Du siehst doch, dass ich lebe", erklang es wie beifällig, worauf der Jüngere nur den Kopf schütteln konnte.

„Ich kann ganz gut klettern. Das war meine Aufgabe, als ich frisch ins Räuberdorf kam. Auf Bäume klettern um die Gegend auszukundschaften."

Seine Worte klangen traurig und sein Blick verschleierte sich, als er an die Vergangenheit dachte. Sian sah ihm deutlich an, dass er trauerte, wie sehr war ihm aber niemals klar gewesen. Auch ihm tat es sehr leid um das Dorf, das ihn aufgenommen hatten und mit ihm feierten als wäre er einer von ihnen. Klar waren die Anfänge etwas schwierig gewesen, doch seit er seinen Namen empfangen hatte, war alles vergessen gewesen. Irgendwann aber würde er Enar nach seiner Vergangenheit fragen, doch ahnte er, dass jetzt gerade nicht der richtige Zeitpunkt war.

Dabei fing er wieder zu grübeln an und ertastete den rostigen Schlüssel in seiner Tasche. Obwohl er klein war, fühlte er sich doch sehr stabil und kräftig an, als hätte man ihn für solch eine Reise machen lassen. Ob der eigentliche Besitzer wohl den Schlüssel suchte? Der Knabe ging nicht davon aus, dass er ihm gehörte, denn was hatte er schon mit so einem alten Schlüssel gewollt? Oder gab es deswegen einen tieferen Sinn? Erfuhr er vielleicht durch dieses alte durch Rost rötlich gefärbte Ding etwas aus seiner Vergangenheit? Irgendwie zweifelte er daran, doch er würde nicht alles ausschließen, was ihn weiterbringen konnte.

„Hast du da oben etwas gesehen?", fragte er um sich selbst abzulenken aber auch weil er den einstigen Räuberkönig aus seinen Gedanken reißen wollte.

„Nichts entschieden wichtiges. Die Straße aus der Stadt heraus geht immer weiter östlich bis ins Gháreingebirge. Von da aus müssen wir uns einen neuen Weg suchen, denn ich glaube, wir können kaum über diesen Berg klettern", berichtete ihm der Mann mit der komischen Nase.

Der Jüngling antwortete nicht, sonderte blickte in die Richtung der Bergkette, von der sein Reisebegleiter eben gesprochen hatte. Wenn er ernsthaft durch das Gebirge musste, würde er es sicherlich auch durchschreiten, keine Frage. Dennoch grub sich ein komisches Gefühl in seine Magengegend und seufzend wendete er den Blick zur Straße, denn er hatte so eine Ahnung, dass Lehy bald zu ihnen stoßen würde. Und tatsächlich erblickte er schon nach wenigen Minuten den Rotschopf mit ihrer kleinen Ledertasche, die sie um die Schultern trug. Mit einem Nicken begrüßte sie ihn und auch den Älteren, dabei sah man ihr aber an, dass sie nicht sonderlich große Gefühle für den Anführer ihres einstigen Heimatortes hegte.

Insgeheim wunderte Sian sich doch etwas, warum die beiden so gut wie kaum miteinander unterhielten, doch nachbohren wollte er an dieser Stelle wiederum auch nicht.

Es ging nur die beiden an ob sie sich miteinander verstanden und unterhielten oder eben nicht.

Nach einiger Zeit, die mit Ruhe geschmückt war und sich doch gänzlich falsch anfühlte, erschien die Älteste unter ihnen, aus ihrer Tasche quoll der herrliche Duft von frischgebackenem Brot. In den Mündern der Jüngeren floss nur so der Speichel, sie hatten wirklich Hunger und wo Sians Müdigkeit endete, fing der Verlangen nach Nahrung an. Es war schwierig dem köstlichen Duft nicht zu folgen, sondern ruhig zu bleiben und den Worten der alten Frau zu folgen. Seine letzte richtige Mahlzeit war einfach viel zu lang her, die letzten Tage hatte er sich nur von dem faden Fleisch der Kaninchen ernährt.

„...wir gehen deswegen um das Gebirge herum, das ist sicherer für uns", endete die alte Frau, was sie gesagt hatte, war dem Blonden gar nicht bewusst.

Alle Augen waren auf ihn gerichtet, weswegen er verlegen blinzelte und nur mit dem Kopf nickte. Zu erwähnen, dass er gar nicht zugehört hatte, vermied er lieber, er wollte die alte Frau nicht kränken, die sich wohl mit ihrem Bericht Mühe gemacht hatte.

Der Marsch zu den kleinen Bergen, in deren Mitte ein sehr großer Berg, der Konungr, thronte. Seinem Namen gerecht, war er wirklich majestätisch anzusehen. Je näher sie dem Berg kamen, umso klarer wurde es, warum man ihn den „König" nannte. Er war größer als alles andere, was Sian jemals erblickt hatte. Jedenfalls als alles, woran er sich erinnern konnte. Am Gipfel erblickte er weiße Masse, schnell war klar, dass es Schnee war.

Am Hang blieben alle stehen und sahen abwartend den blonden Knaben an, der leicht zusammenzuckte, weil er in den Blicken seiner Reisegefährten eine Erwartung sah, der er sich nicht bewusstwurde.

Leicht tadelnd kam nach ein paar Augenblicken Birgas Worte.

„Sian, hast du nicht zugehört?"

Blinzelnd überlegte er, ob er sich eine Ausrede einfallen lassen sollte, doch dann seufzte er und schüttelte den Kopf. Er hatte einfach zu viel Hunger gehabt und war einfach viel zu müde gewesen um sich auf irgendetwas konzentrieren zu können. Sekunden verstrichen als er begann zu ahnen, was die anderen von ihm wollten.

„Ich soll da rauf…?" flüsterte er mit beklemmendem Gefühl in seiner Brust.

Noch einmal sah er diesen Berg hinauf ehe er fast schon flehend in die Augen der alten Frau blickte. Doch diese schien ihren Entschluss nicht wieder rückgängig machen zu wollen. Stattdessen runzelte sie die Stirn und zeigte mit dem geschmückten Ende ihres Stabes zum Berg hinauf. Ein leises Seufzen entkam ihm, er ließ er den ledernen Rucksack mit dem Fleisch zu Boden gleiten ehe er sich einmal schüttelte und dann begann, den steilen Pfad nach oben zu gehen. Immer wieder blickte er nach unten, die Menschen, die in begleiteten, wurden immer kleiner und dann irgendwann zu winzigen Punkten. Was hatte die alte Frau nur dazu bewogen, ihn dort nach oben zu schicken? Es war wirklich oft sehr schwer, ihren Gedankengang zu folgen.

Irgendwann konnte er von oben hin gar nichts mehr erkennen. Vielleicht waren seine Freunde auch schon weitergezogen und warteten dann auf der anderen Seite des Berges. Er hoffte es einfach, er wollte nicht noch einmal alleine sein. Langsam begann es ihn zu frieren, die Luft ihm herum wurde kühler und jedes Mal, wenn er ausatmete, bildeten sich kleine Wölkchen. Fast schon wäre er fasziniert davon, wenn er nicht sicher wäre, dass er hier erfrieren würde, wenn er lang genug blieb.

Da war etwas, was ihn von den Gedanken an den Erfrierungstod ablenkte. Ein Knurren, nicht menschlich, kam von rechts oben und tatsächlich, als er genauer hinsah, erblickte er einen Wolf. Etwas größer als seine Artgenossen, das Fell weiß und dunkelgrau gemischt, die Augen strahlend blau, ließen erahnen, dass das hier kein gewöhnlicher Wolf war. Sian erstarrte und blickte dem Tier entgegen, das ihn genau zu beobachten schien. Jeder wartete auf die Bewegung des anderen, doch keiner von beiden rührte sich bis ein zweiter Wolf, genauso groß wie der andere, ihren Augenkontakt unterbrach.

Noch einmal hörte er das knurrende Geräusch, dann waren sie weg und Sian blieb allein zurück, erschrocken über das, was ihm gerade widerfahren war. Und gleichzeitig war da ein Gefühl, das ihm bekannt vorkam und er aber nicht einordnen konnte. Was ließ ihn erahnen, dass dieses Tier mehr bedeutete als er wusste?

Die Begegnung war vorüber und doch raste das Herz des Knaben noch immer. Wie Hammerschläge dröhnten sie in seinen Ohren, es fiel ihm schwer die aufwühlenden Gefühle wieder in den Griff zu bekommen.

Kapitel 4

Gefesselt von der Begegnung mit den zwei Wölfen, fiel es ihm schwer, wieder in die Realität zu finden. Blinzelnd vertrieb er den Schleier, der vor seinen Augen getreten war, weil er sich zu lange auf einen Punkt fixiert hatte. Ein flaues Gefühl in seiner Magengegend hatte ihn befallen, so als ahnte er, dass etwas Übles auf ihn zukam. Vielleicht war es auch einfach nur der Hunger, denn er hatte noch immer nichts Richtiges gegessen. Wie es jetzt auch immer war, er musste jetzt da durch und er würde froh sein, wenn er endlich wieder von diesem blöden Berg, den man König nannte, wieder unten war.

Stunden langer Fußmarsch später entdeckte er in der Ferne ein altes Holzhaus, umringt von Schnee und die Kälte kroch in seine Knochen. Er verfluchte insgeheim die alte Frau, die ihn hier nach oben geschickt hatte. Fast schon glaubte er, sie wollte ihn erfrieren lassen. Aber weswegen hätte sie ihn dann vor wenigen Tagen noch vor dem Tod gerettet? Mit leisem Seufzen und der kleinen Wolke, die aus seinem Mund dabei stob, ging er weiter. Irgendwann würde er schon wo ankommen, wo es warm war und dann würde er erst mal Rast machen. Doch so weit kam er gar nicht mehr, denn immer spürte er den Hunger, die Kälte und alles zusammen ließ seine Sicht schummrig werden. Irgendwann lag er am Boden, er wusste gar nicht mehr wie er hier hingekommen war, doch ihm war klar, dass er hier sterben könnte, wenn er nicht bald aufstand. Warum nur hatten sie ihn allein gelassen? Außer ein paar Tiere zu erledigen, hatte er echt nichts drauf.

Duft von leckerem Essen weckte ihn und führte dazu, dass er die Augen öffnete um den Ursprung des Geruchs zu finden. Er sah einen alten Kessel, der sehr viele Beulen in dem dunklen Metall aufwies. Es war ihm aber sehr deutlich egal, worin das Essen gekocht wurde, solange er davon essen konnte. Langsam setzte er sich auf, seine Glieder fühlten sich schwer an und kalt war ihm auch noch von diesem unsagbaren Schnee dort draußen, doch da hörte er schon eine weibliche Stimme.

„Na, endlich wach?", rief sie von draußen herein, Schritte kamen in die Richtung des großen Raumes, in dem er saß.

Es war alles da, was man für ein Leben in der Kälte brauchte. Felle, Holz, Werkzeug wie eine Axt und noch so vieles mehr, was er gar nicht alles aufzählen konnte, lagen herum. Doch sein Blick fuhr zu der Tür, die offenstand und in die leichte Kälte zog. Er schüttelte sich, doch im

Ganzen ging es ihm tatsächlich gut. Er war nicht erfroren, zeigte auch keine Anzeichen von Krankheit oder Schwäche. Nur das ständige Magenknurren, das ihm wohl bald ein Loch in seinem Bauch bohrte, ließ ihn nicht in Ruh.

Die Frau, die er dann sah, war eine Hünin. Anmutig und doch kräftig anzusehen, schloss sie die Tür, damit die Kälte draußen blieb. Sie packte ein großes Scheit in das Feuer unter dem Kessel und hob eine große Schale hoch um dort etwas von der guten Suppe rein zu tun. Als er sie entgegennahm, sah er hinein und entdeckte alles, was er gerne mochte. Vor allem verzauberte ihn das gekochte Fleisch, es ließ seinen Speichelfluss vervielfachen. Mit dem Holzlöffel, die die Frau ihm anbot und er dankend annahm, löffelte er den ersten Bissen. Es war so verdammt heiß, doch Sian weigerte sich, es einfach auszuspucken. Kauend betrachtete er die große Frau vor sich und er fragte sich, warum sie so groß war. Sie erinnerte ihn etwas an Goliath, nur war sie ein wenig kleiner.

„Mein Name ist Ragna", erklärte sie ihm während er das heiße Stück Fleisch hinunterschluckte.

Oh, es brannte in seinem Hals und in seinem Magen, doch war es ihm das wert gewesen. Freudig bemerkte sein Magen mit einem lauten Knurren, dass er endlich etwas zu essen bekam und er sah sehnsüchtig in die Schüssel, die er gerade auf seinem Schoss balancierte, damit sie nicht hinunterfiel.

„I…ich bin Sian", nuschelte er, nicht aus Angst, sondern weil er sich beim Essen die Zunge verbrannt hatte.

Die Frau mit den hübschen dunkelblonden Haaren reichte ihm einen Trinkschlauch und gierig schluckte er die nach Beeren schmeckende Flüssigkeit nach unten. Mit einem entschuldigenden Blick, weil er so viel davon getrunken hatte, gab er ihr den Behälter zurück, doch sie winkte einfach ab. Es machte ihr wohl einfach nichts aus, weswegen er einfach nichts mehr sagte, sondern sein Essen mit Vorsicht genoss. Nach der Hitze kam dann der Geschmack und er war wirklich gut. Sie musste verschiedene Kräuter reingetan haben, doch wo zur Hölle fand sie in diesem ganzen Schnee Pflanzen, die die Kälte überlebten?

Er unterbrach sein Essen für einen Moment, sein Bauch war langsam aber sicher vollgefüllt.

„Ich habe noch jemanden gesehen, der so groß ist wie du", plapperte er los, weil er es einfach nicht mehr für sich behalten konnte.

Die hübsche Frau, die ihn versorgte, hielt mit ihrem Tun an und zog fragend die Augenbrauen nach oben.

„Sein Name ist Goliath und…", begann er, doch da hörte er sie fluchen.

„Er lebt also noch, dieser Verräter."

In Anbetracht ihrer schlechten Laune duckte er sich, falls sie etwas schmiss, doch sie setzte sich einfach gegenüber von ihm hin und knirschte mit den Zähnen. Aufgrund ihrer Aussage wurde Sian neugierig, doch er wollte sie auch nicht unbedingt deswegen löchern.

„Wir waren einst ein großes und stolzes Volk", raunte die Ältere unter ihnen. Blinzelnd sah er zu ihr auf, weil sie einfach anfing ohne dass er gefragt hatte.

„Jotunnbarn. So hieß unser Volk. In deiner Sprache heißt es sowas wie ‚Die Kinder der Riesen'. Wir waren alt und wurden älter, irgendwann gab es nur noch wenige von uns, weil alle starben. Unser Volk lebt sehr lange, länger als ihr Menschen aber wir sind nicht unsterblich."

Gefesselt von der Erzählung der großen Frau, beachtete er gar nicht mehr das Essen, das noch in der Schüssel schwamm, sondern stellte es weg um seine Finger ineinander zu verschränken.

„Wir begannen uns fremd zu werden, je weniger wir wurden. Schlussendlich war es Goliath, der als erster ging. Nicht um seine Ruhe zu finden, sondern sich auf irgendeine Weise Macht zu suchen. Er war schon immer gierig gewesen, wollte immer mehr als alle anderen. Mit der Zeit verließen alle unseren Platz im Norden und suchten sich ein kleines Plätzchen für sich selbst. Wahrscheinlich gibt es nur noch sehr wenige von uns, ich würde mich darüber nicht wundern." Mit diesen Worten endete die Erzählung der großen Frau und Sian saß ganz still da, wie eine Maus, und rührte sich nicht.

Er konnte es nicht fassen, dass einst solch ein Volk mit riesengroßen Menschen existiert hatte. Es war traurig, dass ein solches Volk langsam aber sicher zu Grunde ging.

„Was machst eigentlich du hier oben? Willst du zum Orakel?" Diese Worte brachten Sian dazu, nicht nur ungläubig zu blinzeln, sondern auch die Luft scharf einzuziehen.

Da war sie, seine Antwort auf die Frage was er hier oben wohl sollte. Er erzählte ihr die gesamte Geschichte, von Anfang bis zum Ende und er sah dieses Mal wie die Überraschung sich in ihr Gesicht schlich. Ja, das war eine ziemlich unglaubliche Geschichte und für Sian würde sie auch noch weitergehen. In seinem eigenen Kopf klang das, was er bereits erlebt hatte ziemlich unfassbar, doch sein Weg würde noch viel weitergehen. Als nächstes stand das Orakel an, das er wohl fragen sollte, wie die nächsten Schritte aussehen sollten oder wohin er gehen musste. Doch als er darüber nachdachte, viel ihm der Schlüssel wieder ein, den er die ganze Zeit mit sich herumtrug. Sollte er nicht eher fragen, wohin dieser rostige, alte Gegenstand gehörte. Schließlich war es nicht sein Schlüssel, er musste irgendjemanden gehören. Und er war wirklich gespannt drauf, wer das sein würde, er konnte sich gar nichts darunter vorstellen.

Weil sie schon eine geringe Zeit auf seine Antwort warten musste, nickte er. Zwar hatte er so gar keine Ahnung, was ihn da erwarten sollte, doch vielleicht war das das Ziel, dass Mama Birga für ihn vorsah. Doch es war mehr eine Hoffnung als das Wissen darum, deswegen zügelte er seine Erwartung dessen ziemlich hinunter. Als hätte auf das Zeichen gewartet, stand sie auf und füllte etwas Suppe in einen ihrer Trinkschläuche. Sian wusste, dass die Suppe darin einige Zeit schön warm bleiben würde, dennoch war er verzaubert von dieser Tat, dass er nicht anders konnte als sich gefühlte hunderte Male bei ihr zu bedanken, als sie ihm den Trinkschlauch reichte. Mit einem Blick auf ihn, seufzte sie erneut auf und reichte ihm einen aus Leder bestehenden Rucksack, der ihm wohl beim Tragen helfen sollte. „Du solltest dem Orakel etwas mitnehmen, es mag gerne glitzernde Sachen. Vielleicht findest du unterwegs noch etwas." riet sie ihm während sie langsam zur Tür stampfte.

„Wenn du auf dem Rückweg bist, dann komm nochmal bei mir vorbei und bring mir meine Sachen zurück." Mit diesen Worten öffnete sie die Tür und kalte Luft strömte herein.

Der blonde Junge ging zu ihr und nickte während er ehrfürchtig die kleinen Böen beobachtete, die Schnee herumwirbelten.

„Bis nachher", flüsterte er bevor er sich raus wagte und tatsächlich zitterte er bei der ersten Berührung von Luft gegen seine Haut.

Er atmete tief ein und aus, bevor er den ersten Schritt machte.

Es dauerte gefühlte Stunden bis er ein Stück weiter oben war. Er war dankbar für die warme Suppe, von der er immer mal wieder einen Schluck nahm um seinen Körper zu erwärmen, dennoch fror ihn und der Wind mit seiner eisigen Kälte ließ ihn erzittern. Er wollte einfach wieder von diesem vermaledeiten Berg hinunter bevor er zu einem Eisklotz mutierte, der fröhlich in der Gegend herumstand. Verbissen machte er deswegen einen Schritt nach dem anderen, damit er ja weiterkommen konnte. Dabei fiel ihm ein, dass er gar nichts glitzerndes dabeihatte, dass er dem Orakel hätte schenken können.

Seine Augen suchten hilfesuchend die Gegend ab, bis er etwas fand, was ihn ziemlich wundern ließ. Ein zugefrorener Teich, an dessen Rand sich tausende und abertausende Steine befanden, in allen Größen und Formen. Mit einem unguten Gefühl ging er auf den Teich zu, das Eis darüber schien fest und beständig zu sein. Doch diese Beklemmung kam nicht wegen der Oberfläche des Wassers, sondern woanders her. Woher? Er hatte wirklich keine Ahnung, es schien einfach nur ein Gefühl zu sein, das ihn einfach nicht verlassen wollte.

Er näherte sich dem kleinen Fleck und als er direkt am Rand stand, hörte es auf zu schneien. Eigentlich sollte er wirklich froh drum sein aber irgendwie verstärkte es die böse Vorahnung, die er verspürte. Vielleicht bildete er es sich ein aber irgendwie fühlte sich die Luft um ihn herum sehr viel kälter an als zuvor, eine kleine Eisschicht überzog sein Oberteil und ließ ihn frösteln.

„Wie wäre es mit fragen bevor du es dir einfach nimmst?", verurteilte ihn eine junge weibliche Stimme, die, wie er nach dem umdrehen entdeckte, einen kleinen Mädchen gehörte.

Sie war blond, musste zwischen 10 und 12 Jahre alt sein und vor allem stand sie nur mit einem dünnen Hemdchen bekleidet an dem Teich. Ihm war mulmig zu Mute, als er sie betrachtete, denn sie war auf keinen Fall ein normales Mädchen. Schwarze Augen starrten ihm direkt in die Augen, weswegen er sogar einen Schritt nach hinten wich. Und obwohl es ihn total fröstelte, schien sie das kalte Wetter gar nicht richtig wahr zu nehmen.

„Tut…mir wirklich leid, ich wusste nicht…" setzte er an, doch mit einer eindeutigen Handbewegung brachte sie ihn zum Schweigen. Verlegen sah er hinunter zu seinen aus Leder bestehenden Schuhen, die mit einem warmen Fell gefüttert waren. Das konnte nur Ragna gewesen sein, fiel ihm auf und er notierte sich im Hinterkopf, dass er ihr unbedingt dafür danken musste.

„Doch nicht so undankbar, wie ich dachte. Aber einen der Steine darfst du dir nur nehmen, wenn du mir eine Frage beantwortest. Gibst du mir die falsche Antwort darauf, musst du den ganzen Berg wieder hinunter und deine ganze Reise hier rauf war völlig umsonst."

Sein Blick fuhr langsam wieder nach oben zu der kleinen Gestalt, er musste schlucken, weil er ja nicht wirklich ahnen konnte, was genau sie wissen wollte. Er selbst hatte ja nicht wirklich einen großen Wissensumfang, noch hatte er Ahnung von der Welt, wie sie gerade war. Wenn sie also was von seiner Vergangenheit wissen wollte oder etwas von hier, diesem Land oder wo auch immer er sich eigentlich befand, dann war er ziemlich geliefert und Mama Birga würde ihm die Ohren waschen bis sie blutig waren.

„Glaubst du?" fragte ihn das junge Mädchen und blinzelnd nahm er war, dass die Frage nur aus diesen zwei Wörtern bestand.

Für einen Moment biss er sich auf die Unterlippe, er musste wirklich genau überlegen, was er ihr antworten sollte. Ob er glaubte? Die Frage war doch eher, an was er glaubte. Denn an die Götter glaubte er zwar, doch betete er nicht wirklich zu ihnen. Eher glaubte er an den Himmel und die Erde, an Tod und Leben, an so viele Sachen. Und er glaubte an sich, was tausendmal wertvoller war als Schätze.

„Ja, ich glaube." Diese Worte klangen so felsenfest und sicher, so hatte er sich selbst seit dem Tag, als er im Wald aufgewacht war.

Für einen Moment stand die Zeit still, das kleine Mädchen schien zu überlegen ob sie auf seine Worte vertrauen sollte oder ob sie ihn weit weg schicken sollte. Doch da erschien ein Lächeln auf ihren Lippen und sie nickte bis sie dann im nächsten Augenblick verschwand, so als hätte es sie niemals gegeben. Der junge Mann aber war entsetzt darüber, dass sie einfach ging ohne ihm überhaupt gesagt zu haben, wer oder was sie eigentlich war.

Fast schon enttäuscht presste er seine Lippen aufeinander, so dass sein Mund ein schmaler Strich wurde. Leider konnte er gar nichts mehr machen und so blieb ihm nichts Anderes übrig als einen der kleinen zahlreichen Steine aufzuheben, von denen ein leichtes Funkeln ausging. Und vor allem glitzern sie, was dem Orakel noch mehr gefallen würde. Damit hatte er die Voraussetzung erfüllt um zu seinem Ziel gelangen zu können. Innerlich jubelte er als er den kleinen Gegenstand musterte, der ihn ein wenig an die Sterne erinnerte, die er nachts gerne beobachtete, wenn er nicht schlafen konnte. Was immer das blonde Geschöpf war, er war sehr froh, dass diese Begegnung stattgefunden hatte. Doch nun musste er unbedingt weiter.

Es war wirklich an der Zeit dem Orakel Hallo zu sagen und ihm eine seiner tausenden Frage zu stellen. Sie waren zwar sehr zahlreich aber aus einem Bauchgefühl heraus ahnte er bereits, dass ihm nicht alle Fragen beantworten werden konnte. Das war auch irgendwo okay, dennoch musste er sich genau überlegen, welche Frage er diesem sonderbaren Wesen nun stellen musste. Nachdenklich musterte er noch einmal den funkelnden Stein ehe er ihn in seine Tasche packte und seinen Weg weiter nach oben verfolgte. Je weiter er nach oben ging, umso kälter wurde es und auch der

Schnee strömte ihm, seit er den Ort mit dem Teich verlassen hatte.

Gerade als er sich überlegte, irgendwo unterzukriechen in der Hoffnung, der Schnee verschwinde dann irgendwann, bemerkte der junge Mann wie durstig und hungrig er eigentlich war. Er nahm den Trinkschlauch nahm um ein paar Schlucke der Suppe zu sich nahm. Diese war mittlerweile lauwarm geworden und viel war auch nicht mehr drin. Lange konnte er dem Wetter nicht mehr trotzen.

Doch dann tauchte im Hintergrund etwas auf, was ihm den Atem verschlug. Die Sonne grüßte die Erde mit einem Kuss und ließ dadurch den gesamten Himmel in ein rotes Licht tauchen. Es war wunderschön anzusehen und sein Herz raste bei dem Wunsch, er wäre eines dieser riesigen Raubvögel, die dem Sonnenuntergang entgegenflogen. Gefesselt von dem Anblick bemerkte er nicht, dass der Schnee nun endgültig aufhörte, nur seine zum Glück gefütterten Schuhe steckten noch in der weißen Masse.

Seine Sicht war nicht mehr durch den Schnee behindert und so entdeckte er das Tor, dass imposant wie auch warnend mitten im Nirgendwo stand. Feine Runen verzierten den unteren Teil, der breit am Boden stand um den Halt zu sichern. Schlank führte der massive Stein mit grauer Farbe nach oben, so dass sie einen Bogen formten. An den Halterungen mittig der jeweiligen Säulen konnte man erkennen, dass beeindruckend große Türen dran festgemacht sein mussten ehe sie wohl auf irgendeine mysteriöse Weise verloren gingen.

Für einen Moment hielt er den Atem an ehe er sich entschied durchzugehen. Erwartend sah er sich um, als würde etwas oder jemand dahinter warten, doch es herrschte nur Stille, die er nicht wagte zu unterbrechen. Also schritt er weiter nach oben bis er auf einmal stehen blieb und ungläubig auf den Boden sah. Gras. Hier wuchs tatsächlich Natur ohne den frostigen Schnee, der alles verdeckte. Nein, zierliche Blumenknospen streckten sich nach oben, wo der Schnee endete und die Wiese begann. Doch wie war das nur möglich?

Er fand einfach keine Erklärung dafür, weswegen er Kopf schüttelnd weiter seinen Weg ging. Hier und da tauchten Bäume auf, der Pfad, den er entlangschritt, war auch nicht mehr steil nach oben gerichtet, sondern gerade und fast schon gemütlich zu gehen. Noch immer ungläubig beobachtete er wie die Bäumen sich vermehrten und fast schon zu einem kleinen Wald wurden. Irgendwie fühlte er sich wohl in diesem Meer aus Laub- und Nadelbäumen.

Auf irgendeine Weise hatte er das Gefühl, dass es ihn an etwas erinnerte, doch was genau konnte er wirklich nicht sagen. Es war als hätte er eine Blockade in seinem Kopf, die sich einfach nicht lösen wollte. Warum auch immer es so war wie es war aber aufgeben würde er nicht, so oder so würde er seine Erinnerungen schon wiederfinden. Dabei dachte er an diesen blöden Schlüssel, der ihn gleichzeitig nervte wie neugierig machte. Was hatte dieser Gegenstand nur mit ihm zu tun?

Je weiter er den Wald durchwanderte umso mehr ahnte er, dass es zu dem Orakel nicht mehr weit war. Unruhig blickte er sich um, weil er nicht wusste, was ihn erwartete. Wie sah es aus, auf was musste er sich einstellen? Diese Fragen schwirrten ihm im Kopf als er ziemlich in der Mitte des Waldes angekommen sein musste, auf einer Lichtung, die so hell beleuchtet von der Sonne war, dass er sich eine Hand über die Augen halten musste um wenigstens etwas sehen zu können. Ein paar Meter trennten ihn von einem Steinhaufen, der sich erst nach genauerem Hinsehen zu etwas entwickelte, was ihn mehr als nur überraschte.

Zwei kleine Steinthrone, mit jeweils einem bequem aussehenden Kissen ausgestattet, ließen Platz für zwei Kinderkörper. Sie waren für Erwachsene viel zu klein und auch Sian, der recht klein für einen Mann war, passte da wirklich nicht rein. Wie bei der einen Armlehne saß auch bei der anderen ein Vogel. Im wunderschönem Schwarz gekleidet spreizten sie jeweils ihr Gefieder als er versuchte näher zu kommen und als er ihnen zu nah war, spannten sie beide ihre Flügel an und flogen dann los.

Mit großem Interesse folgte er ihren Bewegungen ehe der Blonde sie nicht mehr entdecken konnte. Schade, denn er bewunderte Raben für ihre Schlauheit und ihr Geschick, er hätte sie gerne weiter beobachtet. Doch leider war es ihm nicht vergönnt, weswegen er sogar etwas die Schultern hängen ließ. Doch seine Aufmerksamkeit wurde von etwas anderem eingenommen. Hinter dem Felshaufen, in dem sich die beiden kleinen Throne befanden, konnte man Schritte hören.

Zwei kleine Jungs, gleich aussehend mit nur einem Unterschied, hüpften auf die Throne. Beide hatten schwarzes, kurzes Haar, jeweils ein blaues Auge, da das andere weiß war und blind sein musste. Sie mussten so an die 8 Jahre alt sein, wenn er nach ihrem Aussehen und der Größe ging. Der Unterschied zwischen ihnen waren ihre Kleidung. Während der eine ein grünes Oberteil mit einem Wams darüber trug, hatte der andere ein rotes Hemd an mit geblichen Stickereien drauf und einem aus Stoff bestehenden Wams. Der blonde Junge runzelte die Stirn als sich sein Blick mit denen des Kleinen mit dem roten Gewand kreuzte. Irgendwie war ihm ganz mulmig zumute als er die Gestalten betrachtete, denn irgendetwas an ihnen ließ ihn erahnen, dass er hier mehr erfahren konnte als ihm vielleicht lieb war.

„Hugin, sieh ihn an. Da, das ist er", begann der eine zu sprechen, der andere fiel dann mit ein.

„Munin, ich weiß, ich weiß."

„Hugin, hat er uns was mitgebracht?", flötete Munin, während sein Zwilling den blonden jungen Mann musterte.

Als er begriff, von was die beiden redeten, zog er den glänzenden Stein aus seiner Tasche, den er von dem kleinen Mädchen erhalten hatte, und streckte ihn den beiden kleinen Gestalten entgegen. Diese waren nun nur noch auf den kleinen Gegenstand fixiert und Hugin, der mit dem grünen Hemd, stand sogar fast auf. Nur sein Zwilling konnte ihn davon abhalten, sich auf Sian zu stürzen, damit er das glänzende Etwas in die Hände bekam.

„Wir wollen es, wir kriegen es."

Bei der ganzen Situation war ihm bewusst, dass das hier nicht gerade glimpflich für ihn ausgehen könnte, wenn er nicht auf sich selbst aufpasste. Denn selbst wenn das nur kleine Jungen waren, so ahnte er, dass mehr hinter den beiden steckte, als es im Moment für ihn aussah. Munin, der sein Ebenbild davon abhielt, sich auf den Reisenden zu stürzen, blitzte ihn mit den Augen an, als wüsste er, was Sian gerade über diese Situation dachte.

„Es ist wirklich selten, dass der Berggeist erlaubt, einen seiner wertvollen Steine mitzunehmen", kam trocken von demjenigen, der Munin sein musste.

Es war unangenehm so von den beiden betrachtet zu werden, weswegen er die Hand um den kleinen Gegenstand schloss und den Arm wieder sinken ließ, um das Glänzen von den beiden zu verbergen. Er war sich sicher, wenn er nicht bald seine Frage stellte, würde er vielleicht niemals eine Antwort bekommen.

Doch bevor er die Frage stellte, spürte er in seiner Tasche den alten Schlüssel, denn er seit anfangs schon mit sich herumschleppte. Er zog ihn unsicher aus der Tasche, und obwohl er wusste, dass er eine andere Frage stellen musste, so war das die erste, die ihm in diesem Moment einfiel. Also zeigte er ihnen den Schlüssel und sprach die Worte, die ihn in dieser Sekunde am meisten interessierte.

„Wohin führt mich dieser Schlüssel?"

Die beiden Jungen hielten für einen Moment die Luft an, dann bewegte sich der mit dem roten Hemd. Er stand leise auf und mit einem mulmigen Gefühl wurde dem blondem Wanderer klar, dass er erfahren würde, wohin seine

Reise nun führen würde und warum er die ganze Zeit diesen Schlüssel bei sich hatte. Tatsächlich war er während seiner Reise zu der kleinen Stadt wirklich am Überlegen gewesen, den Schlüssel einfach weg zu werfen und ihn zu vergessen.

Doch genau dieses Rätsel, was man ihm aufgebürdet hatte ohne dass er eigentlich wusste, wer genau eigentlich gewesen war, ließ ihm einfach keine Ruhe. Und so war seine Entscheidung in der Zeitspanne von 3 Sekunden gefallen, als er den Schlüssel ertastete und Munin, der in seinem roten Hemd und dem Wams, vor ihm stand um den Schlüssel genauer zu betrachten. Hugin dagegen saß angespannt auf seinem Steinthrönchen und beobachtete von seinem Platz alles ganz genau.

Kapitel 5

Die beiden Gestalten vor ihm schwiegen während Sian immer unruhiger wurde. Während nun der zweite von den sonderbaren Jungen zu ihm ging um ihn zu umkreisen, biss er sich auf die Unterlippe. Er hatte zwar schon vorher ein merkwürdiges Gefühl in der Magengegend gehabt, doch jetzt war ihm ganz und gar nicht gut zumute. Etwas an den beiden brachte ihn dazu, darüber nachzudenken, warum er eigentlich hier hochgekommen war.

Gut, er war eher überrumpelt worden von der Entscheidung Mama Birgas, dennoch hätte er auch irgendwie eine Ausrede finden können. Nervös fuhr er sich durch die wilden Haare, die inzwischen etwas an Länge zugelegt hatten seit er im Wald aufgewacht war. Munin schien in eine Art Starre oder Trance gefallen zu sein, seit er den Schlüssel an sich genommen hatte und auch Hugin, der ihn zuerst umkreist hatte, war neben seinem Bruder stehen geblieben und betrachtete mit weit aufgerissenen Augen den rostigen Gegenstand.

Der erste von den beiden, der sich rührte war Hugin. Seine Augen, das eine Auge klar weiß, das andere in einem strahlenden Blau Er vermutete, dass das in milchigen

Weißton strahlende Auge blind war und damit lag er auch richtig. Für einen Moment war er zu fasziniert um zu realisieren, dass auch Munin seinen Kopf ebenfalls angehoben hat.

Ihn fröstelte einen Moment ehe er sich auf die nächsten Worte konzentrierte, die Munin von sich gab. „Es gibt eine Stadt, weit im Norden, die einem König gehört. Im tiefsten Winter steht sie mit all ihrer Pracht in einem Meer aus Schnee. In dieser Stadt findest du das passende Schloss."

„In einem Haus, dort wo niemals eine Sonne scheint, findest du einen Raum ohne Tür und ohne Fenster. Dort musst du suchen und finden, was auch immer dein Schicksal sein wird."

Hugin beendete, was sein Zwillingsbruder angefangen hatte und obwohl er ein komisches Bauchgefühl hatte und überhaupt nicht wusste, welche Stadt die beiden meinten. Mit Sicherheit musste er seine Reisebegleiter fragen, ob diese wussten, was die beiden ihr sagten. Das Rätsel hatte sich in seinen Kopf gebohrt und er war sich sicher, dass er es niemals vergessen würde.

Die Zeit stand für einen Moment still und er konnte das leise Rattern in seinem Kopf hören, das sich damit beschäftigte, das Rätsel auf irgendeine Art und Weise zu lösen. Doch im Endeffekt blieb ihm einfach nichts Anderes übrig als Mama Birga und die anderen zu fragen, denn er kannte sich einfach nicht aus. Er wusste ja noch nicht mal, wie die Hauptstadt dieses Landes hieß. Vielleicht sollte er sich wirklich mal damit beschäftigen, wo er eigentlich war.

Langsam hob er wieder seine Hand, mit dem Stein, der noch mehr zu glitzern schien als zuvor. Leicht neigte er den Kopf und betrachtete das kleine Etwas, ehe er es in die Hand von einen der Jungs legte. Diese schienen sich mehr als alles andere über den kleinen glänzenden Gegenstand zu freuen, den sie nun mit funkelnden Augen betrachteten. Als wäre es der größte Schatz der Welt brüteten sie darüber und schienen die Welt um sie herum völlig zu vergessen. Der junge Mann wusste nicht ob er lächeln oder sich wundern sollte, also tat er nichts von beiden. Mit einer Hand strich er sich durch die Haare während er die beiden kleinen Gestalten beobachtete, die nur noch Augen für den Gegenstand hatten. Deswegen entschied er sich, die beiden zu verlassen um sie nicht dabei zu stören, was auch immer sie gerade taten.

Er sah noch einmal zu den beiden bevor er seinen Weg antrat um wieder zu gewohnten Landschaft zu kommen. So reizvoll und abenteuerlich dieser Weg auch war, er wollte einfach wieder zu seinen Freunden und zu normaleren Bedingungen. Das hier musste man nicht ständig haben, vor allem die Kälte, die noch immer an seinen Knochen nagte und ihn sich schwer fühlen würde. Leider hatte er so gut wie keine Suppe mehr in seinem Trinkschlauch, aber er war sich sicher, dass der Weg nach unten nicht so lange dauern würde wie der nach oben. Auf seinem Weg ging er wieder an diesem merkwürdigen Teich vorbei, mit den vielen Steinen und innerlich dankte er dem Berggeist, dass er ihm einen seiner Steine geschenkt hatte. Da erschien am Rand noch einmal das kleine Mädchen, welches ihm zuwinkte und er winkte zurück. Zu gerne hätte er sie nach ihrem eigenen Namen gefragt, doch sie war schneller wieder weg als er gucken konnte.

Der Weg zu Ragna war noch schneller als gedacht, der steile Weg nach unten führte dazu, dass Sian regelrecht laufen musste. Ohne zu zögern klopfte er an die Tür der großen Frau, die ihm erfreut aufmachte und ihn sich setzen ließ. Erneut bot sie ihm eine volle Schüssel Eintopf an ehe sie ihn befragte, was denn die Zwillinge zu ihm gesagt hatten. Bei dem Rätsel stutzte die dunkelblonde Person selbst, denn auch sie kannte die Antwort darauf nicht. Also würde der junge Mann seine Reisegefährten fragen müssen, die hoffentlich irgendwo auf ihn warteten. Darüber hatte er sich ja noch gar keine Gedanken gemacht. Wo sollte er sie treffen? Sie meinten zwar, sie würden um den Berg rumgehen aber wo genau war das denn?

In seine Gedanken vertieft, merkte er gar nicht wie Ragna einen großen Rucksack heranzog und allerlei verschiedene Sachen in diesen hineinpackte. Erst als er zugeschnürt und festgeschnallt war, blinzelte der Jüngere fragend.

„Dachtest du wirklich, ich bleibe hier während du dich in ein Abenteuer stürzt?", gluckste sie während sie den aus Leder bestehenden Rucksack auf ihren Rücken hob. Zuerst verblüfft, dann aber froh um den neuen Zuwachs in der kleinen Familie, nickte er. Er wusste nicht wirklich, was er sagen sollte, so dankbar war er der Frau, die ihm gerade gegenübersaß. Während sie ihm und sich selbst noch etwas heiße Suppe in die Trinkschläuche füllte, aß er die wärmende Nahrung auf um selbst dann startklar zu werden. Er musste Energie sammeln, damit er auch mit ihr mithalten konnte, wenn er das wollte.

Nachdem er sich satt gegessen und Ragna alles für ihren Aufbruch vorbereitet hatte, konnte es der junge Knabe kaum erwarten, den anderen seine Begleiterin vorzustellen. Er war sich sicher, dass sich die Jotunnbarn gut in die Gemeinschaft mit eingliedern konnte. Vor allem war aber er froh über den Humor, denn die dunkelhaarige Person mit sich herumtrug, als wäre es ein alter Freund, ohne den sie einfach nicht leben wollte. Doch ihn sollte das nicht stören, jeder hatte doch seine Geschichte, sein Verhalten und seine Eigenschaften, die einen eben ausmachten. Es hatte auf jeden Fall seine Gründe, warum diese Hünin so humorvoll war. Doch umso mehr war er einfach froh, sie in seiner Nähe zu wissen und noch mehr, dass sie ihn auf diese merkwürdige Reise begleiten würde, wo er wirklich Leute brauchte, denen er vertrauen konnte.

Als sie also beide dem Berg nach unten folgten, hatte der Jüngere ziemliche Probleme mit ihren Schritten mitzuhalten. Dennoch war er froh darüber, dass der Weg runter schneller ging als er hinauf gedauert hatte. Und doch bohrte sich die Ungeduld tief in ihn hinein, er konnte es gar nicht abwarten, Lehy und die anderen wieder zu sehen. Sogar Enar fehlte ihm, dieser seltsame Kauz mit seiner Fidelstimme und der krummen Nase. Und je mehr er an die Leute dachte, die im Grunde seine ganze Familie war, umso schneller wurden seine Schritte. Doch irgendwann stellte sich bei ihm die Erschöpfung ein und mit schlappen Gang setzte er sich auf einen der Felsbrocken, die hier in der Gegend herumstanden. Er sah deutlich, dass es nicht mehr weit war und dennoch brauchte er einfach eine Atempause.

Vielleicht auch einfach etwas zu Essen, Ragna gab ihm einen Teil des Brotlaibs, den sie vorhin ebenfalls eingepackt hatte. Als sie ihm etwas von dem geräucherten Fleisch abschnitt, gluckste sie leise und betrachteten den jungen Knaben.

„Auch, wenn du ungeduldig bist, mein Lieber, schon besser deine Kräfte. Wir kommen so oder so nach unten, ob auf kurzer oder langer Dauer", ermahnte sie leise während sie sich selbst nur ein paar Schlucke aus dem Trinkschlauch genehmigte.

Doch warten war einfach nicht Sians Sache. Genauso wenig wie Geduld, das war einfach nichts für ihn. Er wollte alles gleich sofort haben. Er sehnte sich einfach nach diesen Leuten, als wären sie seine richtige Familie. Wobei er ja so echt keine Ahnung hatte, wer überhaupt seine Familie war.

Die Rast dauerte ihm viel zu lang, wobei er dann aber doch merkte, wie ihm die Beine schmerzten. Doch daran wollte er gar nicht denken und so nahm er den Weg mit der großen Frau, die ihn begleitete, wieder auf. Und tatsächlich, nach stundenlangen Fußmarsch erreichten sie das Ende des Berges. Fragend blickte er sich um, ob er irgendwo in der Ferne ein Lagerfeuer erblicken konnte, doch dem war nicht so. Zweifelnd runzelte er die Stirn und blickte fragend zu seiner Begleiterin auf, die die Schultern zuckte. Vielleicht hatten sie sich ja im Wald zurückgezogen, der sich im Norden befand und eine große Fläche bedeckte, die Sian nicht einmal abzuschätzen wagte. Erneut hörte er das glucksende Geräusch der Jotunnbar, was ihm ein kleines Seufzen entlockte.

Seine Beine trugen ihn noch zum Wald, wo er einen kleinen Bach entdeckte. Herrlich frisches Wasser erweckte den erschöpften jungen Mann wieder zu neuem Leben, bereit für sämtliche Schandtaten. Ragna musste dieser Anflug von neuer Energie wirklich gefallen, denn ansonsten würde sie nicht so breit Grinsen. Als er sie schon fragen wollte, was denn genau mit ihr los sei, deutete sie nach oben. Zwischen den Bäumen fand sich ein provisorisches Baumhaus und er schaute nicht schlecht als er einen bekannten Rotschopf erblickte, die ihm von dort oben zuwinkte. Fast schon lief er rot an, weil er es nicht vor ihr entdeckt hatte und seine Ohren taten es sogar. Doch noch mehr freute er sich, Lehy wieder zu sehen und winkte ihr mit beiden Händen zu. Oh Gott, wie sehr hatte er das Räuberkind vermisst. Da kam sie auch schon über eine sehr provisorische Leiter nach unten gehüpft, direkt in seine Arme. Freudig wirbelte er sie herum bevor er die kichernde Gestalt wieder am Boden absetzte.

„Lehy, ich bin so froh…" begann er, doch hinter sich hörte er Schritte, die ihm nur allzu bekannt vorkamen.

„Ein bisschen beeilen hättest du dich schon können", schnarrte die Stimme des ehemaligen Königs der Räuber. Seine Harkennase voran kam der Dunkelhaarige aus dem Gebüsch hervor, mit zwei Kaninchen in den Händen. Und doch konnte der Blonde nicht anders als sich von Lehy zu lösen und den großen Mann zu umarmen, der ihm genauso gefehlt hatte wie die anderen zwei. Der andere tätschelte seinen Rücken, so als wäre er solche Zuneigung nicht gewohnt. Mit einem verlegenen Grinsen löste der Blonde die Umarmung und kratzte sich am Hinterkopf. Suchend sah er sich um, doch er entdeckte die alte Frau nicht, die er gerade gerne sehen würde.

„Wo ist eigentlich Mama Birga?", fragte er seine beiden Freunde, doch diese sahen ihn ratlos an.

„Sie meinte, wir sollen auf dich warten und wenn du kommst, sollen wir Richtung Norden gehen. Sie würde uns hinterherkommen."

Für einen Moment verzog er die Lippen, der Gedanke gefiel ihm nicht. Jedoch, wer wusste schon was im Kopf der alten Dame so vor sich ging? Sie würde schon wissen, was sie da tat. So also nickte er und wendete sich zu Ragna um, die das ganze Spektakel mit einem leichten Grinsen im

Gesicht beobachtet hatte. Seine Gefährten folgten seinem Blick und gerade als er schon befürchtete, sie würden zu ihren Waffen greifen, so reagierten sie doch ziemlich gelassen auf die Nachricht, dass die Jotunnbarn mit ihnen reisen würde. Irgendetwas an der blonden Frau schien sie beide zu beruhigen, obwohl sie doch noch immer die Begegnung mit dem anderen Riesen vor Augen hatten. Oder vielleicht vertrauten sie ihm soweit, dass er niemanden mitbringen würde, der sie umbrachte.

„Gut, dann…" begann er, zögerte dann aber doch, weil er nicht wusste, wie sie nun weiter verfahren sollten. Unsicher blickte er die drei an bevor er sich dazu entschied, ihnen von dem Rätsel zu erzählen. Enar und Lehys Gesichter sprachen aus, was er sich dabei dachte: Was sollte das zur Göttin Hel nur bedeuten?

Ratlos blickte er in die Runde, doch dann zuckte er die Schultern.

„Dann gehen wir eben nach Norden", verkündete der Blonde, zwar war er sich nicht ganz sicher mit dieser Entscheidung aber es war besser als nichts.

Die anderen nickten nur, genauso unsicher wie er selbst und dennoch stimmten sie ihm bei dieser Sache zu. Es war besser, sich wenigstens in eine Richtung zu wagen als nur ungewiss rum zu hocken. Dennoch ruhte er sich erst einmal ein wenig aus, bevor sie sich auf den Weg machten. Ragna schien wahnsinnig viel Ausdauer zu haben, sie beschwerte sich keine Sekunde lang und an ihr konnte er keinerlei Anzeichen von Erschöpfung oder Unmut ausmachen. Vor allem aber, und das schätzte er wahnsinnig an ihr, schien sie eine Geduld zu haben, die man nirgendwo anders finden konnte. Er hatte wahnsinniges Glück gehabt, dass er ihr begegnet war.

Das Rätsel immer noch im Kopf, lehnte er sich leicht nach hinten und seufzte. Irgendwann mussten sie ja aufbrechen. Und obwohl er das wusste, genoss er noch einen Augenblick des Stillstands. Ständig unterwegs zu sein, das passte ihm nicht so ganz. Es war okay, zu reisen aber er hätte doch gerne ein paar Tage, die nichts mit einem gewaltigen Fußmarsch zu tun hatten.

Doch es half alles nichts, sie mussten gehen. Nachdem sie alle ihre Taschen gepackt hatten mit dem nötigsten, die so eine Reise mit sich brachte, begannen sie den erneuten Fußmarsch.

Frischer Wind kam aus dem Norden und wehte ihnen ins Gesicht, was sie frösteln ließ. Die Luft wurde kälter, je weiter sie gingen und doch fiel kein einziges Mal Schnee. Es war, als wäre dieses Land vor vielen Jahren verflucht worden und trostlos, ohne Hoffnung auf Heilung, hatte es sich seinem Schicksal ergeben. Wie traurig musste es sein, zu verwelken ohne eine Chance darauf, wieder erblühen zu können.

Sians Gedanken waren bisweilen schon längst abgedriftet, nur wenige Wortfetzen fiel zwischen den Gefährten während der Pfad, dem sie entlang schritten, steiniger wurde. Kleine Kiesel krümelten sich unter ihren Schuhen, was dem ein oder anderem ein „Au!" entlockte, wenn einer der Steinchen es schaffte, sich direkt in das Schuhwerk zu schleichen.

Wann immer das geschah, mussten sie für einen Moment innehalten, damit der eine sich davon wieder befreien konnte, denn wer wollte bitte schon mit einem so spitzen Widerling, der sich in die Haut der Sohle bohrte, reisen? Stück für Stück kamen sie ihrem Ziel näher und doch, gegen Abend, wurden sie müde. Erleichterung machte sich zwischen ihnen allen breit als sie ein Lager entdeckten, zu dem sie sich aufmachen wollten um dort Rast zu machen. Allein Sian hatte ein merkwürdiges Gefühl dabei als sie dem bunten Treiben näherkamen.

Das Lager lag an einem kleinen Hügel gelehnt, es war zu groß um anzunehmen, dass sie nur ein „paar" Leute antreffen würde. Doch dem war überhaupt nicht so. Buntes

Treiben begrüßte sie und geleitete sie zu einem großen Lagerfeuer. Es gab so viel zu sehen, dass sie nicht einmal wussten, wo sie genau hinsehen sollten. Es gab Kinder, alte Menschen, junge Menschen, Eltern und die, die gerade erst erwachsen wurden. Sian war beeindruckt von solch einer großen Menschenschar. Zwar hatte er einige Leute im Dorf der Räuber getroffen, doch war das nichts gewesen im Vergleich zu der großen Menschenmenge hier. Es gab in diesem Lager einfach alles, in jeder Ausführung. Ein paar sahen aus, als würden sie aus dem Süden kommen, dunkelhaarig und klein. Dann wiederum gab es welche, die von der Haar- und Augenfarbe Ragna ähnelten, die ihn immer wieder an den kalten Norden erinnerte.

Dem blonden wurde es mulmig zumute, was ihn wünschen ließ, dass die ältere Dame, die ihn sonst begleitete, hier wäre. Birga würde sich schneller zurechtfinden als er. Schließlich war es sie gewesen, die Ihnen die Richtung gewiesen hatte und irgendwie ahnte er, dass sie auf die Menschen hier treffen hätten sollen. Doch das alles hier war ihm einfach viel zu gesellig, zu bunt und vor allem viel zu aufregend. Er mochte es eher ruhig, mit einem kleinen Grüppchen kam er eher zurecht. Doch als sie dann an dem großen Lagerfeuer angekommen waren, war es schon viel besser. Zwei gleich aussehende junge Frauen reichten den vier große Holzschüsseln, aus denen es dampfte. Es roch gut, regte den Appetit nur so an und dennoch konnte er sich selbst nicht dazu überreden, diese Nahrung zu sich zu nehmen.

Gegenüber von ihm, auf der anderen Seite des Feuers, setzte sich ein alter Mann. Er hatte einen langen, grauweißen Bart und sah an sich doch recht freundlich aus. Seine grünen Augen stachen aus seinem Gesicht hervor und musterten die Neuankömmlinge, die einfach so in sein Reich eingedrungen waren. Beinahe wirkte er wie ein König, der gerade entschied, wie er mit den Fremden umgehen sollte. Und dann, unerwartet, lächelte er sie an und entblößte dabei zwei Reihen makelloser Zähne.

„Fühlt euch willkommen, esst und trinkt, meine Freunde", lud er sie ein.

Er fragte nicht, woher sie kamen oder wohin sie gingen noch wer sie waren, was für den Jüngsten der Reisenden ziemlich merkwürdig war. Würde man nicht normalerweise gerade das fragen, wenn man Fremden begegnete?

Das seltsame Gefühl in seiner Magengegend wurde zudringlicher als er die anderen dabei beobachtete, wie sie ausgelassen mit den Wandersleuten sprachen, die aus Gauklern und Warenhändlern bestanden. Noch einmal, dieses

Mal mit einem genaueren Blick, betrachtete er die Schüssel in seinen Händen und deren Inhalt. Vieles schwamm darin, das er ausmachen konnte, wie Karotten und anderes Gemüse. Doch besonders stachen die Pilze hervor, die er nicht kannte. Stirnrunzelnd hob er den Löffel an und musterte das braun-graue Exemplar. Seine Freunde, selbst Ragna, wurden immer geselliger, lustiger und damit auch lauter während er in sich gekehrt alles um ihn herum beobachtete. Irgendetwas hier war total verrückt, er musste einfach nur heraus finden was es war. Unruhig blickte er zu seinen Reisegefährten, doch außer dass sie etwas aktiver wurden, gab es momentan nichts Beunruhigendes bei ihnen. Deswegen ließ er seinen Blick zu diesem komischen Alten wandern, der mit einem Dauergrinsen dasaß und seine Gruppe nicht aus den Augen ließ.

Je mehr Zeit verging umso mulmiger wurde ihm. Er wünschte sich, er hätte eine Decke bei sich, denn ihm wurde kalt und seine Glieder schmerzten aufgrund der Temperaturen. Die Kälte kroch in seine Knochen und ließ seine Laune nur noch weiter sinken während auch die anderen wegen Müdigkeit und Kälte stiller wurden. Man brachte sie in eines der großen Zelte, die sich in der Talmulde versammelten als würden sie ein kleines Dorf bilden.

Im Zelt schienen alle von einer Sekunde auf die andere einzuschlafen. Sian war regelrecht erstaunt, denn sogar Lehy, die normalerweise auch länger brauchte, war sofort im Land der Träume. Fast schon war er etwas neidisch darauf als er sich ebenfalls hinlegte und versuchte, eine gemütliche Position zu finden. Als er gerade so am eindösen war, hörte er Schritte vor dem Zelt. Ein ungutes Gefühl ließ ihn sich aufsetzen, doch war er von der Müdigkeit so betäubt, dass er zu spät registrierte, dass jemand zu ihm hineinging.

„Er ist nicht bewusstlos…" zischte eine tiefe Stimme. Leider war er zu langsam und schwerfällig um den Schlag abzuwehren, der ihn am Hinterkopf traf. Bewusstlos sank er neben Enar, der leise vor sich hin schnarchte als wolle er einen ganzen Wald zersägen.

Rattern von Holzrädern auf unebenem Boden weckte ihn aus seinen Schlaf, sein Kopf fühlte sich an als würde dieser jeden Moment platzen. Schmerzen zogen sich von seinem Hinterkopf nach vorne und ließen ihn missmutig das Gesicht verziehen. Doch bald schon riss er seine Augen auf und blickte sich um. Die Geräusche, eine Ansammlung aus Rattern, Quietschen und ähnlichem, kam von den Wägen und Pferden, die diese zogen. Etwas in ihm sagte ihm, dass das hier kein lustiger Ausflug werden würde. Neben ihm lagen Enar und Ragna, doch von Lehy war hier keine Spur. Hoffentlich hatte diese entkommen können.

Vorsichtig, um zu testen ob sein Körper irgendwelche Verletzungen vorwies, richtete er sich auf um sich hinzusetzen. Außer diesen gigantischen Kopfschmerzen, die es ihm wirklich schwermachten, die Augen offen zu halten. Er wollte sie sich schon wieder zukneifen, da weckte etwas anderes seine Aufmerksamkeit. Ragna fing an sich zu regen, sie schlug benommen die Augen auf. Heiser flüsterte er ihren Namen um ihre Aufmerksamkeit zu ergattern.

Es fühlte sich wie eine Ewigkeit an als sie ihren Blick zu ihm wandern ließ, ihre Augen flatterten und es musste ihr schwerfallen, diese offen zu lassen. Dennoch, das begriff er schnell, musste sie ahnen in welcher Gefahr sie schwebten. Und ihm war durchaus bewusst, dass das hier kein Sparziergang werden würde.

Kapitel 6

Der Wagen ratterte stetig weiter und hielt sie alle wach. Mit Ragna, Enar und ihm saßen noch 3 weitere Insassen in diesem Gefährt. Der blonde, junge Mann sah sich um und beobachtete für einen Moment die Bäume, die an ihnen vorbeizogen. Mittlerweile hatte sich Ragna ebenfalls aufgerichtet und lehnte gegen die eisernen Stangen, die sie alle von ihrer Freiheit trennten.

Ein Ruck fuhr durch die Reihen des langen Zuges aus Wägen, die von Pferden, meist mit hellem Fell und flachsfarbener Mähne. Sie sahen stark aus, das mussten sie aber auch sein, wenn sie solche schweren Dinge zogen. Tatsächlich wunderte sich der Blonde man, wie es möglich war, dass solche Tiere es schafften, so etwas in Bewegung zu setzen.

Auf einmal drang gellender Schrei an seine Ohren, weswegen er sich ruckartig aufsetzte und versuchte, durch die Eisenstangen etwas zu erkennen. Aus dem Wortwirrwarr, der von vorne her zu kommen schien, hörte er heraus, dass ein Wolf anscheinend zwei der vorderen Pferde verletzt haben musste. Wie seltsam, dass Wölfe immer wieder seinen Weg kreuzten, er konnte sich noch gut an die Begegnung auf dem Berg mit eines dieser Wesen erinnern.

Ein Beben ging durch seinen Körper als er genau dieses Geschöpf sah, an das er gerade gedacht hatte. Es stand für einen Moment vor ihm, bleckte die Zähne und blickte ihm direkt in die Augen. Sian wollte die Hand nach ihm ausstrecken, doch da war es auch schon wieder weg, schneller als er gucken konnte. Etwas an diesen kurzweiligen Momenten schien magisches an sich zu haben, langsam fragte er sich ob es doch etwas wie Schicksal oder dergleichen gab.

Langsam sank er wieder zusammen, er hatte eben noch gekniet, was seinen Gelenken so gar nicht gefallen hatten. Von der anderen Seite blickte ihn eine mutlose Ragna an, deren Neugier aber keine Grenzen gesetzt war. Bevor er aber eine Erklärung abgeben konnte, ruckelte der Wagen erneut und er erblickte eine kleine, aber flinke Gestalt am Gitter des Wagens hängen.

„Lehy!", entkam ihm überrascht, er war noch nie so froh gewesen, die Rothaarige zu sehen, wie jetzt gerade. Doch diese legte ihren Zeigefinger an die Lippen und überprüfte dann, wie sie am besten das Schloss öffnen konnte, das ihre Kameraden gefangen hielt.

Gerade als er einen Schemen hinter seiner Gefährtin wahrnahm, erklang ein dumpfes Geräusch und die Person, die wohl verhindern wollte, dass man sie alle hier befreite, sank zu Boden.

Ihm fiel ein Stein vom Herzen, als er bemerkte, dass Mama Birga nicht nur die Räuberstochter, sondern auch sie alle hier gerettet hatte.

„Bei Odin…" entfloh ihm erleichtert, dafür erntete er zwar komische Blicke, aber man achtete ansonsten nicht weiter auf ihn.

„Auf euch Dummköpfe muss man immer 3 Augen haben", schimpfte die alte Hexe während sie der jüngeren dabei half, das Schloss zu knacken.

Bei dem Geräusch des sich öffnenden Schlosses wurden alle aufmerksam, Jubel brauch aus während einer nach dem anderen das Gefährt verließ.

Die drei Fremden, bestehend aus einer Frau im mittleren Alter und zwei jungen Burschen, die zuvor noch mit ihnen im Wagen gesessen hatten, liefen eilig in den Wald. Genau das Gleiche sollten sie auch tun, doch zögerte die alte Frau etwas.

Enar, der über den Tag nicht wirklich viel mit ihnen gesprochen hatte, blinzelte fragend und wollte schon den Mund öffnen, doch wurde er von der Hexe gestoppt, indem sie ihm warnend ein Handzeichen gab. Alle waren sie verwirrt, selbst Lehy verstand die Welt nicht mehr. Ratlos blickte jeder jeden an bis sie ein nahes Knurren kannte, genau dasselbe Geräusch, das Sian schon wenige Augenblicke zuvor gehört hatte. Mit großen Augen betrachtete er den stämmigen Wolf, der nun schon zum dritten Mal seinen Weg mit ihm kreuzte.

Gerade als er einen Schritt nach vorne wagen wollte, hinderte ihn Birga daran. Sie selbst schien sich der ganzen Sache nicht sicher zu sein. Hinter ihnen kam Ragna aus dem Wagen getaumelt, ihre Benommenheit schien stärker gewesen zu sein als bei allen anderen. Vielleicht hatten sie bei ihr zu viel reingetan, weswegen er sich sicher war, dass der Weg für die große Frau schwierigen sein würde als vielleicht für ihn oder seine Kameraden. Die Blicke des Wolfes trafen sich noch einmal mit den seinen bevor das gigantische Tier den Kopf beugte, sich von ihnen abwendete und die Stelle, an der es eben noch gestanden hatte, verließ.

Irgendetwas daran ließ den Jungen traurig werden, doch konnte er einfach nicht benennen, warum. Die Älteste unter ihnen schien deswegen beunruhigt zu sein, Sian aber verzog nur kurz seinen Mund bevor er sich der großen Gestalt neben ihm zuwendete.

„Wir bringen dich erst einmal hier weg bevor wir Rast machen", erklang die raue Stimme an Ragna gewendet, die nur nicken konnte.

Das Sprechen fiel ihr wohl ebenfalls schwer, genauso wie laufen. Dennoch würde er alles dafür tun, damit der

Jotunnbar nichts passierte. Ihm war aufgefallen, das die riesenhafte Gestalt nicht gerne Schwäche zeigte. Das konnte er tatsächlich auch verstehen, trotzdem war sie aber in diesem Moment von ihnen abhängig und er wollte sie auf keinen Fall enttäuschen.

Irgendwie fühlte er sich für die Gesundheit seiner Reisegefährten verantwortlich, da sie überhaupt wegen ihm hier in dieser Lage waren. Es verstand sich von selbst, dass er sich sorgte und sie beschützen wollte. Später, wenn die große Frau wieder munterer war, würde er sich auf jeden Fall bei ihr entschuldigen müssen. Er fühlte sich sehr schuldig und wenn Ragna keine Lust mehr hatte, ihn zu begleiten, dann konnte er das sehr wohl verstehen.

Selbst jetzt gerade dachte er daran, wie es wäre, die Suche nach seiner Vergangenheit einfach abzubrechen und sich irgendwo in eines der Dörfer nieder zu lassen. Vielleicht konnte er als Jäger arbeiten und so seinen Lebensunterhalt verdienen. Er könnte, wenn sie den so wollte, Lehy zur Frau nehmen und für sie sorgen. Kurz blickte er zu der Rothaarigen, doch sie konnte zum Glück keine Gedanken lesen. Oder doch? Er spürte seinen Blick auf sich gerade als er sich wieder zu der benommenen Person neben sich wendete.

Sie mussten dringend etwas finden, wo sie sicher waren, ansonsten würde es noch viel mehr Ärger geben, als sie heute schon hatten.

Gerade als sie einige Schritte nach vorwärts gewagt hatten, der dunkelblonden Gestalt neben Sian ging es immer noch nicht wirklich besser, entdeckten sie ein Holzhaus. Es war etwas länglich und gänzlich aus Holz. Nur die Scharniere an der Tür schienen aus Metall gemacht zu sein, wobei es doch schon abgenutzt schien, es musste auf jeden Fall schon eine Weile dort stehen. Fragend blickte Sian zu der alten Frau, die vorausging und diese schien selbst für einen Moment zu zweifeln. Doch dann schritt sie mit dem größten Selbstvertrauen, das der Blonde jemals erblickt hatte, auf das Gebäude zu und klopfte dreimal gegen die alte Tür, doch niemand öffnete ihnen.

Erneut klopfte Birga an der Tür, nichts tat sich. Stattdessen öffnete sich die Tür wie von Zauberhand und lud sie quasi schon dazu ein, hinein zu treten. Der alten Dame schien das nicht zu behagen, doch Sian wollte einfach gerade nichts anderes als sich da hinein zu setzen und erst einmal seine Beine kräftig auszustrecken.

Lehy und Enar waren wohl derselben Meinung, denn sie drängten sich näher an den Eingang und streckten die

Köpfe hinein. Das war für ihn das Zeichen, mit Ragna einzutreten und sie am Lagerplatz abzusetzen, wo sie mit einem erleichterten Seufzen niedersank.

„Wie seltsam...", flüsterte Lehy und der junge Bursche konnte ihr nur zustimmen.

Niemand war hier, das Haus schien verlassen worden zu sein. Es war kein Geschirr da, die Feuerstelle war schon lange nicht mehr benutzt worden. Gerade deshalb richtete er sich wieder auf, er musste dringend Feuerholz sammeln und vielleicht irgendwie etwas zu essen besorgen. Und einen klaren Kopf bekommen. Denn er war so wütend und wusste dennoch nicht, wie er mit dieser Emotion umgehen sollte. Auf jeden Fall musste er hier raus, er brauchte einfach ein wenig Zeit für sich um wieder klar denken zu können. Er wollte vor den anderen nicht zeigen, wie verunsichert er doch gerade war und wie viel Angst er hatte, wenn es um seine Freunde ging.

„Ich geh Holz holen", murmelte er deswegen kurz angebunden, mit schnellen Schritten trat er wieder aus dem Haus heraus um die Antwort von ihnen nicht hören zu müssen. Es war nicht ihre Schuld, sie konnten ja nichts dafür, dass sie unter Drogen gesetzt wurden und dann in einem ko-

mischen Wagen mit Gittern davor wieder aufwachen mussten. Eher gab er sich die Schuld, weil er nicht gut genug aufgepasst hatte, er hätte sie alle beschützen müssen.

Leise stampfte er in den Wald zurück, wenn ihn jemand
der Entführer entdeckte, wäre das auch in Ordnung. Er
würde denjenigen in der Luft zerreißen, wie es der Wolf tun
würde, den er vorhin an den Wägen gesehen hatte. Ungehal-
ten trat er gegen einen kleinen Ast, der am Boden lag und
stellte sich vor, er wäre der Wolf gewesen. Unfassbare Gier
stieg in ihm auf und ein lautes, wutgeladenes Knurren erklang aus seiner Kehle. Etwas hinter ihm knackste und mit
einer schnellen Bewegung dreht er sich um. Seine Muskeln
waren angespannt, bereit zum Angriff und in seinem Blick
zeigte sich die blanke, nackte Wut, die er dem nächsten Menschen entgegen schleudern würde.

Das war etwas, was Sian noch nicht kannte. Wut. Dieses
hässliche Gefühl, dass sich tief in seine Magengegend bohrte
und ihn dazu brachte, blind zu sein für alles andere. Als er
sich umdrehte, sprang ein Reh von ihm davon und im selben
Moment tat es ihm leid, dass er das Geschöpf so erschreckt
hatte. Miesmutig seufzte er, das war doch sonst auch nicht
so seine Art mit den Dingen umzugehen. Doch das Gefühl
der Machtlosigkeit hatte ihn so tief erschreckt, dass er sich
selbst dafür verabscheute. Er hatte sie nicht retten können,

stattdessen hatten Lehy und Birga dafür sorgen müssen, dass sie freikamen.

Am liebsten würde er sich gerade zusammen kauern und in ein kleines Loch verkriechen, wo ihn niemand finden würde. Doch was sollte das denn bringen? Er konnte sich nur damit auseinandersetzen, was er da fühlte, er wollte es einfach nur nicht.

Er reckte sein Gesicht nach oben um die grauen Wolken anzusehen, die sich über den Wald und das kleine Haus dort unten erstreckte. Bald würde es zu regnen anfangen, er war wirklich froh, dass sie einen Unterschlupf gefunden hatten. Zwar war ihm nicht ganz wohl dabei, schließlich wussten sie ja nicht, wem das Haus gehörte, dennoch war es allemal besser als im freien unter einem Baum schlafen zu müssen.

Gefrustet und noch immer seine Gefühle nicht unter Kontrolle, machte er sich daran, Äste in den verschiedenen Variationen zu sammeln. Ob besonders dick oder sehr dünn war dabei völlig egal, solange sie noch trocken waren, würden sie gut brennen.

Die Sorge um Ragna überlagerte seine Wut und den Rest der negativen Emotionen, die sich die letzten Tage in ihm angesammelt hatten. Selbst wenn er wusste, dass er es nicht mehr lange hinunterschlucken konnte, so waren ihm seine Reisebegleiter im Moment einfach wichtiger. Deswegen schritt er wieder zur Hütte zurück, er hatte sie schon viel zu lang auf ihn warten lassen. Manchmal knackste es als er auf einen kleinen Zweig trat, dann stoben Vögel auseinander und flogen zum Himmel empor. Etwas beruhigte ihn an diesen Anblick, er musste sogar für einen Moment deswegen lächeln.

Als er wieder in das Haus eintrat bemerkte er, wie kalt es in diesem Gebäude war. Deswegen zögerte er nicht lange, sondern entzündete so schnell wie möglich ein Feuer. Er schlug viele Male Stein gegen Stein bis sich endlich ein Funken auf dem Stroh und dem Holz niederließ um sich dort zu entzünden.

Das leise Grummeln seiner größten Reisebegleitung ließ ihn zu ihr herumfahren, er musste schmunzeln als er den dunkelblonden Schopf erblickte und das zerknautschte Gesicht darunter.

„Geht es dir besser?", fragte er leise während die ältere Frau und der Rotschopf begannen, das Essen herzurichten. Lehy musste zuvor jagen gewesen sein, denn sie hatten 4 Vögel hier, die sie rupften und verarbeiteten.

„Klar…mich bringt nichts um", kam von der großen Gestalt und er konnte in diesem Moment nicht stolzer auf sie sein. Sanft legte er seinen Handrücken auf ihre Stirn, doch sie hatte zum Glück kein Fieber. Ihr ging es tatsächlich besser, weswegen er es sich neben ihr gemütlicher machte.

Bevor er sich mit Ragna weiter unterhalten konnte, kam Birga dazwischen.

„Was hat das Orakel dir erzählt?", hörte er ihre rauchige Stimme ihn fragen, blinzelnd sah er zu der alten Frau nach oben um sich daran zu erinnern, was sie genau meinte.

Ach ja…Hugin und Munin. Wie lange war das bitte her, seit er diese merkwürdigen Gestalten gesehen hatte? Und dennoch erinnerte er sich an ihre Worte genau, die ihn vor ein riesengroßes Rätsel gestellt hatten und er wusste noch immer nicht genau, was sie ihm eigentlich damit hatten sagen wollen. Birga schien ebenfalls unzufrieden mit der Antwort der Zwillinge zu sein, sie schnalzte mit der Zunge während über dem Feuer ein Topf, den sie hier gefunden hatte, köchelte.

„Es scheint mir, dass wir nach Königswinter sollen für die Antwort."

„Königs…winter?", fragte er nach, irgendetwas in seinem Gedächtnis meldete sich.

Er sah eine große Mauer vor seinem inneren Auge, völlig weiß und Männer in Uniformen, die darüber wachten. Doch bevor er nach dem Bild greifen konnte, war es auch schon weg und ratlos saß er noch immer auf den Boden neben der blonden Gestalt. Als er aufsah bemerkte er Enars Blick auf sich, der die ganze Zeit schweigend auf einen von zwei Stühlen saß. Der junge Mann wollte den älteren schon fragen, was mit ihm los sei, doch wurde er erneut von den zwei Frauen, die leicht schräg zu ihm standen, abgelenkt. Er musste schmunzeln als Lehy den Eintopf probierte und sich dabei die Zunge verbrannte.

Birga dagegen zog den zweiten Stuhl zu sich heran und setzte sich, damit sie besser auf den Blonden hinuntersehen konnte.

„Königswinter ist eine Stadt weit im Norden. Sie ist so groß, dass eigentlich niemand so wirklich weiß, wie viele Einwohner dort leben und es gibt viele Geschichten darüber, wie sie entstanden sein soll. Es wird nicht einfach sein, dieses Gebäude zu finden, die sie meinen."

Fast schon etwas enttäuscht sackte er etwas in sich zusammen. Ihm war klar gewesen, dass sie das Rätsel nicht so einfach lösen hätten können, dennoch hatte er gehofft, dass die alte Frau vielleicht mehr wusste, als er. Leider war das nicht der Fall, doch wenigstens wussten sie jetzt, welche Stadt die zwei Jungen vom Berg gemeint hatten. Mehr noch, es gab jetzt ein klares Ziel und das fühlte sich auf jeden Fall besser an als alles andere.

Sie alle zuckten gleichzeitig zusammen als es laut an der Tür klopfte, der junge Mann stand schnell auf um zu Enar zu eilen, der neben der Tür saß. Mit mulmigen Gefühl blickte der schlaksige Mann mit den dunklen Haaren in die Runde ehe er die Tür öffnete. Doch dahinter war niemand, was ihnen allen sehr merkwürdig vorkam. Sian hoffte inständig, dass ihnen nichts Neues passieren würde, nach dem Abenteuer mit ihren Entführern hatte er erstmal wirklich genug von seltsamen und komischen Leuten.

Bevor er sich aber weiter seinen Gedanken widmen konnte, verkündete Lehy, dass das Essen fertig sei. Und wie auf Kommando knurrte sein Magen, so als verlange er das sofortige Einverleiben des Ursprungs dieses köstlichen Duftes. Deswegen schlossen sie auch wieder die Tür, sogar Ragna rappelte sich auf um mit ihnen mitessen zu können.

Später legten sie sich schlafen, damit sie für den morgigen Tag besser ausgeruht waren, denn vor allem Sian konnte es nicht erwarten, dass sie sich in die Richtung der besagten Stadt bewegten. Er hatte keine Ahnung, wie lange es noch dauern würden, bis sie diese erreichten.

Mitten in der Nacht klopfte es laut an der Tür, so als wollte jemand sie von außen eintreten wollen. Es war laut und hörte sich an, als würde jeder Zeit die Tür unter den schweren Schlägen nachgeben. In den ersten Sekunden wusste er so gar nicht recht, was da so los war bis er begriff, dass sie vielleicht von den fahrenden Händlern gefunden worden waren.

Das Geräusch verklang wieder und erleichtert sackte er zusammen während seine Kameraden dasselbe taten. Sie konnten hier wirklich keine Unruhe gebrauchen während Ragna gerade noch dabei war, sich zu erholen. Mit leisem Ächzen, er hatte auf dem Boden geschlafen und dieser war doch eher unbequem gewesen, erhob er sich. Die Blicke der anderen verfolgten ihn als er zur Tür ging und diesen einen Spalt öffnete.

Als er hinausblickte, sah er niemanden und nichts. Es war stockfinster und er konnte die Ursache des lauten Klopfens nicht sehen. Eingebildet hatte er es sich auf jeden Fall nicht, sonst wären seine Reisegefährten nicht auch wach geworden. Lehy trat zu ihm, doch auch sie schien nichts Verdächtiges zu sehen.

Langsam schloss er die Tür wieder, doch ein merkwürdiges Gefühl befiel ihn. Unruhig knabberte er an seiner Unterlippe als er sich setzte. Doch kaum, dass sein Körper wieder den Boden berührte, klopfte es wieder. Drei Mal erklang das Geräusch, es hörte sich an, als würde jemand einen Stock oder etwas Ähnliches dagegen hämmern. Lehy war schneller als er an der Tür und doch schien sie nichts zu sehen als finsterste Schwärze. Er überlegte raus zu gehen um das Haus zu umrunden und nachzusehen, ob da vielleicht doch jemand wäre.

Doch als die Tür zufiel, entschied er sich nochmal abzuwarten. Vielleicht war es ja jetzt das letzte Mal, dass so etwas passierte. Es konnte doch gut sein, dass derjenige, der da so laut gegen die Tür klopfte, einfach aufgab.

Kaum hatte er aber den Gedanken zu Ende gedacht, hörte man es wieder. Es klang ungeduldig, weswegen auch Sian einfach der Kragen platzte.

„Wer reinkommen will, soll reinkommen!", entfuhr ihm genervt, selbst Lehy, die neben ihm stand, zuckte zusammen.

Und tatsächlich öffnete sich die Tür mit Schwung und eine Gestalt schritt hinein.

Keiner war sich sicher, was er da genau vor Augen hatte, als die Gestalt sich vor ihnen aufbaute. Es war Mann und doch Frau, alt und doch jung. Er sah gleichzeitig freundlich und verärgert aus, weswegen Sian einfach schwieg und das war wohl auch gut so. Selbst Mama Birga, die ebenfalls aufgestanden war und sich langsam aufbaute, so dass man ihre imposante Gestalt mehr als nur erahnen konnte, wusste wohl nicht so recht, was sie da vor sich sah. Der, oder die, Fremde ließ seine grau bis silbernen Augen über die kleine Ansammlung von Menschen wandern bevor er sich entschied, was er als nächstes tun würde.

„Ihr seid in meinem Haus", hörten sie ihn sagen, ihn weil er definitiv eine sehr männliche Stimme hatte.

Sie klang sehr alt, rau und von den Jahren gezeichnet.

„Das tut uns leid, wir fanden es hier leerstehend."

Birga übernahm das Reden, das war wohl auch klüger, denn Sian hatte so gar keine Idee, wie er mit der Situation umgehen sollte. Es war wohl nicht intelligent, dem Mann da vorne mit Skepsis und Aggression entgegen zu kommen. Als er so vor sich hinbrütete, bemerkte er den Blick des Fremden und seine Augen blinzelten verwirrt.

„Eure Entschuldigung nehme ich nicht an. Es sei denn...", begann er, der Laut seiner Stimme ließ Sian auf einmal sehr nervös werden.

„Es sei denn einer von euch gibt mir den für ihn wertvollsten Gegenstand."

Schamlos grinste er, dabei konnte man sehen, dass seine Zähne nicht mehr vollständig waren. Es fehlten einige, manche waren auch schwarz gefärbt. Ekel erfasste ihn und ungewollt schüttelte es seinen Körper. Er war nicht gerade heiß darauf, sich weiter damit zu beschäftigen, dennoch konnte er nicht aufhören, dahin zusehen.

„Sian!", zischte Birga und für einen Moment sah er zu der alten Frau, die ihm wohl mitteilen wollte, dass er genau das nicht tun sollte, was er eben gerade tat. Er nickte zögernd, doch irgendwie zog es ihn wieder zu der Gestalt hin.

„Warum sollten wir?", entfuhr ihm grantig, er würde garantiert nicht seinen Bogen an ihn ausliefern.

„Sian!", kam nun auch von Lehy, die beiden schienen wohl doch zu ahnen, wer, oder besser was, da vor ihnen stand. Und obwohl der Blonde es echt nicht wollte, ergab er sich und holte seinen Bogen. Auch seine anderen Kameraden, darunter auch Ragna und Enar, hielten einen Gegenstand in einer Hand, den sie präsentierten.

Kapitel 7

Als Sian den Bogen, den er aus dem Dorf der Räuber hatte, nach oben hielt, schmerzte ihn die Vorstellung, diesen zu verlieren. Er war ihm nicht nur sehr wichtig geworden, sondern die Schwere des glatten Holzes hatte ihm etwas Tröstliches gegeben. Nun, da er ihn vielleicht nicht behalten durfte, umfasste seine Hand den Schaft des Bogens fest als wollte er ihn niemals loslassen.

Das Wesen vor ihnen ging an ihnen vorbei und sah sich die Gegenstände abschätzend an. In der Zeit konnte Sian ihn noch ein wenig genauer betrachten. Seine Haare waren grau und strähnig, sie reichten ihm etwa bis zum Kinn. Seine Haut war makellos, ohne Falten oder Narben. Gekleidet war er in einer braunen Hose, Erdflecken waren genauso auf dieser wie auf seinem Hemd zu sehen. Darüber trug er einen Umhang, der selbst sehr verstaubt und verdreckt aussah.

Bei Mama Birga, die eine Art Amulett vor sich hielt, stoppte er kurz um zu überlegen, schüttelte dann aber den Kopf.

„Das ist aber nicht dein wertvollster Gegenstand", hörte er ihr ihn sagen und der junge Mann hob den Kopf um zu sehen, wen er da meinte. Als er ihn direkt vor sich sah, brach ihm schier der Schweiß aus, in seinem Kopf hörte er seine eigene Stimme brüllen: „Lauf!"

„Ich weiß nicht…", fing er an, doch deutete der Mann auf die Tasche, die in seiner Kleidung eingenäht war.

Mit mulmigen Gefühl zog er den alten, rostigen Schlüssel heraus, der die Lösung zu seiner Vergangenheit war. Er hatte nicht mehr daran gedacht.

„Ich will es", waren die Worte, die in dem Wanderer die schiere Panik entfachte.

Und doch konnte er nur sehen, wie sich die kleinen, gierigen Finger mit den langen Fingernägeln um den Schlüssel schlossen. Ein lauter Schrei und Fluchen erklangen wenige Sekunden später, der kleine Gegenstand fiel klimpernd zu Boden.

„Verflucht soll Odin sein, dieser Bastard!", schimpfte das Wesen während es mit der einen Hand seine andere verletzte Hand umschloss.

Lehy hob schnell Sians wichtigsten Gegenstand auf und schob ihn in die Tasche während die Gestalt sich noch aufregte und vor sich hin hüpfte. Seine verletzte Hand, er konnte nicht genau erkennen, was da passiert war, schien ihn nur noch mehr zu schmerzen bis er sich entschied, von ihnen abzulassen und aus dem Haus zu verschwinden. Angespannt warteten die Reisekameraden, ob er nochmal wiederkommen würde, doch nichts mehr war von dem grauhaarigen Mann zu sehen.

Erleichtert und auch ein wenig verwirrt setzte sich Sian auf den Boden, genau dort wo er vorhin noch stand. Mit großen Augen betrachtete er den Schlüssel, den Lehy ihm wieder aushändigte.

„Was zum Teufel war das?" hörte er den dunkelhaarigen Mann neben ihm, der sich fassungslos hinsetzte

Mama Birga schien zu wissen, diese setzte sich auf einen Stuhl und legte ihren Stock beiseite.

„Das war ein Waldgeist, auch Schrat genannt. Sie scheinen Interesse an unserer Geschichte gewonnen zu haben", antwortete sie nüchtern auf die Frage, ihr Amulett hängte sie wieder an ihren Stock.

Fast schon neugierig musterte er die Farbe der vielen kleinen Ketten und Anhänger, die sie um den langen Stab gewunden hatte. Ihr Blick verriet ihm, dass er besser nicht nachfragen sollte, auch wenn es ihn wirklich interessierte.

„Was macht ein Schrat in diesem Teil des Landes?"

Blinzelnd blickte er zu Ragna, die eben gesprochen hatte. War das wirklich so ungewöhnlich? Wenn er ein

Waldgeist war, und schließlich war hier ja ein Wald um sie herum, dann musste er doch hier zuhause sein.

„Es ist eher ungewöhnlich, du hast Recht", erwiderte Mama Birga während sie Lehy mit einem Kopfneigen dazu aufforderte, das Feuer anzufachen, damit es nicht zur Gänze ausging.

Die Nächte konnten ziemlich kalt werden und zum Glück hatten sie einen warmen Platz gefunden. Er selbst hatte ein komisches Gefühl in seiner Magengegend als er sich wieder zu seinem Schlafplatz bewegte und mit leisem Ächzen legte er sich wieder auf den harten Boden. Wenigstens war es wärmer, während er sich fragte, ob dieser Waldgeist noch einmal wiederkommen würde.

„Auf dem Berg, kurz vorm Orakel, habe ich ein kleines Mädchen getroffen. Sie wirkte nicht wie von dieser Welt", erzählte er beiläufig als er Ragna dabei zusah wie sich diese auf das Bett legte.

Ihr schien es wieder besser zu gehen, was ihn mehr beruhigte als alles andere. Dabei war ihm aufgefallen, dass ihr wertvollster Gegenstand ihm komisch vorgekommen war. Es war ein Stein, glatt und von milchig weißer Farbe gewesen und erinnerte ihn etwas an den kleinen, glänzenden Stein vom besagten Mädchen. Er erinnerte sich daran, dass einer der Jungs vom Berggeist geredet hatte, doch konnte er sich bei weitem nicht vorstellen, dass gerade sie der Geist gewesen sein sollte. Irgendwie stellte er sich unter einem Berggeist kein kleines Mädchen vor.

Er bemerkte nicht, dass die anderen ihn anstarrten bis die Worte der Jotunnbarn ihn aus seinen Gedanken rissen.

„Der Berggeist hat sich dir gezeigt?", fragte sie etwas fassungslos, weswegen er sich unter leisen Schmerzlauten aufsetzte.

„Ist das denn so ungewöhnlich?"

„Nun ja…ja, ist es."

Sians blaue Augen suchten die der großen Frau und auf einmal wurde sein Mund ganz trocken. Er war sich nicht sicher, ob er das hören wollte, was sie zu sagen hatte. Doch bevor er sie aufhalten konnte, begann sie zu sprechen.

„Eine Legende dieses Landes sagt, dass der Geist des Konungr sich nur denen zeigt, die den Lauf der Geschichte ändern können. Nur die, die würdig sind, ihr Schicksal selbst zu lenken, erhalten den Segen der Kropr."

Verwundert riss er den Kopf hoch und starrte die Erzählerin an. Irgendetwas rührte sich in seinem Hinterkopf, doch ehe er es greifen konnte, verblasste es wieder. Verärgert biss er sich auf die Unterlippe, doch half es nichts. Er konnte sich einfach nicht erinnern.

„Kropr heißt Krähe, nicht wahr?" fragte er nach, weil er sich nicht sicher war.

Irgendwie schienen ihm diese Vögel immer wieder über den Weg zu fliegen, genauso wie die Wölfe. Brütend legte er sich wieder hin, er benutzte seine eigene Tasche als Kissen, auf die er gerade seinen Kopf bettete. Ihm fiel die letzte Begegnung mit dem Wolf ein und am liebsten würde er diesen suchen um ihm für die Rettung zu danken. Während er so vor sich hindachte, vergaß er völlig seine Fragen über den Schrat und warum es so besonders war, dass er nun in dieser Gegend wohnte. Müdigkeit überfiel ihn mit jedem Augenblick mehr bis er die einladende Schwärze begrüßte, die ihn in den Schlaf geleitete. Seit Tagen schlief er wieder ruhig und erst als die Sonne durch das Fenster schien um ihn zu wecken, wachte er auf. Neben sich spürte er etwas Warmes, Weiches und als er die Augen aufschlug, erblickte er einen rothaarigen Schopf.

Ihm fiel auf, wie wunderbar grün die Augen seiner Reisekameradin war. Dann erblickte er die fein geschwungenen Lippen, die sich bei seinem Anblick zu einem Lächeln verzogen hatten. Anders als er hatte Lehy wohl nicht so gut geruht, weswegen sie sich zu ihm nach unten gelegt hatte. Er musste daran denken, wie er sich vorgestellt hatte, mit ihr eine Familie zu gründen, ein Haus zu haben und beinahe rutschte ihm dabei ein wenig das Herz in die Hose. Wenn sie nur wüsste, was er so bei sich dachte und wie er sie so sah. Wohl nichts für eine Jägerin, die zu gerne in Wäldern herumstreifte und sich nirgends festbinden wollte, schätzte er.

„Entschuldige…", flüsterte sie leise während sie sich umsah.

Alle anderen schienen noch zu schlafen, was eher ungewöhnlich war. Sonst war mindestens Mama Birga vor ihm wach, diese Frau schien einfach nie, oder wenigstens selten, zu schlafen.

„Du solltest aufwachen", kam auf einmal die schnorrende Stimme von Enar. Ein Stoß riss ihn aus den Schlaf und murrend riss er die Augen auf. War das tatsächlich ein Traum gewesen? Es hatte sich so real angefühlt, er hatte die Wärme ihres Körpers gespürt, den Atem auf seiner Haut.

„Frühstücken", hörte er trocken vom ehemaligen König der Räuber, der selbst mit wenig begeisterter Miene auf das Essen in seiner Schüssel starrte.

Und auch Sian, der gerade eine Schüssel mit der Nahrung erhielt, starrte mit gemischten Gefühlen in das bräunliche Zeug. Ein dünnes Lächeln erschien auf seinen Lippen als er Lehys erwarteten Blick erwartete. So sehr er sie schätzte, aber kochen war definitiv nicht einer von Lehys Stärken.

Wie erwartet schmeckte das Essen eher…weniger, doch keiner sagte etwas um die Gefühle der Räuberstochter zu verletzen. Und doch spürte der Blonde selbst so einen Widerstand und ein Grummeln in seinem Bauch, als er die braune Pampe hinunter zwang.

Leises Magengrummeln bedeutete ihm, mit dem Essen aufzuhören. Unter dem skeptischen Blick des Rotschopfs schöpfte er noch den letzten Bissen hinaus um dann, als hätte er gerade einen Kampf gewonnen, die Schüssel triumphal vor sich hinzustellen. Er hatte es wirklich geschafft, hinunter zu essen während die anderen wohl nicht so wirklich erfreut wirkten, denn jetzt mussten sie ebenfalls alles hinunterbringen, was sich da in den braunen Schüsseln befand.

Eine Weile rasteten sie noch in dem Holzhaus, eine seltsame Stille hatte sich zwischen ihnen ausgebreitet und jeder sinnierte über verschiedene Dinge nach. Doch lange konnten sie hier nicht mehr bleiben, das war allen bewusst.

Als sie alles eingepackt hatten und begannen, diesen Ort zu verlassen, wusste Sian nicht so recht, was er denken sollte. Noch immer war es still zwischen ihnen, kaum einer sagte ein Wort, selbst Mama Briga, die Gesprächigste unter ihnen, schwieg vor sich hin. Seltsamerweise genoss der junge Blondschopf die Ruhe.

Als sie losgingen, versicherte sich Sian noch einmal, dass der kleine Schlüssel, denn er seit dem Beginn seiner Reise bei sich trug, in seiner Tasche war. Die Reise wäre völlig umsonst, wenn er das Geheimnis entdeckte aber es nicht aufschließen konnte. Dank Hugin und Munin wusste er, dass er es zwar in Königswinter finden würde, doch was genau auf ihn warten würde, das war ihm so gänzlich unklar.

Ihr Weg führte sie durch verschiedene Dörfer, mal ganz klein und nur mit wenigen Häusern, mal groß und mit mehr Einwohnern, als Sian zählen konnte. Er wusste noch, bei einem wohnte ein reicher Mann, ein Fürst oder sowas, glaubte er, weil er so schick aussah mit einem Hut, auf dem Federn platziert waren. Sian war völlig fasziniert davon, wie groß das Haus war, als er daran vorbeiging. Draußen saßen 3 Hunde, groß und mit zotteligem Fell, sie sahen so stolz aus, als wären sie die Könige unter den Vierbeinern. Wenn sie neben ihm stehen würden, sie gingen ihm bestimmt bis zum Bauchnabel.

Der Pfad, auf dem sie gingen, war steinig und kleine Staubwolken waren zu sehen, während sie nebeneinander, teils hintereinander, hergingen. Während sie weiter gen Norden schritten, wurde es immer kälter um sie herum, die Landschaft verwandelte sich von der einst blühenden grünen Landschaft in eine Ödnis, der Himmel wurde grau in grau und der Knabe schnappte leicht nach Luft, als er den ersten Schnee sah. Zwar hatte er auf dem Konungr schon Schnee gesehen, doch das war auch irgendwie logisch gewesen, so weit oben im Himmel. Jetzt hier auf dem Boden lagen kleine Schneehäufchen, als hätte jemand den Schnee vom Weg weggeschoben. Neugierig tauchte er seine Hand in die kalte Masse und lächelte Ragna an, die sich ein Schmunzeln nicht verkneifen konnte. Schnell zog er seine Hand wieder zurück und presste sie an seine Brust, denn es wurde doch zu kalt. Sich die Hand abfrieren wollte er nun wirklich nicht.

Während sie nun immer tiefer in denn herrschenden Winter hinein bewegte, fiel dem Blonden auf, dass hier wenig bis gar keine Tiere lebten. In der warmen Gegend des Landes, in denen er sich bis vor kurzen noch umhergezogen war, hatte er immer wieder Vögel singen hören oder ein Reh, einen Hasen oder sonstige Waldbewohner entdeckt. Hier konnte er kaum etwas jagen, sie ernährten sich im Moment vom Brot und der Wurst aus dem letzten Ort, in dem sie gewesen waren. Erleichterung machte sich in ihnen breit als sie den Ort Hefingart erreichten.

Dieses Gefühl der Erleichterung schlug schnell um, in etwas, dass niemand so recht beschreiben konnte. Die Bewohner dieses Dorfes schienen nicht gerade erfreut über Besucher zu sein, schon gar nicht als sie Sian entdeckten. Mit seinem strohblonden Haaren und den wahnsinnig hellblauen Augen fiel er so richtig auf unter den eher dunkelhaarigen Menschen. Es war eher komisch, so betrachtet zu werden, als wäre man ein neuartiger Gegenstand. Unsicher überlegte er, ob er die anderen fragen sollte, ob sie sich wo anders hinbegeben sollten, doch es war eiskalt und die Nacht stand ihnen kurz bevor.

Auch Lehy, die in den letzten Stunden neben ihm hergegangen war und sehr erschöpft wirkte, klammerte sich an Sian. Etwas, was er eigentlich so gar nicht von ihr kannte aber das er sogar begrüßte. Ihre Nähe gab ihm etwas mehr Mut, er wollte vor ihr nicht schwach wirken, sondern ihr Beschützer sein.

Das Gasthaus, vor dem sie wenig später standen, wirkte alt und so gar nicht mehr bewohnt. Dunkles Holz kleidete das große Haus und ein Schild, dessen Scharniere leise quietschten, zeigte ein kleines Tier, einen Hasen vielleicht. So genau konnte er es gar nicht erkennen. Die alte Frau, die leise vor sich hin brummte, schien es ebenfalls nicht so wirklich zu gefallen, doch es war allemal besser als draußen in der freien Natur bei Kälte und verhangenem Himmel zu schlafen.

Als sie in das Haus eintraten, war der größte Teil von ihnen überrascht, als sie doch Gäste darin fanden. Es waren vielleicht drei oder vier, die mit sorgengequälten Augen in ihre Humpen starrten und darauf hofften, dass die berauschende Wirkung des Alkohols endlich eintreten würde. Ehrlich gesagt hatte Sian noch nie Alkohol getrunken, jedenfalls nicht, dass er sich daran erinnern könnte. Neugierig war er aber auch wirklich nicht, er wollte nicht wissen, wie sein Körper darauf reagieren würde. Hinter der Theke stand eine sehr stämmige Frau, die so gar nicht in ihr Etablissement hineinpassen wollte.

Um nicht etwas Dummes zu sagen oder gar die Leute hier zu verärgern, schwieg der Blondschopf, die Bürger schienen ihn ja nicht wirklich zu mögen. Komischerweise fiel er hier mehr auf als Ragna es tat, was ihn verwunderte, da sie doch etwas Aufsehen erregender war als er selbst.

Doch tatsächlich starrten die Leute die große Frau nur neugierig an, während er, wenn ihre Blick auf ihn fielen, etwas Feindseligkeit spürte.

Die brünette Frau hinter dem Tresen mit den großen braunen Augen, die sich als Esther vorstellte und ihr Gasthaus „Zum wilden Hasen" hoch anpries, stellte ihnen zwei Zimmer zur Verfügung. Und das zu einem Spottpreis, wie Sian bemerkte. Normalerweise kosteten Gasthäuser etwas mehr, doch anscheinend hatte die Dame nichts dagegen, die Räume so günstig zu vermieten.

Birga bestellte noch Essen für sie alle, damit sie in den Kammern speisen konnten und nicht unten bei den anderen. Sian fühlte sich dadurch auch gleich viel wohler. Er hatte nichts gegen andere Menschen, nur dieses komische Gefühl, dass er seit Betreten des Ortes hatte, warnte ihn davor, Zeit mit diesen Fremden zu verbringen. Irgendetwas sagte ihm, dass das etwas hier nicht stimmte, doch konnte er einfach nicht genau sagen, was es war.

Die ältere Frau führte sie zu einem Zimmer ganz am Ende des Ganges. Als der Blonde aus dem Fenster sah, entdeckte er das Dach einer Scheune. Wenn man raus wollte, konnte man einfach dort rauf springen und dann war es ein kurzer Weg zum Boden. Fragend blickte er zu Birga, doch diese setzte sich auf eines der Betten während seine restlichen Freunde sich über das Essen, dass sie von unten mit hinaufgenommen hatte, hermachten. Um auch noch etwas davon ab zu bekommen, gesellte er sich zu ihnen, es war etwas ganz Anderes wie die Kleie von Lehy letztens.

Doch das erwähnte er besser nicht, es war schließlich nicht besonders klug, ihren Zorn auf sich zu ziehen. Dennoch schielte er zu der ältesten unter ihnen um zu sehen, was sie den machte und da zog sie tatsächlich ihre Steine mit den Runen hervor.

Leises Klackern verkündete, dass die Steine allesamt auf dem Bett aufgekommen waren. Niemand anderer als er sah dabei zu, wie durcheinander die Runen wirkten während Mama Birga genau zu wissen schien, was dort zu lesen war. Es ärgerte Sian, dass er nie genau aufgepasst hatte, wenn sie das tat, denn seit der kleinen Unterrichtsstunde hatte er sich nicht weiter dafür interessiert.

Bevor er darauf eingehen konnte, lenkte ihn der Rest der Mannschaft ab. Sein Hunger war einfach gigantisch, so dass er sich noch eine zweite Scheibe Brot mit Belag schnappte.

Lautes Fluchen weckte ihn wieder auf, er hatte sich mit Lehy zusammen, da sie genauso schmal war wie er selbst, ein Bett geteilt. Doch das laute Geräusch kam nicht von diesem Zimmer hier, sondern weiter weg. Sian setzte sich auf, Lehy folgte seinem Beispiel, doch er machte sich nicht kampfbereit. Eher war es sein Fluchtinstinkt, dass ihn immer wieder zum Fenster schielen ließ. Gestern hatte er noch hinausgesehen und bemerkt, wie leicht es war, aus dem Raum zu entfliehen.

„Los, packt zusammen!", schrie Birga während sie selbst all ihre Sachen nahm und sie in einen Beutel stopfte, den sie sich über die Schulter hängte.

Wie in Zeitlupe nahm er war, wie alle aufsprangen, ihr Zeug holten und sie so verpackten, dass sie sie ganz einfach nehmen konnten. Erst dann, als alle fast fertig waren, kam Bewegung in den blonden Mann.

Er selbst nahm seine sieben Sachen, viel Zeit hatten sie nicht, wenn es nach dem Klang ihrer Stimme ging. Er war schon atemlos bevor irgendetwas passiert war und dennoch nahm er all seine Energie zusammen, um fliehen zu können.

Als er das letzte Mal zurücksah, entdeckte er Birga genau hinter sich.

Kapitel 8

Während die Sonne den Morgenhimmel küsste, liefen sie so schnell, wie sie nur konnten. Erst sprang jeder auf das Dach der kleinen Scheune neben dem Gasthof. Der Abstieg war relativ leicht, man konnte sich gut daran festhalten und so wurde niemand verletzt. Eilig verließen sie das große Dorf bevor jemand sie entdecken konnte.

Keiner sah sich nochmal um, sie hatten Angst davor, es zu tun. Erst als sie mitten im Wald angelangt waren, wo es keine Zivilisation mehr gab, blieben sie stehen. Ihnen stockte der Atem, Sian hielt sich am nächsten Baum fest während er nach Atem fischte. Als er den Blick über die Leute wandern ließ, die ihm am nächsten standen, fiel ihm auf, das eine Person fehlte.

„Wo ist Birga…?", kam von ihm, seine Stimme fühlte sich trocken und rau an, als hätte er seit Wochen nichts mehr getrunken.

Enar blickte ebenso durch die Menge, zählte bis ihm ebenfalls das Gesicht entgleiste. Fassungslos blickten sie sich gegenseitig an, er befürchtete, dass sie zurück geblieben war um ihre Verfolger aufzuhalten. Er hatte keine Ahnung, ob sie hier warten oder doch den weitergehen sollten.

Wenn es übel lief, dann würden sie die alte Frau zurücklassen müssen, was Sian so gar nicht wollte. Der Blonde war dafür, dass alle zusammenhielten. Nichts würde sie trennen können, besonders nicht von der Frau, die ihm seinen Namen gegeben hatte.

Bevor sie noch fröstelten, der Boden und die Luft herum war kalt und hinterließ Gänsehaut an jeder erdenklichen Stelle an ihren Körper. Lehy begann ein kleines Lagerfeuer zu machen, während Enar und Sian Holz sammelten.

Das Feuer brutzelte nur so während sie Umhänge und andere warme Sachen über den Boden ausbreiteten. Der Morgentau hatte den Boden unter ihnen etwas feucht gemacht, doch das meiste spürten sie dank der dicken Stoffe nicht wirklich. Der Blonde starrte in die Flammen während er, wie alle anderen, darüber nachdachte, wie es nun weitergehen sollten. Birga hatte ihnen immer wieder eingeschärft, dass es eine wichtige Pflicht war, den Schlüssel nach Königswinter zu bringen. Dennoch weigerte sich der Teil im Knaben, der diese Leute als Familie liebgewonnen hatte.

„Wir müssen weiter", kam entschieden vom einstmaligen König der Räuber, dessen blasses Gesicht sich zu Sian gewendet hatte.

Er konnte ihn verstehen, warum er weiterwollte, warum sie nicht hier warten sollten. Doch diesen Ort zu verlassen, kam ihm wie ein Verrat vor. Konnte er das sich selbst gegenüber und Mama Birga verantworten?

Er wusste es einfach nicht.

Doch andererseits, als die anderen beiden ihm zustimmten, biss er sich auf die Unterlippe und nickte. Dieses Nicken war so qualvoll gewesen, wie tausende Verletzungen, dennoch akzeptierte er das, was die anderen sich von ihm erhofften.

Während sie sich ausruhten, und auch danach, hatte er ein schlechtes Gewissen, gegenüber Birga. Er wusste nicht, ob es ihr gut ging, was mit ihr passiert war und ob er sie jemals wiedersehen würde. Dennoch, die anderen hatten recht, sie konnten hier nicht ewig verweilen. Während sie weiter Richtung Norden weiter rückten, und der Schnee dabei war, immer dicker zu werden, vergaß er die alte Frau nicht. Was auch immer mit ihr passiert war, er hoffte einfach, sie hatte alles überlebt, und würde wie schon einmal davor, später wieder zu ihnen stoßen.

Mit dieser kleinen Hoffnung bemerkte er nicht, dass alle anderen stehen geblieben waren und mit offenen Mündern auf etwas starrten. Blinzelnd sah er in dieselbe Richtung und entdeckte die größte Stadt, die er jemals sah. Nicht einmal in seinen Träumen hätte er sich vorstellen können, was da vor ihnen lag. Die Stadt war an einem Berg gelehnt, manche Häuser waren sogar in den Berg hinein gebaut worden.

Schnee bedeckte die schiefen Dächer, doch wurde dieser von den steinernen, kleinen Klauen festgehalten und nach oben gedrückt, damit er nicht auf einzelne Menschen fallen konnte, die darunter hergingen. Es gab nichts faszinierenderes als die Stadt von hier zu bestaunen, keiner rührte sich in den darauffolgenden Minuten.

Die Stadt wurde von einer Mauer geschützt, die sich wie eine weiße Schlange durch Gebüsch und um Hauswände schlängelte. Um einzutreten musste man über eine große, hölzerne Brücke gehen, die vermutlich nachts zugeklappt wurde, wohl um die Einwohner vor Tieren, Räubern und sonstigem Gesindel zu beschützen.

„He!" schrie jemand, sie blickten den kleinen aber steilen Abhang hinunter, wo ein älterer Mann stand.

Sein Haar war weiß, über der Oberlippe und am Kinn zierte ein ebenfalls weißer Bart sein Gesicht. Unsicher, was er von diesem Kerl halten sollte, sah er zu den anderen, doch diese begannen schon den Abstieg. Also folgte er ihnen nach unten.

Der Fremde stellte sich ihnen als Thoralf vor, er war Gelehrter und wohnte in Königswinter seit einigen Jahren. Während er ihnen erklärte, worauf sie sich hierbei einließen, hörte der Blondschopf nur so halb zu. Er bestaunte die massiven Mauern der Stadt, die sie vor allem und jeden beschützen konnten. Er spürte auf einmal die Hand seiner rothaarigen Reisegenossin und er erwiderte ihr leicht angespanntes Lächeln.

Sie folgten dem Gelehrten in die Stadt hinein, die Sohlen ihrer Schuhe ließen auf der Brücke ein leises Klopfen erklangen, das rhythmisch war, so wie die Schritte, die sie taten. Der Eingang war mit besonderen Steinen ausgeschmückt, die in der Sonne wie Gold glänzten, was der Stadt selbst noch einmal einen edleren Eindruck verlieh.

Sian konnte es gar nicht fassen, wie hübsch es hier war, wie vornehm alles wirkte. Lehy, die heute besonders angespannt wirkte, drückte sich hilfesuchend noch mehr an ihn, doch sie hier und jetzt zu fragen, was los war, kam ihm falsch vor. Es musste ja nicht jeder wissen, was ihr auf dem Herzen lag.

Während sie die engen Straßen der Stadt entlanggingen, staunten die beiden jüngeren der Gruppe nicht schlecht. Alles wirkte viel moderner, er selbst konnte sich noch an das letzte Dorf erinnern, das mit seinen Holzhäusern in einem völlig anderen Jahrhundert erinnert als diese unfassbar schöne und erstaunliche Stadt. Eigentlich glaubte Sian fast schon, dass er an jeder Ecke etwas Neues, etwas Faszinierendes fand. Er fand Pumpen, die durch hochziehen und runter drücken Wasser in einen Eimer gossen. Er hatte noch nie so etwas Spannendes gesehen und wäre gerne geblieben, um weiter zu sehen. Doch die anderen warteten nicht auf ihn, so dass er hinterhereilen musste um sie noch einholen zu können.

Sie hielten an einer Stelle, wo sich die Stadtmauer mit einem kleinen Garten traf, der trotz des Schnees in voller Pracht blühte. Sian, der sich als einziger darüber zu wundern schien, sah fragend zu Ragna, doch diese schüttelte nur den Kopf. Rechts daneben gab es ein kleines Häuschen, in denen wohl allerlei Gegenstände für den Garten lagerten. Neugierig, wie er war, schritt er zu dem Baum, der mit seinen grün-orange gemischten Blättern über sie alle ragte. Die Rinde war silbern und während Sian den seltsamen Baum musterte, ging ein leises Raunen durch das Blattwerk.

Der Blonde streckte seine Hand aus als ein paar Blätter gen Boden segelten, ihm gefiel die bunte Mischung aus grün und orange, die sich auf dem braunen Boden unter ihm verteilten. Eine kleine Frucht fiel in seine Hand, reflexartig schloss er diese um sie festzuhalten.

„Der Baum scheint dich anzuerkennen", kam von einer Stimme hinter ihm.

Als er sich zu dieser wendete, erblickte er einen Mann, dessen ernstes Gesicht ihm mehr als bekannt war und dennoch konnte er sich nicht erinnern, es jemals gesehen zu haben.

Dieser Mann war umringt von einer Schar Wachen, die alle mehr als bereit wirkten, ihn mit ihren Leben zu verteidigen. Sian schätzte ihn an die 30, vielleicht auch ein wenig jünger oder älter, genau konnte er es nicht sagen. Er wirkte stolz und königlich, der hübsche Mantel und die edle Kleidung unterstützen diesen Eindruck nur noch mehr. Sian schritt aus dem Garten heraus um dem Herren vor sich besser ansehen zu können.

Dessen Haar war ebenfalls blond, doch kurz geschnitten. Eigentlich wirkte er schon beim ersten Hinsehen sehr gepflegt. Selbst sein Bart war gestutzt, er ging über Kinn und den Seiten seiner Wangen entlang und auch über die

Oberlippe sein schmales wenn auch elegantes Gesicht. Beinahe hätte Sian sich selbst über sein Kinn gerieben um zu sehen, ob sich da Bartstoppeln befanden. Doch seine Haut war glatt wie ein Babypopo.

„Wie ich erfuhr, seid ihr nach Königswinter gekommen um etwas zu suchen. Ich würde euch gerne dabei behilflich sein."

Etwas an seiner Stimme ließ Sian vorsichtig werden. Es erinnerte ihn an das Dorf, dass sie vor wenigen Tagen besucht hatten, Hefingart. Hier spürte er zwar keine Feindseligkeit wie dort, dennoch machte es ihn stutzig, wie ihn die Wachen anblickte. Doch es konnte nicht schaden, Hilfe anzunehmen, wenn sie ihnen schon angeboten wurden.

Als er sich umsah, nickten ihn alle zu. Bis auf einer, der fehlte nämlich in der Gruppe. Das schien bis jetzt niemand gemerkt zu hatten, weswegen er fragend Lehy und Ragna anblickte. Doch die wussten wohl genauso wenig wie er, sie zuckten die Schultern.

„Na gut", murmelte er, sie würden dem Fremden folgen.

Auch Thoralf schien ein reges Interesse darin zu haben, mit ihnen mit zu kommen. Als Gelehrter war es wohl sein Wunsch, so viel wie möglich zu erfahren, was so vor sich ging.

Schlussendlich stellte sich heraus, dass der Mann da vor ihnen ein Schloss besaß, das ganz oben über der Stadt thronte. Um dorthin zu gelangen musste man über eine große, lange Steintreppe gehen bis man die große Herrlichkeit des Gebäudes erblickte. Damit bestätigte sich die Vermutung, die er bereits hatte als er die Stimme gehört hatte. Dieser blonde Mann da war ein König. Er wirkte so majestätisch, dass Enar sie davon eine Scheibe abschneiden hätte können. Er hoffte, dass er den blassen Kerl bald wiedersehen würde, vielleicht hatte er einfach nur ein Zimmer für sie in einer Gastschaft gesucht. Doch weil er sich einfach so weggeschlichen hatte, kam ihm das umso mehr komisch vor.

Das große Tor quietschte als man es für den König öffnete. Sie kamen erst in einen Hof, wo drei kleine Kinder, zwei Jungen und ein Mädchen, miteinander spielten. Sian verzog das Gesicht bei dem Gekreische der Kleinen, für ihn war das Geräusch mehr als unausstehlich. Er war mehr als erleichtert, als sich die zweite Tür vor ihnen öffnete und sich dann wieder schloss, es sperrte die Geräuschkulisse von draußen gänzlich aus. Kein Zwitschern der Vögel, kein Klirren von Metall und vor allem kein Kindergeschrei mehr.

Der Saal, in den sie nun kamen, war reich ausgestattet, wie man es sich für einen königlichen Wohnort vorstellen würde. Lange Bänke mit Tischen, auf denen es bequeme Felle zum Sitzen gab, auf den Tischen standen Schalen mit verschiedenen Obstsorten, Sian wunderte sich woher er sie hatte.

Am Ende des langen Ganges stand ein Thron. Teilweise erinnerten sie den Knaben an die kleinen Steinthrone von Hugin und Munin, den Rabenkindern, die ihn schlussendlich hierhergeführt hatten. Wenn er an den kleinen rostigen Schlüssel dachte, der da in seiner Tasche verweilte, dann runzelte er die Stirn, weil er einfach nicht einschätzen konnte, was da auf ihn wartete. Niemand konnte ihm das sagen, er musste es ganz allein herausfinden und das war ihm doch etwas unheimlich.

Als sich der Mann auf den Thron setzte, verbeugten sich die Wachen und sie gesellten sich an verschiedene Säulen, wo sie alles gut beobachten konnte. Sian aber fiel es nicht ein, sich auch vor ihm zu verbeugen. Er hatte das schon nicht bei Enar gemacht, dann würde er es auch nicht vor diesem König hier tun.

Wo er gerade an Enar dachte, fiel ihm auf, dass eine gewisse Ähnlichkeit mit dem König vor ihm war. Dieselben blassblauen Augen und die Form deren ließ ihn an das Gesicht des dunkelhaarigen Mannes denken, der ihn schon lange begleitete.

Die beiden könnten Zwillinge sein, wenn auch keine eineiigen.

„Nun, mein Name ist König Alrik von Königswinter und ihr befindet euch auf Schloss Winterfels in Königswinter", stellte er sich schließlich vor.

Auch wie er redete, der Tonfall und die Redensart ließ ihn an Enar denken und noch immer ahnte er, dass dessen Verschwinden keine einfachen Gründe hatte. Doch ganz aus der Stadt würde er nicht sein, er glaubte nicht, dass er sie so einfach in Stich ließ.

Während er ihn genauer musterte, fiel es ihm schwer, dem blonden Mann gänzlich zu vertrauen. Er hatte ein sehr ungutes Gefühl dabei, diesem Fremden zu sagen, was er genau in der Stadt zu suchen. Er starrte deswegen in die leichenblassen Augen seines Gegenübers, der nicht nachlassen wollte. Doch auch Sian zeigte geistige Stärke, er löste keine Sekunde lang den Blick während seine beiden Begleiter unruhig wurden.

Ein leises Räuspern unterbrach die angespannte Situation, König Alrik war der erste, der den Augenkontakt brach und somit wirkte Sian mehr als zufrieden. Kein König der Welt würde ihn zu etwas zwingen, was er nicht wollte. Lehy stieß ihn mit dem Ellbogen in die Seite, so dass er zusammenzuckte. Während ein befremdlich aussehender Mann zu dem König schritt und ihm ins Ohr flüsterte, deutete sie an, dass sie am besten gehen sollten. Ragna war wohl derselben Meinung, sie wandten sich um, doch wurden ihnen von den Wachen der Ausgang versperrt.

„Es war also noch jemand bei euch, als ihr die Stadt betratet?", erklang die Stimme des Mannes mit der Krone und unweigerlich staute sich die Wut in Sians Bauch.

Diese Wut hatte er schon einmal im Wald gespürt, er dachte eigentlich, dass er sie endlich in den Griff bekommen hätte.

„Nur jemand, der uns bis zur Stadt begleitet hat", log er deswegen frech, er hatte keine Scheu davor, diesem Mann die Wahrheit zu verschweigen.

Enar hatte bestimmt seine Gründe, warum er geflohen war und Sian wäre kein Freund, wenn er ihn einfach verriet.

„So…?", kam wissend von dem anderen Blonden, der langsam aufstand und die kleinen Stufen, die kurz vorm Thron begannen, hinunterstieg.

Seine Augen durchbohrten die weiblichen Reisebegleiter von Sian, er hatte wohl verstanden, dass er aus dem

Knaben nichts herausbekommen würde. Er war eben kein Verräter, seine Freunde sollten sich auf ihn verlassen, so wie er sich auf sie verließ. Verbissen blickte er diesen Möchtegernkönig an während er fieberhaft nach einer Idee suchte, wie er dieses Schloss so schnell wie möglich wieder verlassen konnte. Verzweifelt wanderte sogar sein Blick über die Wände, an denen verschiedene Schilde angebracht wurden, alle mit unterschiedlichen Wappen darauf. Eins stach ihm dabei besonders ins Auge, das hatte er doch schon einmal irgendwo gesehen.

Blinzelnd erkannte er es, das war das Wappen, welches Goliath und seine Männer mit sich herumgetragen hatten. Wenn es so war, dann hatte wohl dieser König etwas mit dem Überfall auf das Räuberdorf zu tun gehabt. Knurren stieg in ihm auf, die Wut kratzte mit den scharfen Krallen eines Wortes gegen seine Brust und beinahe hätte er sie auch nicht gestoppt. Nur Lehy, die ihn am Arm gepackt und Richtung Ausgang schleifte, konnte ihn davon abhalten, diesem Dreckskerl eine runter zu hauen. Vielleicht war es echt schlecht, gerade jetzt ins Gefängnis zu kommen, jetzt wo er am Ziel war. Dennoch warf er nochmal einen drohenden Blick zu ihm, demjenigen, der all diese freundlichen Menschen auf dem Gewissen hatte.

142

Das Tor war nun frei von den Wachen, als sie hinaus schritten. Zuerst mussten sie erst einmal eine Bleibe finden bevor sie sich auf die Suche machen konnten. Dabei fiel ihm auf, dass er Birgas Beutel mit dem Gold darin hatte. Eine Erleichterung aber auch ein Grund zu Besorgnis, weil er eben nicht wusste, ob die alte Frau ohne Zahlungsmittel zurechtkommen würde. Doch dann schüttelte er den Kopf, die alte Frau war listig wie ein Fuchs. Sie würde auch so gut zurechtkommen.

Kapitel 9

Selbst als er die große Steintreppe nach unten Schritt, fühlte er sich noch immer beobachtet. Die Augen des Mannes verfolgten ihn noch als er vor der Gastwirtschaft stand, die Hände zu Fäusten geballt. Es irritierte ihn als Lehy ihn schüttelte und er besann sich wieder, während er den Goldbeutel aus seiner Tasche fischte. Er hatte keine Ahnung, wie viel so eine Nacht für drei Personen kostete, vier wenn Enar wiederauftauchte. Doch noch immer zeigte sich der Mann mit dem dunklen Haar nicht, auch nicht als sie in den „Zum torkelten Wolf" hineingingen.

Von allen Tavernen, die er jemals gesehen hatte, war diese hier die dreckigste. Die Luft stank abgestanden und nach Bier, Staub wirbelte in der Luft herum und legte sich an den abgelegensten Orten nieder. Der blonde Knabe rümpfte leicht die Nase und überlegte, ob er nicht doch eine andere Wirtschaft suchen sollte.

Doch als er zu der Theke schritt, begrüßte ihn ein altes Weib mit schwarzgefärbten Zähnen, die gerade einen Tonkrug ins dreckige Wasser tunkte. Nicht sicher, ob er hierbleiben wollte, starrte er auf die Pranken, die sich als ihre Hände erwiesen.

„Ein Zimmer für 3 Leute", erwiderte er, unsicher ob die Frau ihn auch ernst nahm.

Diese grinste ihn breit an bevor sie ihm den Schlüssel hinlegte und ihm beschrieb, welches Zimmer er bekam. Als es ums Gold abzählen ging, sah er verunsichert zu Lehy, die ihm den Beutel abnahm und das Geld auf den Tresen legte. Er spürte, wie ihm vor Verlegenheit die Wangen brannten

Zum unendlichsten Male wünschte er sich sein Gedächtnis zurück oder wenigstens, dass er sich an die normalen Dinge erinnerte, die man eben so konnte. Entweder hatte er vergessen, wie man Geld zählte oder er hatte es einfach noch nie gekonnt. Da er aber so einige Sachen konnte, wie mit dem Bogen umzugehen und zu jagen, war er sich absolut nicht sicher, was von den beiden Möglichkeiten zutraf.

Nachdem Lehy noch etwas zu Essen für sie drei bestellt hatte, gingen sie, das Essen nahmen sie auf den Armen mit, in das Zimmer. Auch dieses war mitunter ziemlich schmuddelig und gewöhnungsbedürftig, dennoch galt hier auch: besser als nichts.

Während er sich auf den Boden senken ließ und die Augen schloss, spürte er zum ersten Mal seit langem, wie die Anspannung von ihm wich. Das alles hier, diese Reise bis hierhin hatte ihn und die anderen einiges an Leid und Mühe beschert. Als er zu Ragna hinübersah, die bis jetzt doch recht still geblieben war, lächelte er entschuldigend. Wegen ihm war sie erst hier hinunter gekommen von dem Berg. Ob sie wohl Heimweh hatte? Sie hatte noch nie etwas davon gesagt und noch immer konnte Sian die Jotunnbar nicht so wirklich einschätzen. Er nahm sich eines der Brote während er darüber nachdachte, wie es nun weitergehen sollte. Nachdem sie Birga und nun auch Enar verloren hatten, waren ihre Möglichkeiten begrenzt.

Die Unsicherheit war auch in den Gesichtern von Ragna und Birga zu sehen. Zum ersten Mal spürte er, dass er nicht weiter wusste und das machte ihn wütend.

Bevor er aber etwas von sich geben konnte, er wusste nicht, ob er tröstendes oder ermutigendes sagen sollte, hörte er ein Klopfen gegen die Hauswand. Er versuchte es zu ignorieren, doch erneut ertönte es, weswegen er aus dem Fenster sah und ein bekanntes Gesicht im dunklen erblickte. Mit großen Augen beobachtete er, wie der dunkelhaarige auf den Baum kletterte, der neben dem Haus gewachsen war.

Mit einem Satz stand er in ihrem Zimmer, zum Glück war nicht viel Abstand von Baum zu Fensterbank. Als sich der Mann aufrichtete, merkte Sian, dass er für einen Moment die Luft angehalten hat. Die Umarmung, die er Enar schenkte, war herzlich und dennoch musterte er ihn ernst, er wollte ihm sagen, wie sehr er sich Sorgen gemacht hatte. Doch er fand einfach keine Worte dafür, ihm fehlte die Sprache als er den Dunkelhaarigen anblickte und Sorgen zerfurchten sein junges Gesicht.

Freundschaftlich wuschelte der Ältere den Knaben durch das blonde Haar während er seinen Blicken auswich. Anscheinend gefiel es ihm selbst nicht wirklich, dass er geflohen war aber irgendwie ahnte der Jüngere, dass es seinen Grund haben musste. Sollte er ihn deswegen löchern? Unruhig presste er seine Lippen aufeinander, so dass sie einen dünnen Strich miteinander ergaben.

Gerade als er ansetzen wollte mit der Frage, die ihm so auf die Lippen brannte, stellte sie Lehy. Ihr Ton war nicht gerade freundlich, eher genervt und doch konnte Sian gerade das verstehen. Denn vermutlich hatte sie sich ebenfalls große Sorgen gemacht, denn oft hatte er diese kleine Falte an ihrer Stirn gesehen, die entstand, wenn sie die Stirn sorgenvoll runzelte.

„Ich bin nicht gerade gern gesehen in Königswinter", erklärte er und wollte es damit auch belassen, doch ließen die beiden jüngeren das nicht zu.

Sie bauten sich vor ihm auf, die Rothaarige stemmte ihre Hände in ihre Seiten während Sian seine Arme vor seiner Brust verschränkte. Genug war wirklich genug, sie wollten die Wahrheit wissen und vor allem Sian konnte nicht verstehen, warum der Narrenkönig ein Geheimnis daraus machte.

Mit einem schweren Seufzen setzte sich Enar auf das Bett und bedeutete den anderen sich zu setzen.

„Vor Jahren wurde ich hier als Erik Agneson in Königswinter geboren. Ich hatte einen Zwillingsbruder, der im Gegensatz zu mir immer das war, was ich nicht war. Es war schon früh klar, dass er den Vorzug bekam auf das, was ihr heute gesehen habt. Sein eigenes kleines Reich mit den Figuren, mit denen er spielen kann wie es ihm gerade beliebt. Doch mit der Zeit wurde es mir zu viel, ich hielt es nicht mehr aus. Ich beschloss zu fliehen, weit weg um vor den Klauen meines Bruders entkommen zu können. Auf meiner Flucht lernte ich Lehys Eltern kennen, Brand und

Hilda. Sie halfen mir, indem sie mich aus der Stadt herausschafften. Irgendwann kam ich halb verhungert im Dorf der Räuber an und anders als ich erwartet hatte, nahmen sie mich bei sich auf. Ich verdiente mir ihren Respekt und als mein Vorgänger starb, ernannte er mich zu seinem Nachfolger. Und das, obwohl ich der Sache so gar nicht gewachsen war."

Sian schluckte als die Worte verklangen, ihm brannte eine Frage auf den Lippen und obwohl er es nicht wollte, so konnte er nicht anders als sie ihm zu stellen.

„Dein Bruder ist dieser König Alrik, nicht wahr?", flüsterte er wobei er die Antwort etwas fürchtete.

Wer wollte schon, dass ein wahnsinniger König sein Bruder war, denn dass er es war, dass stand für Sian fest. Welcher Mensch würde schon ein ganzes Dorf niederbrennen und die Bewohner töten lassen, der bei Vernunft war.

„Ist er", antworte der Dunkelhaarige, seine Lippen pressten sich aufeinander, so dass ein schmaler Strich entstand und Sian erahnte, wie sehr ihn das doch mitnahm.

„Als ich erfuhr, dass wir nach Königswinter gehen, ahnte ich, dass es Schwierigkeiten geben würde. Doch ich hatte die Hoffnung, dass die Leute mich vergessen hätten. Doch diese Stadt vergisst einfach niemanden, weswegen ich

mich davongestohlen habe und mich in den einzigen sicheren Unterschlupf geschlichen habe, der nach den langen
Jahren immer noch übrig war."

Sians Blick wanderte durch Lehy, die bei der Erwäh-
nung ihrer Eltern zusammengezuckt war. Ihm kam wieder
in den Sinn, dass ihr Vater wohl entweder getötet wurde,
was die wahrscheinlichste Möglichkeit war, oder aber ver-
schleppt. Von ihrer Mutter hatte er tatsächlich noch nie etwas gehört, doch irgendwie hatte er das Gefühl, dass diese
noch lebte.

Und wieder entschied er sich, sie nicht danach zu fragen. Es war ihre Angelegenheit und wenn sie ihn darüber
informieren wollte, dann würde sie das auch tun. Manchmal
hatte er das Gefühl, dass die Rothaariger viel erwachsener
war, als es den Anschein hatte.

Um sie herum wurde es still, jeder einzelne versank in
seinen eigenen Gedanken und später dann entschieden sie
sich, schlafen zu gehen. Es war wirklich ein langer Tag gewesen und sie mussten beratschlagen, wie es weitergehen
sollte. Die kleine Frucht, die Sian vom Königsbaum erhalten hatte, stopfte er tief in die Tasche. Er würde seinen Reisekameraden danach fragen, denn Alrik hatte so getan, als
wäre es eine Auszeichnung gewesen.

Mitten in der Nacht wurde Sian wieder wach, es fühlte sich so ungewohnt an, in einem richtigen Bett zu schlafen. Als er sich aufsetzte, fiel ihm wieder ein, dass er etwas in die Tasche gesteckt hatte und er holte es heraus. Die kleine Frucht lag schwer in seiner Hand und noch im Dunkeln konnte er die feine gemaserte Haut sehen. Während er im Thronsaal gewesen war und auch danach, bei dem Gespräch mit Enar, hatte er nicht so wirklich darauf geachtet wie dieses seltsame Ding so aussah. Er fragte sich, ob man es essen konnte, doch unterließ er es.

Während er die kleine Kugel so vor sich hin und herdrehte, wurden seine Augen ganz schwer und er schlief wieder ein.

„Sian…!", schrie jemand, was den jungen Mann die Augen öffnen ließ. Er hatte komisch geträumt und als er sich aufsetzte, spürte er den nassen Schweiß an seinem Körper kleben. Halb blind, da die Müdigkeit einen Schleier über seine Augen gelegt hatte, tastete er nach der kleinen Kugel, die er beim Schlafen losgelassen hatte.

Als er sie ertastete und hochhob, bemerkte er einen kleinen, feinen Riss. Im Inneren befanden sich kleine, rote Kerne und er zögerte. Noch nie hatte er von einem Obst gehört, dass so viele dutzende Kerne besaß. Vielleicht war der Baum, von dem er sie hatte, gar nicht von hier, sondern von einem anderen Land. Es gab ja auch oft genug Leute, die weit reisten um die verschiedensten Sachen zu finden.

Neugierig geworden fragte sich Sian mich, ob man die kleinen Kerne essen konnte, doch wollte er das lieber alleine ausprobieren, ohne die anderen. Das war zwar egoistisch, doch vielleicht gab es auch einen Grund, warum der Königsbaum ihm die Frucht geschenkt hatte.

Deswegen packte er das seltsame Stück zur Seite und sah sich seine Kameraden an. Was hatten sie alle nur schon durchgemacht. Sie hatten wirklich seltsame Dinge erlebt und dennoch war die Reise für ihn noch lange nicht vorüber. Es gab Dinge für ihn in dieser Stadt zu tun, doch wie sollten sie das tun ohne dass dieser König Alrik...Enars Bruder...davon Wind bekam?

„Wie sollen wir es anstellen?", stellte er die entscheidende Frage, die sie alle bis hier hin geplagt hatte.

Während die andern nachdachten, krabbelte Sian näher an die Kante und ließ seine Beine darüber hängen, während er in die Gesichter seiner Reisegefährten blickte.

„Königswinter hat eine umfassende Bibliothek. Es ist unwahrscheinlich, dass wir etwas finden, aber die Möglichkeit besteht." Enars Worte ließen alle anderen verwundert gucken.

„Wer von uns kann lesen?" Auf die Frage des Älteren meldeten sich alle bis auf Sian, der etwas betroffen nach unten sah.

Er konnte sich jedenfalls nicht entsinnen, es jemals gelernt zu haben. All diese merkwürdigen Zeichen, die sich zu irgendwelchen für ihn sinnfreien Ansammlungen vereinten, das war ihm so gar nicht geheuer. Wann immer er ein Dokument vorfand, grauste ihn allein der Gedanke daran, rein zu sehen, weil er es einfach nicht verstand.

Wenn ihm aber jemand beigebracht hätte, zu lesen und vielleicht auch zu schreiben, dann wäre sein Leben doch mehr bereichert, als er es gestehen mochte.

Als hätte Lehy seine Gedanken gelesen, stand sie im nächsten Moment auf und setzte sich neben ihm, nur um ihm zu sagen: „Ich werde es dir beibringen."

Mit offenem Mund starrte er die rothaarige Person an, dann musste er aber lächeln und nicken. Ob es wohl schwer war? Aber es war gut zu wissen, dass Lehy ihn nicht mit der ganzen Sache allein ließ.

„Während Sian lesen lernt, können wir ja die Stadt ein wenig auskundschaften. Beziehungsweise wohl eher...ihr. Es wäre nicht gerade fördernd, meinem Bruder meine Anwesenheit in der Stadt kund zu tun, obwohl er schon etwas ahnen muss."

Nickend stimmten ihm die anderen zu, es war logisch, dass er es nicht unbedingt riskieren wollte, entdeckt zu werden. Das könnte tatsächlich unschön werden und keiner von ihnen wollte dabei sein, wenn so etwas passierte.

Die nächsten Tage verbrachte Sian also mit lesen lernen. Es war schwer, vor allem aber war es die Geduld, die ihm so oft fehlte. Dennoch, nach einigen Tagen hatte er es geschafft, relativ gut, wenn auch nicht flüssig, lesen zu können.

Nebenbei erkundete er voller Erstaunen die große Stadt mit ihren vielen Häusern, den kleinen, schmalen Gassen und den breiten Straßen, an denen oft Märkte stattfanden. Wann immer Sian die Möglichkeit für sich entdeckte, schlenderte er durch diese um heraus zu finden, was diese Leute so anboten. Oft hielt er an einem dieser Stände, wo es seltene Sachen gab, aus fremden Ländern. Es reizte ihn selbst, übers Meer in andere unbekannte Gegenden zu reisen und zu erkunden, was vielleicht niemand vor ihm jemals gesehen hat.

Dennoch war ihm auch klar, dass er das leider nicht so einfach konnte. Ihn erwartete noch etwas hier und es galt hier in dieser Stadt raus zu finden, was das genau war.

An das Rätsel, dass ihn Hugin und Munin mitgegeben hatten, erinnernd durchsuchte er die Stadt nach dem, auf das es hinwies. Doch er hatte einfach kein Glück. Genauso fragte er einzelne Menschen nach dem Königsbaum, der mitten im Winter Früchte trug und Pflanzen in seiner Umgebung völlig aufblühen ließ. Auch da hatte keiner eine Antwort, was ihn zur Verzweiflung trieb. Alles, was er herausfinden konnte, war, dass der Baum schon immer da gewesen war. Anscheinend war die Stadt um den Baum herum gebaut worden, was ihn sehr faszinierte aber auch enttäuschte. Niemand schien eine Ahnung zu haben, warum der Baum ihn auserwählte oder „anerkannte", wie es König Alrik genannt hatte. Nur, dass es etwas Besonderes war, denn es war erst einmal bei jemand anderen passiert.

Eines frühen Abends traf er auf den Gelehrten, der die Gruppe in die Stadt geführt hatte. Als Sian ihn begrüßte, schien er sich nicht sicher, ob er den Blonden begrüßen oder ihm ausweichen sollte, doch entschied er sich dafür, ihn am Arm zu packen und in eine der kleinen Gassen zu ziehen, die vom Schatten bedeckt waren.

„Thoralf...was...", versuchte er zu stammeln, doch der alte Mann legte einen Finger auf seine Lippen um ihm zu bedeuten, dass er leise sein musste.

Sich überhaupt nicht sicher, was das bedeuten sollte, nickte er aber. Thoralf hatte ihm keinen Grund gegeben, ihm zu misstrauen, also folgte er ihm so leise, wie er nur konnte.

Die beiden gingen eine Weile bis sie an ein kleines Haus kamen. Der Gelehrte führte ihn durch den schmalen Eingang in ein Zimmer, das nur ein Bett und einen Tisch mit zwei Stühlen zuließ. Kurz runzelte Sian die Stirn, doch dann setzte er sich auf Thoralfs Geheiß auf einen der Stühle und blickte zu ihm auf. Auf das Sims des Fensters, auf das er gerade starrte, landete ein schwarzer Vogel, welche er als Krähe identifizierte.

„Du hast bestimmt noch nichts gegessen", kam vom dem älteren Herr, worauf Sian den Kopf schüttelte.
Sein Magen fühlte sich gerade tatsächlich ziemlich leer an, er hatte seit heute Morgen nichts zu sich genommen. Das hatte er ganz vergessen, denn während seinen Ausflügen hatte er eher selten Hunger. Er war meistens einfach so begeistert von dem, was er da sah, dass er sämtliche Dinge vergaß.

„Thoralf...", begann er, doch stoppte er für einen Moment als ihm der Weißhaarige ein Brot mit einer großen Scheibe Geräuchertes entgegenhielt.

Der Sack, aus dem er das Brot und so weitergezogen hatte, war Sian gar nicht ins Auge gefallen. Dieser hatte an der Wand gehangen, durch die Kälte würde wohl auch nicht so schnell etwas schlecht werden.

Als er sich selbst eine große Scheibe runter geschnitten hatte, blickte er dem Jüngeren in die Augen. Weise Augen trafen auf hellblauen und während der Knabe in sein Essen biss, begann Thoralf zu sprechen.

„Während ihr euch beeilt habt, in euren Gasthof zu kommen, bin ich tatsächlich in eine andere Richtung gegangen. In der Hoffnung, dass ich die königliche Bibliothek finde, schlich ich mich durch die zahlreichen Gänge des Gemäuers und habe sie dann auch tatsächlich gefunden."

Seine Erklärung ließ den jungen Mann fragend die Augenbrauen anheben. Wenn er schon in diesem Tonfall redete, dann hieß das wohl auch, dass er etwas Interessantes gefunden hatte.

Und so war es auch.

„Wenn du dir nur vorstellen könntest, wie viele Bücher und Schriften in diesem Raum liegen. Es ist ein einziges Paradies für einen Gelehrten für mich. Wenn ich mich hätte nicht so beeilen müssen, dann wäre ich wohl immer noch da. Und als ich diese vielen Schriften durchforstet habe, entdeckte ich etwas, was mit dir zu tun hat."

Sians Mund stockte als er noch einmal vom Brot ab-
beißen wollte.

„Mit mir…?" fragte er, wie sollte etwas mit ihm zu tun
haben?

Er war erst von wenigen Tagen in diese Stadt gekommen, die ihm so fremd war wie die Menschen die in ihr lebten.

Sein Gegenüber stand auf und ging zum Bett, wo er
das Kissen anhob und in den Bezug hinein fasste. Ungläubig, dass der Mann etwas gestohlen hatte, schnappte er leise
nach Luft. Dennoch wurde er neugierig, so dass er näher an
den Tisch rückte als sich der Gelehrte wieder zu ihm setzte.

„Wir Nordmenschen glauben an vieles, mein lieber
Sian. Wir glauben an Götter und dass, wenn wir sterben,
vor Walhalla oder Helheim stehen werden. Und wir glauben
an Prophezeiungen und die Erfüllung derer", mit diesen
Worten legte er Sian das Schriftstück hin, auf das er voller
Neugier aber auch Unbehagen musterte.

Viele der Wörter konnte er inzwischen lesen, doch leider nicht alle. Nach und nach erfragte er sich, was darauf
stand und als er es endlich insgesamt hatte, rutschte er unbehaglich auf dem Stuhl herum.

„Weiß König Alrik über das, was da draufsteht, Bescheid?", fragte er den älteren und als dieser, wenn auch etwas unsicher, nickte, wurde Sians Mund trocken.

Er musste den anderen davon erzählen und dennoch wollte er so gar nicht wissen, was diese dazu sagen würden. Als er Thoralf danach fragte, schob dieser ihm das beschriftete Pergament zu. Damit es nicht für jeden offensichtlich war, schob er es in seinem Wams und aß dann das Brot fertig.

Mit einem mulmigen Gefühl verabschiedete sich der blonde Knabe von diesem kleinen Haus und dem älteren, auch wenn er das Gefühl hatte, dass er ihn bald wiedersehen würde.

Kapitel 10

Er fand schneller wieder zum Gasthaus, als er selbst gedacht hatte. Die kleinen Gassen waren so verwinkelt und verwoben, dass ein anderer wohl Probleme gehabt hätte. Doch Sian hatte wohl ein gutes Gedächtnis, oder, was sehr viel wahrscheinlicher war, einfach nur massives Glück. Während er den langen Weg entlangging, achtete er so gar nicht darauf, wo er hinging oder ob ihm jemand folgte.

Er betrat das Etablissement, das seit ihrer Ankunft noch dreckiger wirkte als zu beginn, wenn das überhaupt möglich war. Mit einem Kopfnicken grüßte er die Gastwirtin, die ihn interessiert beobachtete. Mit ihrer Neugier konnte er normalerweise umgehen, doch nicht heute. Er hatte anderes im Kopf, als sich mit ihr zu unterhalten. Seine Freunde waren nun auf jeden Fall wichtiger.

Langsam öffnete er die Tür und erblickte Ragna, die an der Wand gelehnt saß und einen Packen Pergament neben sich liegen hatte. Die anderen beiden, Enar und Lehy, waren noch nicht da. Sian setzte sich aufs Bett und streckte die Füße aus, bevor er sich auf den Rücken fallen ließ und an die Decke starrte.

Für diesen Augenblick spürte er den Blick seiner Freundin auf sich, doch sie merkte wohl, dass ihm nicht nach reden zumute war. Im Gegenteil, am liebsten hätte er für immer hier gelegen und einfach nur geschwiegen.

Als er bemerkte, wie die Tür sich öffnete und die rothaarige Person hereinkam, rutschte sein Herz in die Hose. Wenn er daran dachte, was in der Prophezeiung gestanden hatte, so bemerkte er, wie gerne er das Zukünftige aufhalten wollte. Doch wie Thoralf ihm erklärt hatte, waren solche Weissagungen unaufhörlich. Ob er recht hatte, dass würde sich natürlich noch zeigen.

Während sich Lehy mit müdem Gesicht neben ihn setzte, rappelte er sich auf und griff nach der kleinen Tasche in seinem Wams, wo sich die kleine Rolle mit seiner möglichen Zukunft darauf befand. Im selben Augenblick kam der dunkelhaarige Mann herein, der ein wenig abgehetzt wirkte. Doch niemand konnte ihm das verdenken, denn es war nicht gerade wirklich super in einer Stadt herumzulaufen, wo man ihn fassen und einsperren könnte.

Gerade als Sian ansetzen wollte um ihnen von dem, was er heute erfahren hatte, zu erzählen, begann Enar zu sprechen.

„Morgen in der Abenddämmerung sollten wir in die Bibliothek gehen. Ich habe einen alten Freund wieder getroffen, der uns dabei helfen könnte, heil rein und wieder raus zu gelangen."

Der Blonde ließ seine Hand wieder sinken und dachte darüber nach. Wenn er es genau nahm, konnte er es ja auch noch ein wenig verschieben. Schließlich war das Wichtigste erst einmal, das Rätsel der beiden Rabenjungen zu lösen. Wenn er es hatte, was auch immer dieser Schlüssel versteckt hielt, würde er mehr wissen.

Nachts lag er noch eine Weile wach und konnte einfach keine Ruhe finden. Er drehte sich hin und her während er versuchte, eine möglichst bequeme Stellung zu finden, in der er schlafen konnte. Er war neidisch darauf, dass alle anderen wohl seligen Schlaf gefunden hatten, doch er eben nicht. Wie konnte er aber auch ruhig bleiben bei den Worten, die er heute erfahren hatte? Hätte er es ihnen doch erzählen sollen? Doch wozu sollte er die anderen beunruhigen, wenn er noch selbst nicht wusste, was es bedeutete und ob es überhaupt stimmte?

Am Morgen, als er seine Augen öffnete, strahlte ihm die Sonne entgegen und die Vögel zwitscherten so laut, dass er am liebsten seinen Kopf unter das Kissen versteckt hätte. Er fragte sich, ob er überhaupt geschlafen hatte und kam zu dem Schluss, dass er es getan haben musste. Doch viel war es wohl nicht gewesen.

Sein ganzer Körper fühlte sich völlig steif an, als er sich langsam erhob und leicht streckte. Um ihn herum schliefen noch alle, weswegen er sich nur schnell etwas wusch und dann aus dem Gasthof flüchtete. Vielleicht würde er draußen auch einfach nur etwas zu essen besorgen und dann wieder zurückkehren.

Den Weg zum Markt kannte er auswendig, er war sich sicher, dass er ihn blind und im Schlaf gehen würde können, wenn er es wirklich darauf anlegte.

Während er sich auf dem Markt befand um sich ein wenig umzusehen, bekam er Hunger und so besorgte er sich etwas Kleines von einem der Stände. Dann verzog er sich an einen etwas abgeschiedenen Ort, Steintreppen, die im Schatten eines großen Gebäudes waren. Er beobachte zu gerne die Leute um sich herum, die die Wege entlang schritten, hungrig biss er dabei von seinem Essen ab. Es war ganz erstaunlich wie viele Menschen es in dieser Stadt gab. Hunderte dürften gar nicht reichen, es mussten tausende über tausende sein.

Für einen Moment hielt er inne und er betastete die Tasche seines Wamses, in der noch immer diese verfluchte Prophezeiung steckte. Er konnte es seinen Freunden nicht sagen, es war nicht in Ordnung, ihnen diese Last auch noch aufzubürden.

Erschrocken wandte er sich um als er ein leichtes Stupsen an seinem Rücken spürte, doch es war nur Lehy, weswegen er wieder leise ausatmete.

„Hey", murmelte er als sie sich neben ihn hockte, sie hatte ebenfalls etwas zu essen bei sich und biss herzhaft hinein während sie die Menschen beobachtete.

„Du scheinst diesen Ort hier zu mögen", erwähnte sie beiläufig, er konnte nicht anders als zu nicken.

Tatsächlich war er sehr gerne hier, es war viel los und dennoch konnte er hier in Ruhe sitzen ohne dass es Störungen dabei gab. Er wünschte sich, er könnte noch ein wenig länger hierbleiben, doch hatte er so ein Gefühl, dass sein Aufenthalt nicht mehr wirklich andauern würde.

„Sian, ich habe meine Mutter wiedergefunden. Wenn das alles vorbei ist, möchtest du dann nicht mit mir zu ihr ziehen?"

Sein Herz setzte für einen Moment aus als er in die grünen Augen seiner Kameradin blickte. Oh Gott, all seine

Wünsche wären erfüllt, er wäre der glücklichste Mensch auf der ganzen weiten Welt.

Und doch, als er sich besann und wieder klar denken konnte, wusste er, dass es diese Zukunft niemals geben würde.

Mit einem Lächeln, zu dem er sich für sie zwang, antwortete er ihr: „Das würde ich gerne, Lehy."

Die Rothaarige nahm für einen kurzen Augenblick seine Hand und drückte sie, löste sich dann aber wieder um sich auf ihr Essen zu konzentrieren.

Die Restzeit verbrachten sie damit, sich über Lehys Mutter zu unterhalten. Nachdem ihre Eltern Enar geholfen hatten, aus der Stadt zu fliehen, waren sie mitgegangen. Ihr Vater war ein loyaler Mann gewesen, der die Meinung gehabt hatte, dass dunkelhaarige Königssohn auf den Thron gehörte anstatt Alrik. Dennoch hatte er sich dagegen entschieden, gegen seinen Zwillingsbruder anzukämpfen, sondern er hatte sich einen Ort gesucht, an dem er sich sicher sein konnte, dass ihn niemand verriet.

Irgendwann wurde Lehy geboren, kurz bevor der alte Räuberanführer starb. Sie wuchs schon unter Enars „Herrschaft" auf und kannte es auch gar nicht anders. Irgend-

wann aber hatte Gudrun, so hieß die Mutter der rothaarigen Person, eine Nachricht erhalten, dass ein naher Ver-
wandter dem Tode nahe war und sie war deswegen aufgebrochen, um zu helfen. Warum sie nach dessen Tod dortge-
blieben war, das wusste Lehy nicht, genauso wenig warum
sie in all dieser Zeit sich kaum gemeldet hatte.

Dennoch, obwohl ihrer Unsicherheit, merkte Sian,
dass sie glücklich war, Gudrun wieder gefunden zu haben.
Obwohl er so ein bisschen neidisch war, er wüsste zu gerne,
wer seine Eltern waren und woher er eigentlich überhaupt
kam.

Sie beendeten das Gespräch als es mittlerweile später
Mittag war und sie beide noch ein wenig die Stadt erkunden
wollten. Der Blonde konnte durchaus verstehen, warum
seine Reisegefährtin hier her zurückkommen wollte. Er
würde gerne auch hierbleiben und niemals mehr fortgehen.
Doch das war eine Sache, die wohl nicht eintreffen würde.

Als ihn Lehy verließ um weiter die Stadt zu erkunden,
winkte er ihr nach. An sich war sie jünger als er, schätzte
der Blonde jedenfalls, doch er musste daran denken, wie sie
sich kennen gelernt hatte und ein Lächeln schlich sich auf
seine Lippen. Wenn er an diese brenzlige Situation, im
wahrsten Sinne des Wortes, dachte, dann überkam ihn ein

Schauer. Goliath hatten sie seit dem verhängnisvollen Tag im Räuberdorf nicht mehr gesehen aber ein Gefühl sagte dem Knaben, dass er gar nicht so weit von ihnen entfernt war.

Doch um nicht zu sehr in seinen Gedanken zu versinken, rappelte er sich wieder auf und schlenderte weiter durch die vielen Gassen und Straßen, immer noch im Hinterkopf, dass er das Versteck für das gewisse Ding war, wo der Schlüssel reinpasste.

Im Gasthof zurückgekehrt, warteten Ragna und Enar auf ihn. Letzterer sah so ein wenig besorgt aus, was Sian ein wenig irritierte. Alles hatte sich nach einem felsenfesten Plan angehört und für ihn gab es keine Gründe zu zweifeln. Doch als er den Grund für seine Besorgnis erfuhr, verstand er es besser.

Ein paar der Wachen hatten ihn möglicherweise entdeckt, dennoch versicherte er allen, dass er sie zu der Bibliothek begleiten würde. Weil das auch schon diese Nacht geschehen sollte, legten sie sich alle ein wenig hin, damit sie ausgeruht genug waren.

Der Erste wachte um die Abenddämmerung wieder auf und weckte dann nach für nach die anderen auf. Sian fühlte sich so gar nicht erholt, eher war er noch viel müder als zuvor. Dennoch schwang er seine Beine aus dem Bett, kleidete sich wieder an und setzte sich marschbereit auf den Boden während er auf die anderen wartete. Diese brauchten ebenfalls nicht lange bis sie fertig waren.

Während sie die Treppe hinunterschlichen und lauschten, ob nicht doch noch oder wieder jemand unten saß, klopfte das Herz des blonden Knaben wie das eines kleinen Vogels. Seine Hände wurden ganz schwitzig als er versuchte, so leise wie möglich auf dem bloßen Stein zu laufen. Draußen atmete er erst so richtig durch, als er merkte, dass er die meiste Zeit die Luft angehalten hatte.

Als sie losliefen, achteten sie darauf, dass niemand sie bemerkte. Sie wichen den Wachen auf und Plätze, die von Fackeln und Laternen hell erleuchtet waren. Es dauerte etwas länger als normalerweise, dennoch kamen sie an dem prachtvollen großen Gebäude an, dass die Bibliothek darstellte.

Enar, der in einem dunklen Umhang gekleidet war, hob einen kleinen Stein auf und warf ihn gegen die Tür. Das dumpfe Geräusch erklang lauter, als er es für möglich gehalten hatte. Dennoch bemerkte es wohl niemand, kein anderes Geräusch war zu hören bis auf das leise Knarzen der Tür, die sich einen Spalt öffnete.

„Möge dich Odins schützende Hand führen, mein Freund", erklang eine tiefe Stimme hinter der Tür.

Erleichterung spiegelte sich auf dem Gesicht des dunkelhaarigen Mannes wieder, er neigte den Kopf und erwiderte den Gruß mit einer fast schon ruhigen Bestimmtheit.

Erst als jemand eine Laterne anzündete, konnte er das Gesicht des Fremden erahnen. Er schien genauso alt zu sein, wie sein Reisekamerad, nur zierte eine lange Narbe sein sonst ebenes Gesicht. Sie ging über die Nase und die rechte Wange und ließ ihn eher wie einen abenteuerlustigen Gesellen wirken als wie einen Bibliothekar. Neugierig musterte Sian ihn, wagte es aber nicht, ihn nach der Geschichte hinter der üblen Verletzung zu fragen.

Still folgten sie ihm hinein, es war nicht gerade gut, all die wichtigen Sachen draußen zu besprechen, wenn jeder sie belauschen konnte. Während sie dem Gang folgten und an so vielen Türen vorbeikamen, konnte man ihre Schritte hören.

Schlussendlich kamen sie in dem größten Raum an, den der blonde Knabe jemals gesehen hatte. In diesem Raum gab es hunderte an Regalen, die gefüllt mit Büchern, Pergamentrollen und noch viel mehr waren, dass Sian schon beim Anblick schwindelig wurde. Und diese Dinge sollten sie nun alle nach einer Lösung ihres Problems durchsuchen? Der gesuchte Gegenstand könnte sonst wo sein und er würde ihn wohl nie finden.

Geknickt blickte er zu seinen Kameraden auf, die wohl den selben Gedanken wie er gehabt hatten. Nur der Königssohn wirkte optimistisch, so als hätte er schon eine Idee wie er das Rätsel um die Truhe lösen könnte.

Enars Freund, der sich als Jorik vorstellte, stellte die gusseiserne Laterne auf den Tisch und zog ein paar Schriftstücke zu sich heran. Seine Stimme klang wie die eines stämmigen Bären obwohl sein Körperbau eher etwas Anderes sagte. Doch egal wie ein Mensch aussah, man wusste nie was in ihm drinsteckte.

„Die meisten Sachen sind sortiert in den verschiedenen Abteilungen der Bibliothek. Zuerst nach Autor, dann nach dem Inhalt", erklärte Jorik ihnen während er ein Pergament auseinanderrollte.

Er erklärte ihnen wo die verschiedenen Sachen zu finden waren und zusammen suchten sie nach den Dingen, von denen er ihnen zuvor erzählt hatte.

Immer wieer gingen sie zum Tisch zurück um sich die Sachen durch zu lesen, in der Hoffnung, doch noch irgendwas Nützliches zu finden. Doch es schien völlig ausweglos und mit jeder Stunde, die verging, wurden sie immer mutloser.

Gerade als Sian vorschlagen wollte, für heute aufzugeben und es ein anderes Mal wieder zu versuchen, stieß er auf etwas, dass ihn einerseits ziemlich verunsicherte, andererseits aber hatte er ein merkwürdiges Gefühl dabei, so als kannte er den Wortlaut des Pergaments. Vorsichtig nahm er es aus dem Regal um es zu dem Tisch zu bringen und Jorik danach zu fragen. Der räumte gerade missmutig den Tisch auf um alles so aussehen zu lassen wie es davor gewesen war bevor sie angekommen waren.

„Was ist das für eine Legende, Jorik?", fragte der Blonde den Bibliothekar, der sich über das Kinn rieb und mit den Augen die Sätze entzifferte.

„Es ist die Geschichte König Fjölnirs, der Sohn des Freyr und der Gedr, der einst in den Norden zog um für sich und seine Untertanen ein Zuhause zu finden. Das ihre war nämlich durch einen schrecklichen Angriff der Riesen zerstört worden und so reisten sie immer weiter nach Norden. Sie hielten erst, als König Fjölnir zufrieden war. Auf diesem Flecken soll nun Königswinter stehen, seine Stadt die er seinen Kindern und Kindeskinder vererbt hatte. Doch soll er ein Geheimnis mit in sein Grab genommen haben, nämlich wo er das Geschenk der Götter in der Stadt versteckt hatte."

„Geschenk der Götter?", hackte Lehy nach, die selber genauso interessiert schien wie es der Blonde war.

Neugierig musterte er Jorik, der mit seinem dunklen Haaren und den hellen Augen ein Bruder von Enar sein könnte. Kaum zu glauben, dass der hellhaarige Alrik wirklich verwandt mit seinem Reisegefährten war. Schließlich schienen die Unterschiede zwischen den beiden wirklich sehr gravierend zu sein. Er konnte nicht anders als über die beiden nachzudenken bevor die dunkle Stimme des Bücherkundigen ihn wieder ablenkte.

„König Fjölnir erhielt einst von Odin selbst das Geschenk der Götter zur Aufbewahrung bis das irgendwann einmal der Wanderer kommen würde um es sich zu holen. Derjenige würde den Gegenstand mit sich nehmen um es Odin darzubieten, in all seinem Glanz und seiner Macht, die dieser Gegenstand ausstrahlt. Wenn das passiert, werden große Dinge geschehen, heißt es und die Welt wird geradegerückt."

Als der Dunkelhaarige endete, biss sich Sian auf die Unterlippe. Dieser Wortlaut ließ ihn an die Prophezeiung denken, die er von Thoralf bekommen hatte. Sollte er also wirklich dieser Wanderer sein? War er auserkoren, das Geschenk der Götter an sich zu nehmen?

Bevor er sich eingehend mit diesen Fragen beschäftigen konnte, erinnerte ihn Lehy daran, dass es noch etwas gab, was doch ziemlich unklar war.

„Weißt du etwas über den Baum der Götter, Jorik?", erklang ihre Stimme und noch während sie sprach, drehte sich Sian zu ihr um, um sie besser ansehen zu können. Dass sie daran dachte und nicht er, sagte schon etwas über seinen verwirrten Zustand aus. Dennoch war er ihr dankbar, denn vermutlich wäre er ihr heraus geschritten ohne danach zu fragen und hätte es dann am nächsten Morgen ziemlich sehr bereut.

Ein leises Räuspern kam von seinem Gegenüber, er schien nicht gerade erfreut über die Frage zu sein, wohl, weil er selber nicht viel darüber wusste.

„Es heißt, dass der Baum selbst von Odin gepflanzt worden sei und dass seine Früchte es möglich machen, den Allvater selbst eine Frage stellen zu dürfen. Das wie und warum aber wird womöglich niemals beantwortet werden können, da der Baum nur einmal jemanden eine Frucht gab. Dieser jemand aber ist schon lange verschollen, die meisten sagen sogar, er wäre schon längst gestorben. Ob das stimmt, weiß ich nicht aber es wäre auf jeden Fall interessant zu wissen."

Gerade als Enar zum Sprechen ansetzen wollte, schüttelte Sian schnell den Kopf. Anscheinend hatten noch nicht alle mitbekommen, dass der Baum auch ihn ausgewählt hatte und vielleicht war es auch besser so. Er würde das mit der Frucht ausprobieren, sobald er aus der Stadt draußen war. Schließlich würde es vielleicht merkwürdig kommen, wenn auf einmal der Göttervater vor ihm stehen würde.

Wildes Trommeln an der Tür unterbrach sie und panisch blickten sie einander an. Hier fehlte niemand, es konnte keiner von ihnen also sein.

Das zweite Mal trommelte es wieder fest gegen die Tür und nun hörten sie Stimmen, die demjenigen, der sich darin befand, befahlen, die Tür aufzumachen, vermutlich, weil sie das Licht im Haus gesehen hatten und jetzt Fragen stellten. Jorik schickte sie zum Hinterausgang, der frei zu sein schien. Gerade als sie Enars alten Freund reden hörten, schlichen sie sich nach draußen und schlossen die Tür so leise wie sie nur konnten. Da Lehy von ihnen die wendigste war, konnte sie sich nach vorne schleichen ohne bemerkt zu werden. Doch als sie zurückkam, war sie kreidebleich.

„Es stehen Wachen vor dem Haus, etwa 6 Mann", berichtete sie ihnen während sie selbst unruhiger zu werden schien.

Gerade als Sian sie beruhigen wollte, hörten sie Schritte und sie lauschten angestrengt, in welche Richtung sie gehen würden. Zum Glück klang es so, dass diese ins Haus gingen, weswegen selbst Ragna ungesehen vorbeikonnte. Erst am Gasthof stoppten sie, was vermutlich nicht die schlechteste Entscheidung war.

In dieser Nacht schlief Sian so gut wie gar nicht. Er war hellwach, obwohl seine Augen brannten und sein Körper nur so nach Schlaf bettelte. Doch in seinem Kopf herrschte so viel Chaos, dass er einfach nicht wusste, wo hin damit. Er hatte so vieles, worüber er jetzt nachdenken musste.

Zusammen mit der Legende, die er heute gehört hatte, machte seine Prophezeiung schon Sinn. Gleichzeitig war er traurig und doch auch sehr froh. Obwohl er diesen Ort hier und seine Freunde auch verlassen musste, so hatte er eine Aufgabe zu erledigen, die seine Aufmerksamkeit bedurfte.

Leise quietschte der Holzstuhl, auf dem er saß, während er nach dem kleinen Pergamentstück angelte, dass ihm Thoralf mitgegeben hatte. Obwohl ihm diese Worte so überhaupt keinen Hinweis auf seine Vergangenheit oder seine Familie gaben, so hatte es etwas Befreiendes gehabt von ihnen zu erfahren.

Familie. Über dieses Wort hatte er seit Beginn seiner Reise noch gar nicht richtig nachgedacht. Für ihn waren Lehy, Birga, Enar und Ragna seine Familie gewesen, obwohl sie nicht blutsverwandt mit ihm waren. Dennoch fragte er sich inzwischen, ob es jemanden gab, der dasselbe Blut hatte wie er. Gab es irgendjemanden, der wusste, wer er wirklich war?

Mit einem mulmigen Gefühl legte er sich auf die provisorische Matte am Boden, die er sich gebaut hatte um nicht gänzlich auf dem Boden zu liegen. Auf seiner Seite des Bettes lag Enar, er war vor Erschöpfung zusammengesackt und Sian hatte wenig Lust darauf gehabt, ihn in diesem Zustand wieder wegschicken zu müssen.

Auf dieser Matratze verweilte er noch eine lange Weile bevor er sich dazu aufraffen konnte, die Augen zu schließen um irgendwie Schlaf zu finden. Doch wie so oft verfolgten ihn die Bilder, die sich in sein Hirn gebrannt hatten als sie damals das Räuberdorf verlassen mussten. Noch immer erschauderte er, wann immer sich die Bilder der aufgetürmten Leichen vor seinem inneren Auge auftat. Immer wieder setzte er sich auf, rieb sich mit dem Handrücken über seine

Stirn um sich dann im nächsten Moment wieder hinzulegen und sich auf die Seite zu drehen.

Das ging so bis er tatsächlich ein wenig Schlaf fand, doch nicht lange, denn schon bald darauf wurde er von nervös klingenden Stimmen geweckt. Fast schon etwas gereizt öffnete er die Augen um die anderen auf die frühen Morgenstunden aufmerksam zu machen, doch sah er sofort, dass wirklich etwas nicht stimmen konnte. Bevor er fragen konnte, was zu Helheim denn los war, deutete seine rothaarige Freundin nach draußen.

Er runzelte die Stirn als er sich aufraffte um an das Fenster zu gehen, doch dann verstand er die ganze Aufregung. Es hatten sich überall Wachen über das Gelände verteilt und er hatte die arge Befürchtung, dass es mit dem Besuch in der Bibliothek gestern zusammenhängen musste. Sein Blick wanderte zu Enar, der kalkweiß auf dem Bett saß. Nach draußen und über den Baum zu klettern war nun keine Option, sie würden ihn auf jeden Fall sehen und das konnten sie sich nicht leisten.

Er schritt zur Tür und öffnete sie einen Spalt, damit er sehen konnte, was draußen so vor sich ging. Zum Glück mussten die Soldaten nach unten sein, denn er hörte die laute Stimme der Wirtin, die sich lauthals über die vielen

Menschen beschwerte, die einfach so ihre Taverne besetzte. Kein Wunder, was war das nur für eine schlechte Werbung, wenn einfach so der Gasthof durchsucht wurde, da hatte doch niemand Lust dort rein zu gehen.

Er schloss die Tür und durchsuchte den Raum mit seinem Blick bis er an der schweren Holztruhe hängen blieb, die da in der Ecke des Raumes stand. Normalerweise war diese eher für die Kleidung und Kleinigkeiten der Gäste gedacht, doch da sie nicht wirklich viel mit sich herumschleppten, war sie so gut wie leer.

„Passt du in die Truhe rein?", zischte er zu Enar und deutete mit dem Kopf auf besagtes Möbelstück.

Fast schon schockiert sah in dem Königssohn an, doch dann eilte er mit schnellem Schritt dorthin und die Scharniere knirschten leise als er den Deckel öffnete. Dadurch, dass er doch recht dünn war, war es ziemlich leicht ihn dort rein zu bekommen. Schnell schlossen sie den Deckel und Lehy lehnte sich dagegen als sie Schritte nach oben hörten.

Kapitel 11

Die Schritte auf der Treppe klangen laut und rhythmisch, das Schlagen gegen die Tür ließ sie alle zusammenzucken. Mit angehaltenem Atem warteten sie darauf, dass es auch an ihrer Tür klopfen würde.

Es dauerte keine zwei Minuten als das geschah und die Leute schritten in ihren Uniformen in das Zimmer. Es schien, als begutachteten sie aufmerksam noch so jede Regung der Bewohner und mit jeder Sekunde wurde Sian unruhiger. Er wollte niemanden verlieren und schon gar nicht verraten, weswegen er stetig hoffte, dass die Männer schon bald wieder verschwinden würden. Gerade als er aufatmen wollte, weil sie nicht auf die Kiste aufmerksam wurden, sondern sie sogar gänzlich ignorierten. Doch gerade als es schien, dass die angespannte Situation wieder vorbei sei, kam noch ein letzter Mann herein, denn sie alle schon bereits kannten.

König Alrik von Königswinter wirkte sogar noch stattlicher als das letzte Mal, mit seinem schmucken Gewand und der Krone auf seinem blonden Schopf. Seine Schuhe quietschten als er mitten im Raum stehen blieb und alle mit seinen blauen Augen betrachtete. Sofort stieg brennende

Wut in Sians Gedanken auf als er diesen majestätischen Mann erblickte und daran dachte, dass er für den Tod so vieler Unschuldiger im Räuberdorf verantwortlich sein könnte. Es war nicht fair, dass so jemand König war, wenn er ohne mit der Wimper zu zucken Menschen kaltblütig ermorden ließ.

„Es überrascht mich, euch hier zu sehen", sprach der Zwilling ihres Freundes mit einer ruhigen Stimme.

Niemand in diesem Raum bewegte sich, alle standen stummen in diesem recht winzig wirkendem Zimmer während der Blonde nicht anders konnte als zu hoffen, dass Enar nicht in dieser Kiste starb, weil er keine Luft mehr bekam. Dabei ignorierte er nun völlig die majestätische Gestalt und sah zu Lehy, die ihm mit einem Nicken versuchte zu ermutigen. Sie selbst musste ahnen, wie es ihrem Reisegefährten ging, auch wenn er seine Vermutung, was diesen feinen König anging, noch nicht erzählt hatte. Doch irgendwie hatte die Rothaarige die Begabung zu merken, wenn es einem schlecht ging.

Das hatte der blonde König wohl wahrgenommen und gerade deswegen hielten sie alle eben kurz den Atem an. Er wollte keinen Falls den Gedanken auf die Kiste lenken, auf der die jüngere saß, doch war das Zittern nur für eine kurze Weile. Seine Majestät hatte wohl mehr Interesse an Sian, zu

dem er sich nun wieder zurückdrehte und ihn von oben
herab musterte.

Für einen Mann war der Knabe doch recht klein, doch
machte er sich nun so groß wie es ging als er dem Adeligen
gegenüberstand. Er hatte so vieles, was er ihm gerne sagen
würde, doch in dieser Situation sollte er wirklich gerade still
sein. Er hatte keine Lust irgendwo eingesperrt oder gefoltert zu werden.

„Ich hörte, ein Flüchtling aus meinem Königreich sei
letzte Nacht gesichtet worden. Man erzählte mir, dieser
Gasthof soll ab und zu von ihm besucht werden, also sagt
mir, wisst ihr etwas darüber?"

Der Jüngere unterdrückte ein Zusammenzucken während er ein ahnungsloses Gesicht machte und dabei hoffte,
dass keiner zu den beiden Frauen blickte, in deren Gesicht
sich die pure Angst spiegelte.

Gefasst blickte er in die Augen des anderen und schüttelte den Kopf. Für Enar und auch für die anderen war er
bereit, alles zu tun um sie zu beschützen. Niemals würde er
es zulassen, dass Alrik seinen Zwilling in die Finger bekam,
er wollte nicht wissen, was ihm dann zustoßen wurde.

Der König stieß nur einen enttäuschten Ton aus, während er sich selbst noch einmal umblickte und dabei Lehy

ins Auge fasste, doch zum Glück nur für einen Moment, dann ließ er wieder von ihr ab.

„Nun, ich bin mir sicher, dass wird nicht das letzte Mal sein, an dem wir uns treffen." Mit diesen Worten zog er sich wieder zurück und die Wachen um sie herum verschwanden auch Mann für Mann.

Erst eine gefühlte Ewigkeit später wagten sie sich zu bewegen. Das Herz schlug ihnen bis zum Hals während sie langsam die Truhe öffneten, in der Enar halb zerknautscht lag. Er sah genauso leichenblass aus wie alle anderen hier und sie halfen ihm aus der Kiste zu steigen. An die Wand gelehnt stand er ganz wackelig auf den Beinen und schnappte gierig nach Luft. Sian nahm sich einen der Tonkrüge und füllte etwas zu trinken ein bevor er es dem geschwächten Mann in die Hand drückte. Er konnte sich durchaus vorstellen, dass diese Kiste Leuten, die sich in engen Räumen so gar nicht wohl fühlten, es sehr schwer machten.

Für einen Moment ließ er Enar in Ruhe um aus dem Fenster zu sehen und zu beobachten, wie die Wachen Mann für Mann abzogen bis nur noch eine kleine Menge übriggeblieben war. Der König war von diesen Männern umringt und Zähne knirschend musste Sian zusehen wie dieser verschwand, wo er ihm doch am Liebsten ins Gesicht geschlagen hätte. Ja, es war vielleicht nicht in Ordnung und es verstieß sogar gegen jegliche Prinzipien, die der Blonde in der kurzen Zeit für sich entdeckt hatte.

Er seufzte leise als er zurück in den Raum blickte und alle verstreut erblickte. Sie waren auf ihrer Suche noch immer nicht so wirklich weiter, außer, dass sie eine Ahnung hatten, was das gesuchte etwas war. Nur Odin selbst und der Geist des verstorbenen Königs konnten wissen, wo die Truhe sich verbarg, die sie suchten. Verflucht sollten Hugin und Munin sein, die sie und vor allem ihn auf diese abenteuerliche Reise geschickt hatten.

Keiner wollte in dieser Nacht Enar wegschicken, auch gerade wegen der Gefahr, dass er nun endgültig entdeckt werden könnte. Sian machte es sich wieder auf dem Boden gemütlich während er dem dunkelhaarigen Zwilling die Seite seines Bettes überließ. Er hatte nichts dagegen, auf dem Boden zu schlafen, schließlich war das ja nicht das erste Mal. Während er unter die Decke krabbelte, hörte er das leise Atmen seiner Kameraden und er musste dabei sogar etwas lächeln. Er schätzte sie mit jeder Faser ihres Daseins. Und er war sich sicher, dass es auch umgekehrt so war.

In dieser Nacht schlief er nicht nur sehr unruhig, er träumte auch das erste Mal so richtig bewusst. Es war wie eine außerkörperliche Erfahrung, er schwebte in der Luft...und doch wusste er von seinem Körper, der auf ihn wartete, in Stille verharrend. In diesem Bewusstsein durchstreifte er die Straßen Königswinters auf der Suche nach Hinweisen, die ihnen vielleicht helfen konnten. Je mehr Zeit verging umso mehr kroch die Kälte in seinen Körper, unter seine Haut. Es fühlte sich an, als würde die Göttin Helheims selbst in ihn fahren wollen um ihn mit Frost und Kälte zu überziehen.

Die Straßen nachts waren einsam und nur noch wenige Genossen suchten die Freude eines stärkenden Getränks oder die Weichheit eines Weibes. Gerade weil er sich davor fürchtete, wendete sich der Blick des Knaben ab. Berührungen, Zärtlichkeit, das war ein heikles Thema für den schüchternen jungen Mann. Er hatte sich nie genau damit befasst und wenn er der Prophezeiung Glauben schenken sollte, dann würde ihn das wohl auch nie kümmern müssen.

Geisterhaft schlich er durch die Straßen, immer weiter auf der Suche. Er hatte immer geglaubt, dass wenn er diesen sagenhaften Schatz finden würde, er würde ihn auf jeden Fall zu sich rufen. Damit er eben wusste, dass er es wirklich war. Doch Fehlanzeige, niemand rief nach ihm. Es konnte ihn ja auch niemand sehen. Nein, er wusste sofort, dass die Kiste mit dem wertvollen Gut in dem Gebäude aufbewahrt wurde als er direkt davorstand. Es war wie ein Schlag in die Magengrube, der ihn in die Richtung führte, in die er gehen sollte.

Als er durch die Tür glitt, stand er mitten in einem Raum voller Betten, die leergeräumt waren. Ihm viel auf, dass es die Kaserne sein musste, denn überall standen Waffen, Rüstungsteile und sogar ein Sattel herum. Am Ende des Raumes erwartete ihn eine große, breite Treppe, der er folgte. Sie kam ihm so unendlich lang vor und als er dann doch das Ende erreichte, hörte er Fußstapfen von außerhalb. Es musste also noch jemand wach sein, obwohl es draußen bereits stockdunkel sein musste. War es bereits nach Mitternacht? Sian konnte es einfach nicht sagen.

Während er den dunklen Gang entlangging, der nur spärlich beleuchtet wurde, erschauderte er aufgrund der Atmosphäre. Er hatte das Gefühl, dass jede Sekunde ihm jemand begegnen konnte und ihn dann auch tatsächlich sah. Bis jetzt hatte er tatsächlich das Glück gehabt, dass niemand ihn entdeckte und tatsächlich hatte er auch mit dem Gedanken gespielt, den torkelnden Wolf zu besuchen und zu gucken, ob er seinen schlafenden Körper vorfand. Und all die anderen, die er seine Freunde nannte.

Wenige Meter vor dem Ende des Ganges erschien eine Gestalt, die er nur allzu gut kannte. Ihm stand der Mund offen als sich diese vor ihm endgültig materialisierte und fast schon stachen ihm Tränen in die Augen, weil er sie so sehr vermisste. Und auch, weil er sich schuldig fühlte, denn er hatte sie nicht retten können. Sanft legte Birga ihm den Zeigefinger auf die Lippen und bedeutete ihm ihr zu folgen.

Sie bog in den letzten Raum links hinein, in der es eine Zelle gab, wohl um die Gefangen bis zu ihrer Verurteilung einzubehalten. Das Gefühl hier zu sein gefiel dem Blonden so gar nicht und auch wenn er wusste, dass er sich gerade nicht wirklich hier befand, machte es ihn auf eine Art doch ganz schön nervös. Durch die Gitter hindurch standen sie vor einer Wand, die auf den ersten Blick recht unscheinbar wirkte. Es war nicht wirklich etwas Besonderes dort zu sehen bis er auf die auf die unteren Steine blickte, die die Wand zusammenhielt. Dort war ein Loch zu sehen, durch das man ganz greifen konnte, wenn man sich bemühte. Sian beugte sich hinunter, konnte aber durch die kaum vorhandene Helligkeit nichts sehen.

„Mama Birga…", flüsterte er, doch als er sich zu ihr umwandte, konnte er sie gar nicht mehr sehen.

Traurig und auch ein wenig verstimmt, weil er nicht mitsprechen hatte können, suchte er nach einem weiteren Hinweis, wie er dort rein gelangen konnte. Doch konnte er sonst nichts mehr entdecken und zum Reingreifen in das Loch fehlte ihm die Materie. Als ihm gerade der Gedanke kam, einfach durch die Wand zu schreiten, so wie er es zuvor mit der Tür und den Gittern gemacht hatte, hörte er Schritte auf sich zu kommen.

Ein unwohler Gedanke formte sich in seinen Kopf, doch er ging aus der Zelle wieder hinaus und zurück auf den Gang. Das Stapfen hörte sich langsam aber laut an, vorsichtig und möglichst geräuschlos ging er wieder zurück wo er die Treppe vermutete. Die Geräusche nahmen zu je näher er der Stelle kam und als er dann die ersten Stufen erblickte, blieb er voller Furcht stehen.

Was er da erblickte, war bestimmt nicht von dieser Welt. Schatten umschlang die Gestalt und diese war aus schwarzer Masse selbst geformt. Müsste er raten, so würde er sagen, dass es mal ein Mensch gewesen war, kräftig und muskulös, dennoch menschlich. Rote leuchtende Augen stachen dort hervor, wo der Kopf sein musste und ein zischen, wie von tausenden Schlangen, drang an seine Ohren.

Niemals hätte er gedacht, so etwas jemals zu sehen zu bekommen, ihn packte die nackte Angst während er die Augen einfach nicht davon abwenden konnte.

Eine Stimme, die ihm mehr Angst machte als all das, was er zuvor erlebt hatte, nagelte ihn fest und machte ihn beinahe schon bewegungslos. Er wagte nicht zu atmen während die Dunkelheit immer näher auf ihn zu kam, Schritt für Schritt schien der Boden unter ihnen zu erbeben.

Bis...es stehen blieb. Und den gesamten Gang mit seiner Präsenz auszufüllen schien.

„Du...gehörst mir."

Schweißgebadet wachte er wieder auf und obwohl er wusste, dass er sich überhaupt nicht fürchten musste, schließlich war das ja nicht real gewesen, so fing sein gesamter Körper an zu zittern. Er setzte sich auf und krümmte sich zusammen, so als könnte er sich so vor den beängstigenden Gedanken schützen, die auf ihn einstürmten. Stimmen drangen an sein Ohr, doch er verstand einfach nicht, was sie ihm versuchten zu sagen. Und noch während er auch endlich begriff, dass das nicht die Wirklichkeit war, drang ein ungewöhnlicher Laut aus seinem Mund. Ein Wimmern, verängstigt, fast schon panisch.

Noch nie seit seinem kurzen Dasein hatte er so eine blinde Panik gestürmt wie diese.

Schützend griffen zwei Arme um ihn herum und hielten ihn so in eine Umarmung, die er genau jetzt auch wirklich brauchte. Er klammerte sich an den zierlichen Körper seiner besten Freundin, die beruhigend über seinen Rücken streichelte und versuchte auf ihn einzureden. Er war ihr so dankbar dafür, gleichzeitig aber begann er sich zu schämen. Schwäche zu zeigen war etwas, was er nicht einmal vor seinen Freunden tun wollte.

Sians Zittern und Beben hörte so langsam auf als die Sonne hell in ihr Zimmer schien und die Strahlen fast schon tröstend seine Schulter berührte. Überrascht von dieser sanften Wärme, hob er wieder seinen Kopf und blickte direkt in die Augen seiner rothaarigen Freundin. Diese sah ihn besorgt an und fast wäre er noch verlegener geworden. Zärtlich fuhr ein Daumen seiner Begleiterin über den oberen Teil seiner Wangen und wischte so Spuren von den Tränen weg, die sich aus seinen Augen gestohlen hatten.

Um wieder ein wenig Abstand zu ihr zu gewinnen, ließ er sie los und löste so auch die so tröstliche Umarmung.

Was auch immer mit ihm los war, irgendwie hatte Lehy einen Riecher dafür und wusste sofort, wie sie ihn trösten konnte.

„Ich weiß, wo wir es finden", sprudelte es sofort aus ihm hervor, als er wieder einen klaren Gedanken fassen konnte.

Ruhig und möglichst genau erzählte er ihnen, was er ihm Traum erlebt hatte und auch als die Sprache auf Mama Birga kam, da hielten sie den Atem an. Es ging ihm wahrscheinlich nicht alleine so, dass er die ältere Frau so sehr vermisste. Irgendwann einmal musste er Enar fragen, wie sie damals zu ihm gelangt war.

Sian beschrieb alles, was er gesehen hatte als hätte er es noch genau vor Augen. Er erinnerte sich an die beklemmende Dunkelheit, die ihn fast ein wenig wahnsinnig gemacht hatte und an diese Gestalt, die ihn gefangen gehalten hatte ohne sich dabei bewegen zu müssen. Dieses bedrohliche Gefühl, als wäre es alles echt gewesen und vermutlich war es das auch. Er erschauderte an den Gedanken, dass dieser lebende Schatten echt sein könnte und dass er gerade ihn haben wollte. Was um alles in der Welt sollte so etwas dazu bringen, gerade ihn zu wollen?

Als er mit seiner Erzählung geendet hatte, er hatte wirklich nichts ausgelassen, sah er in die nachdenklichen

Gesichter seiner Freunde. Wie um alles in der Welt sollte er diese Leute jemals verlassen?

Kapitel 12

Während des frühen Morgens entschlossen sich Lehy und Sian zu der Kaserne zu gehen, die der Blonde beschrieben hatte. Und tatsächlich, sie sah von außen genauso aus wie er es in seinem Traum gesehen hatte. Das Gemäuer drum herum musste wirklich schon uralt sein und auch drinnen war es nicht wirklich anders. Sians Herz schlug ihm bis zum Hals als er den Eingang inspizierte, doch dort standen gerade zwei Wachen davor. Es würde nicht einfach sein, dort hinein zu kommen.

Als die Männer mit den Uniformen misstrauisch wurden, weil sie bemerkten, wie sie beobachtet wurden, nahm Lehy ihn am Arm und zog ihn wieder weg. Es war vielleicht nicht so wirklich eine gute Idee, auf sich aufmerksam zu machen, wenn sie nicht gefangen werden wollten. Oder vielleicht doch?

Eine Idee ging durch seinen Kopf, die er aber wieder verwarf. Wenn er gefangen werden würde, hieß das ja noch lange nicht, dass er genau in diese Zelle geworfen werden würde. Sie müssten schon eine ganze Warenladung an Menschen sein um sicher zu stellen, dass auch ein wirklich jeder in eine der Räume geworfen werden würde. Nein, das würde absolut nichts nützen.

Während er mit der Rothaarigen umherschlenderte, dabei überlegend wie sie den in dieses festungsartige Gebäude kommen konnten, bemerkten sie gar nicht, dass jemand sie verfolgte. Wie denn auch, so in Gedanken versunken, hätten sie nicht einmal bemerkt, wenn Ragnarök eingebrochen wäre.

In eine der Gassen, die zurück zum Gasthaus führten, packte sie jemand am Arm und zog sie in eines der vielen gleich aussehenden Häuser. Erst wurde Sian schwarz vor Augen, dann blendete ihn ein unsagbar helles Licht. Sein gesamter Körper spannte sich an, bereit, dem Tod ins Gesicht zu blicken und doch, ehe er sich versah, standen da Menschen, deren Gesichter er allzu gut kannte.

Seine Augen hüpften sofort zu der alten Frau, die ihn warmherzig anblickte und fast schon wäre er zu ihr gestürmt, um sie zu umarmen, so wie es Lehy gerade tat. Doch etwas hielt ihn auf, dieser Traum gestern war ihm noch lebhaft vor Augen und so hatte er Angst, bei einer einzigen Berührung wieder aufzuwachen, denn das hätte er niemals ertragen können.

Ehe er sich versah, nahm ihm die alte Frau die Entscheidung ab. Sie schloss ihn in ihre kräftigen Arme und strich über seinen Kopf, zum ersten Mal seit einer langen, vielleicht auch nie dagewesenen Zeit geborgen. Wer hätte gedacht, dass er noch einmal Mama Birga begegnen würde. Warum hatte sie ihnen nicht gleich Bescheid gesagt? Warum war sie nicht einfach zu ihnen gekommen und hatte gesagt, was los ist?

Als sie sich alle hingesetzt hatten und sogar etwas zu trinken und zu essen bekamen, erzählte Mama Birga endlich, wie es dazu gekommen war, wie es nun mal jetzt war. Dabei ließ sie nichts aus, manches war so abenteuerlich, dass man es gar nicht glauben konnte.

Zu Beginn hatte man sie aufgehalten bevor sie den anderen nachspringen konnte. Danach war sie für einige Zeit im Dorf gefangen gewesen, man hatte sie zwar nicht gefoltert aber man ließ sie doch schmoren. Dennoch, und das erstaunte sie noch mehr, konnte sie einiges in Erfahrung bringen.

Vor allem aber, und das machte ihn wütend, bestätigte sie Sians Annahme über die Vernichtung des Räuberdorfes. Als er Zähne knirschend zu Lehy rüber sah, bemerkte er, wie kurz davor sie schon war, einfach aufzuspringen und diesem Alrik eins rein zu hauen. Er musste sie festhalten und dazu zwingen, sitzen zu bleiben, obwohl er es gut verstand. Dennoch, mit einem Königsmord wäre es nicht getan. Sie brauchten Beweise oder wenigstens eine Rechtfertigung, warum sie den König öffentlich angriffen. Ob mit Worten oder Taten, war ganz gleichgültig, denn würden sie das einmal tun, gab es kein Zurück mehr.

Als Birga von dort fliehen konnte, wollte sie zuerst zu ihnen zurückkehren und folgte ihnen auch eine Zeit lang, doch begegnete sie dann einen alten Freund, den sie lange nicht mehr getroffen hatte und der ihr helfen konnte, einen Weg zu finden, in die Stadt hinein zu kommen, in der sie unbemerkt blieb.

Sian hob fragend eine Augenbraue, er hatte so ein Gefühl, dass sie möglicherweise schon früher Bekanntschaft mit dem König gemacht hatte und deswegen nicht wollte, dass er von ihr hier in der Stadt erfuhr. Oder aber, was diesen alten Freund anging, dass dieser bekannt war. Wie es auch immer war, er hatte so viele Fragen, was man ihm wohl auch nicht übelnehmen konnte. In Sians blauen Augen musste sich wohl alles spiegeln, den Birga klopfte ihm tröstend auf die Schulter. Somit wusste er, dass die Antworten auf seine unausgesprochenen Fragen warten mussten, was ihn zum einen sehr enttäuschte. Er fühlte sich vertröstet, es störte ihn und dennoch hatte er sich irgendwie schon dran gewöhnt, denn alles hatte seine Zeit. Ob jetzt oder morgen oder auch in einigen Tagen, er konnte es schon ertragen. Er musste, es blieb ihm ja auch nichts Anderes übrig.

Als sie wieder gingen, fragte sich Sian ob Enar von diesem kleinen Haus mitten in der Stadt wusste. Der Königssohn hatte ihnen nie erzählt, wo er sich nachts verkroch und die Möglichkeit war nun mal entsprechend vorhanden. Er hatte ihnen einiges zu erklären und wenn er wieder im Gasthaus war, dann würde er den Fragen des blonden, jungen Mannes nicht so einfach entkommen können.

Erst einmal aber erklärten sie Ragna, die schon im Gasthaus auf sie wartete, was sie erlebt hatten. Die doch recht kurze Begegnung mit der Hexe hatte sie ganz schön konfus gemacht und selbst als es bereits schon Abend und dunkel geworden war, fiel es ihnen schwer, an etwas Anderes zu denken. Sie überlegten, wie sie es schafften, Ragna unbemerkt zu dem Platz zu führen, an denen Birga auf sie warten würde und dabei fiel ihnen auf, dass es gar nicht so unmöglich war. Anfangs hatten sie alle noch recht große

Bedenken, da die Hünin durch ihre Größe doch recht auffallend sein würde, aber das genauer Gegenteil war der Fall. Ob die Jotunnbarn einst hier oder in der Nähe gelebt hatten? Auf diese Frage wusste selbst die große Frau keine Antwort. Es war einfach nur erleichternd zu wissen, dass die Bewohner Königswinters kein Interesse oder gar Schadenfreude beim Anblick des riesenhaften Weibes empfanden.

Des Nachts, als schon fast alle schliefen, hörten sie die bekannten Geräusche ihres Freundes, der durch das Fenster schlüpfte ehe jemand auf die Idee kam, nachzusehen, was da los war. Als er sich an der großen Kiste anlehnte, die ihn zuvor schon mal das Leben rettete, hörte Sian seinen schnellen Atem und wie er versuchte, wieder ruhig zu werden. Er ließ ihm die Zeit, schließlich überstürzte man so etwas ja nicht gleich mit einem Schwall aus Worten, die vielleicht für ihn so gar keinen Sinn machten. Schließlich hatte der Knabe keine Ahnung ob Enar Bescheid wusste oder nicht. Ob sich seine Ahnung bestätigte, würde er gleich herausfinden.

Sian setzte sich im Bett auf und musterte den Mann mit den dunklen Haaren, der allgemein das genau Gegenteil von ihm war. Der fein gestutzte Bart, den er hatte, seit sie in der Stadt waren, erinnerte ihn daran, dass er von adligem Geschlecht war. In der Wildnis hatten sie kaum Zeit gehabt, sich wirklich um so etwas zu kümmern, doch selbst wenn der Junge es mit Absicht versucht hätte, ihm wäre absolut kein Bart gewachsen. Bedauern tat er es zwar nicht wirklich, dennoch war es manchmal echt komisch, wenn er ältere Männer sah, die mit ihrem Vollbart im Gesicht wie richtige Bären wirkten.

Als sich Enar neben ihn setzte und leise aufatmete, er konnte sich durchaus vorstellen, dass der Auf- und Abstieg jedes Mal doch sehr anstrengend war, musterte ihn im flackerten Licht der Kerze, die auf dem schmalen Nachttisch stand. Wenn sich jemand erleichtern wollte, mussten sie nach unten gehen in einen einzelnen Raum dafür, was ein wenig nervig war und man lief dabei Gefahr, sich irgendwo anzustoßen oder jemanden dabei zu wecken. Sian leckte sich über die Lippen, überlegte dabei wie er die richtigen Worte finden sollte ohne Enar damit anzugreifen.

Hinter ihnen rührte sich Lehy, sie rieb sich die Augen und gähnte geräuschvoll, wobei er sich sicher war, dass die junge Frau ziemlich müde sein musste. Sie hatte sich, nachdem sie hier angekommen waren, sofort hingelegt und sogar ein wenig gedöst bis eben.

„Ich weiß schon, was du mich fragen möchtest. Ich sehe es dir an", kam er seinen Kameraden zuvor und wischte sich eine einzelne Haarsträhne von der Stirn, die sich dorthin verirrt hatte.

Der Junge ohne Gedächtnis hielt den Mund, nickte nur und hoffte, dass er ihnen erklärte, was da bei Mama Birga und diesen komischen Menschen vor sich ging. Sie hatten nur eine kurze Zeit mit der alten Hexe verbringen können und so sehr Sian auch vermisst hatte, ein komisches Gefühl schlich sich bei dem bloßen Gedanken ein. Sollte er vorsichtig sein oder sich gar fürchten? Oder war das gar nicht nötig und konnte ihr blind vertrauen, so wie wie er es anfangs getan hatte? Seit dem Beginn seiner weiten Reise war Mama Birga die gewesen, die ihn beschützt und behütet hatte, selbst bei der Zerstörung des Räuberdorfs, in dem Enar „regiert" hatte.

„Es gibt eine Gruppierung von Menschen, die sich die Vari nennen. Eine Art Rebellion gegen den König, so war es eigentlich anfangs auch gedacht. Mittlerweile aber tun sie mehr als nur zu rebellieren, sie helfen den Armen und Kranken, schleusen Menschen ein oder bewahren Gesuchte wie mich davor, von den Wachen des Regenten gefunden zu werden. Dabei agieren sie mehr im Untergrund, Alrik weiß kaum etwas darüber bis auf die Tatsache, dass es sie gibt. Eines ihrer Hauptziele ist es, den König zu Fall zu bringen und wahlweise einen neuen zu suchen. Ich habe mich vor Jahren ihnen angeschlossen, weil ich nicht mehr sehen konnte, wie mein Bruder alles um sich herum kontrolliert und sich zu eigen machte. Dabei hat er sich mit Mächten verbündet, die nicht von dieser Welt sind und ich habe die Vermutung, dass ihn diese Mächte verschlingen werden, wenn er es weiter zulässt."

Aufgrund dieser Erklärung musste Sian schlucken, er wagte es nicht zu fragen, wer oder was diese Macht sein sollte. Nur die Götter selbst konnten dahinterstecken, doch welcher Gott würde denn so etwas billigen oder gar fördern? Während seine Augen die Umrisse in der fahlen Helligkeit beobachtete, die seinen Freund ausmachten, schürzte er die Lippen und seufzte dann leise auf. Zwar wusste er nichts über den Anführer dieser Gruppe und er hatte keine Ahnung, ob sie es wert war, aber wenn ja, dann würde er diese Unternehmung unterstützen.

Als er ansetzen wollte um Enar von der Prophezeiung zu erzählen, die ihm Thoralf mitgegeben hatte, brachte er einfach keinen Ton heraus. Zwar hatte mitunter daringestanden, dass er einen neuen König küren würde, doch wer sagte, dass es Enar war? Was war, wenn es jemand war, den er nicht kannte, wie zum Beispiel dieser Anführer der Vari, den er noch gar nicht kannte und bei dem er irgendwo auch ein ungutes Gefühl hatte. Wer sagte nicht, dass nach dem Ende der Rebellion er zulassen würde, dass der Königssohn sein Geburtsrecht in Anspruch nehmen konnte?

„Ist Jorik auch bei den Vari?", kam hinter ihm die Frage von der jungen Frau und mit Erstaunen beobachtete er das Nicken, das ihn stutzen ließ.

Wie viele Personen waren wohl bei der Rebellion, die ihm Untergrund stattfand und von denen der König kaum wusste? Er musste es sich auf jeden Fall ansehen und vor allem musste er den Gründer und Anführer der Vari kennen lernen um sein komisches Gefühl, dass sich in seinem Bauch breitmachte, los zu werden. Wenn Enar ihnen vertraute, dann konnte es doch auch gar nicht so schlecht sein, oder?

„Ich möchte mit dir gehen", erklang Sians Stimme fest und unerbittlich, dieses Mal würde er sich nicht von dem größeren abwimmeln lassen, der ihn erschrocken in die Augen blickte.

„Nun, Aegir wollte dich sowieso mal kennen lernen, warum also nicht heute", erwiderte der Dunkelhaarige mit Zweifel in der Stimme, wohl, weil er nicht wusste, ob diese Idee wirklich so gut war.

Sian aber nickte stolz und drehte sich zu Lehy um, die aber so gar nicht begeistert war. Er verstand, dass sie mitwollte, doch wäre das viel zu auffällig, wenn sie zu dritt gingen. Ragna ebenfalls hatte wohl Zweifel und er konnte es tatsächlich nachempfinden. Dennoch, er musste herausfinden, was das Schicksal für ihn geplant hatte und das würde er nicht, wenn er weiterhin hier herumsaß, Tag für Tag und Nacht für Nacht. Etwas sagte ihm, dass die Zeit der Ruhe vorüber war und es nun ganz auf ihn ankam.

Sian musste neidlos zugeben, dass Enars Kunst, sich in den Schatten der Häuser zu verstecken, wirklich perfekt war. Wie er umher huschte, den Lichtern und den Blicken der Wachen auswich, als wären diese tödliches Gift, ließ den Blonden fast schon blass werden. Als sie aufgebrochen waren und Lehy ihn beinahe mit ihren Blicken ermordet hatte, waren die Worte des Älteren sehr eindringlich gewesen. Auf keinen Fall sollte sich Sian erwischen lassen, wie er des Nachts auf den Straßen von Königswinter umherlief. Sollte man ihn erwischen, ging es zum direkten Weg in eine der Zellen der Kaserne.

Eigentlich kein schlechter Weg um an den Schatz des ersten Königs zu kommen, andererseits war die Wahrscheinlichkeit, dass er genau in diese Zelle kam eher gering.

Da sie besonders leise sein mussten und nicht gesehen durften, dauerte der Gang zu dem kleinen Haus inmitten der Gassen länger als der Blondschopf gedacht hatte und ein erleichtertes Seufzen schlich sich von seinen Lippen, als die Tür hinter ihm zuging. Die Anspannung war groß gewesen, bei jedem Schritt hatte der Junge Angst, dass man ihn anhand der Geräusche, die seine Fußsohlen auf dem Pflaster machten, entdecken konnten.

Während der junge Mann wieder dabei war, Atem zu holen, ging sein Reisegefährte gerade aus und bog bei der letzten Türe ab. Er blieb nur im Türrahmen stehen um zu sehen ob Sian ihm folgte und als er das tat, ging Enar weiter um dann am Ende eines wirklich sehr großen Tisches stehen zu bleiben. Auf diesen Tisch passte eine ganze Wagenladung köstliches Essen und während er das dachte, erinnerte sein Magen ihn, dass er heute noch nicht wirklich etwas gegessen hatte. Bis auf das knappe Frühstück heute Morgen, dass aus einer Scheibe Brot und einer Scheibe des geräucherten Fleisches, fiel ihm nicht so wirklich ein, was er sonst zu sich genommen hatte.

Ein lautes Lachen unterbrach die fast schon recht unangenehme Stille zwischen ihm und seinem Freund, das den ganzen Raum einzunehmen schien. Während er sich umdrehte, beschlich ihn das Gefühl, dass er einen Fehler begangen hatte.

Kapitel 13

Sian drehte sich um und erblickte Gestalt von einem Mann. Er war nicht ansatzweise so groß wie Ragna oder gar Goliath, doch war er für einen Menschen eindrucksvoll. Muskelmaße bespannte vor allem seine Arme und den Torso, er wirkte auf den Blonden, als hätte er schon einmal im Krieg gekämpft. Gab es überhaupt in diesem Land Krieg? Wieder einmal wurde ihm bewusst, dass er eigentlich so gar nichts über das Hier und Jetzt wusste.

Dunkle Haare, länger noch als die seinen, waren zurück gebunden zu einem losen Pferdeschwanz, auf der so hellen Haut entdeckte er Muster mit schwarzer Tinte in die Haut gestochen.

Verschiedene Muster, Zeichen ähnlich dem knapp unter seiner Handfläche, das er eigentlich schon längst vergessen hatte. Für einen Moment abgelenkt, starrte er die Tätowierung und verglich die beiden Muster mit den verschlungenen Linien. Doch bevor er darauf einging, betrachtete er den großen Mann vor ihm weiterhin. Sian selbst empfand sich selbst eher kleiner unter den ganzen Männern, die er schon begegnet war. So war es nichts Neues, dass er eher klein gegenüber einem anderen wirkte, doch so war es wohl noch offensichtlicher. Sein Freund Enar musterte diese Konstellation schweigend und während Sian seinen Magen innerlich rügte, weil er solche Geräusche von sich gab, spürte er, wie seine Magen vor Scham leicht brannten.

„Aegir, wir sind gerade angekommen", unterbrach sein Freund das Schweigen und der Blonde war ihm beinahe um den Hals gefallen dafür.

Er wusste nicht so recht, was er sagen sollte und es war ihm auch ziemlich unangenehm. Als er aufsah um das Gesicht des Fremden anzusehen, entdeckte er zwei markante, hellblaue Augen, die ihn klares Wasser erinnerte oder sogar an Eis, das in der Sonne glitzerte. Seine Nase sah etwas schief aus, vielleicht hatte sie mal jemand gebrochen. Über die rechte Wange zum Kinn hin zog sich eine dünne Narbe und zu gerne hätte er gefragt, was dahintersteckte. Es war wahrscheinlich gar nicht mal so interessant, doch die Neugierde trieb Sian dazu, mehr von dem muskulösen Mann wissen zu wollen.

Aegir, wie Enar ihn eben noch genannt hatte, rieb sich die Hände und nickte stolz. Er hatte wohl nichts dagegen, dass der Jüngere einfach so aufgetaucht war, eben, weil er alles kennen lernen und wissen wollte, was hier genau vor sich ging. Zwar mochte sie die Rebellion sein oder irgendwas in der Richtung, doch irgendetwas fühlte sich daran einfach nicht richtig an. Ob er Aegir daran beschuldigen konnte, war nicht klar, genauso wenig aber konnte er es ignorieren.

Erneut verriet ein lautes Grummeln den Hunger des jungen Mannes, der verschämt auf den Boden sah. Doch keinen der beiden Erwachsenen schien das zu stören, im Gegenteil. Fast schon darüber erfreut, klatschte der Mann vor ihm in die Hände.

„Gut, dann werden wir erst einmal essen", bestimmte er bevor er sich von ihnen abwandte und auch schon verschwunden war.

Er konnte noch seine Stimme hören, die lauthals nach Essen rief und Sian war sich ziemlich sicher, dass die Leute hier gerne die Bedürfnisse ihres Anführers erfüllten. Wie weit diese Erfüllungen gingen, das wollte er gar nicht wissen, er stellte sich auf jeden Fall nichts Gutes darunter vor. Irgendwie hatte sich sein ungutes Gefühl weiter verstärkt, obwohl der ältere Mann mit dem dunklen Bart, der nicht einmal ein Anzeichen von grauem Haar machte, ja an sich nett wirkte. Doch irgendwas in ihm flüsterte ihm ein, dass er hierbei wirklich sehr vorsichtig sein musste. Enar und Birga schienen ihm ja beide zu vertrauen, aber wer sagte ihm, dass genau für diese Rebellen-Geschichte Aegir der Richtige war.

Nicht einmal eine Stunde später war der gesamte große Tisch gedeckt mit immens gutaussehenden Speisen. Und obwohl Sian am Liebsten abgelehnt hätte, konnte er dazu einfach nicht nein sagen. Er würde auf jeden Fall etwas mit zu Lehy und Ragna nehmen, die sich ja genauso wie er selbst, seit Tagen von dem Essen auf dem Markt oder des Gasthofes ernährten. Und wenn sie alle mal ehrlich waren, das war nicht unbedingt das beste Essen, das sie jemals gegessen hatten.

Langsam füllte sich der Raum mit den verschiedensten Leuten, die er alle nicht kannte, bis auf die alte Frau zu seiner linken und Enar zu seiner rechten. Ihm war es unangenehm, unter all diesen Menschen zu sitzen, nicht, weil sie fremd waren, sondern weil er sich allgemein nicht unbedingt wohl unter so vielen fühlte. Ihr kleines Grüppchen, bestehend aus den Vieren, denen er vertraute, und ihm, das war genau perfekt gewesen.

Die Stühle, auf denen sie saßen, waren verdammt bequem und während er die Leute um sich betrachtete, um einen genaueren Eindruck zu gewinnen, lehnte er sich zurück. Es waren die unterschiedlichsten Leute da, von klein bis groß, dick und dünn, muskulös oder eher schlaksig. Waren so viele interessiert an der Rebellion? Oder ging es einfach nur um etwas Anderes?

Gerade als er überlegte, ob was genau er sich auf den Teller tun sollte, stand Aegir, der am Ende des Tisches saß, auf und hob seinen Tonkrug empor.

„Freunde, Genossen, Brüder und Gefährten. Ich möchte euch sagen, wie stolz ich auf uns bin und auf das, was wir geleistet haben. Ich bin mir sicher, dass wir noch viel mehr erreichen können, wenn wir nur zusammenhalten. Ihr seid meine Familie und mein Zuhause, kein König der Welt wird das ändern können. Und nun trinkt schon, ihr alten Bastarde!"

Ein lautes Lachen kam von den verschiedenen Stühlen und Sian rutschte ein Stückchen hinunter mit dem Wunsch, er könnte hiervon einfach verschwinden. Es war ihm wirklich unangenehm, die Zeit mit diesen...nun ja, speziellen Menschen zu verbringen. Er hatte nichts gegen sie, außer vielleicht, dass sie ein wenig laut waren. Sogar während des Essen, bei dem er zwischen Birga und Enar saß, hörte er sie laut reden, schmatzen, rülpsen und was es sonst noch für Laute gab, die er nicht oder eher noch nicht kannte. Während der eine Teil des Tisches einen Witz erzählte, lachte dann die andere Hälfte lautstark darüber. Und so richtig reden konnte er mit Birga oder Enar auch nicht, denn die Stimmen der anderen verschluckte seine Worte, egal wie nachdrücklich er auch sprach. Er würde sich wohl niemals richtig wohl fühlen.

Während er also das Essen zu sich nahm und auch etwas von dem Met trank, der ausgeschenkt wurde, spürte er deutlich die Blicke des Anführers auf sich. Warum genau ihn dieser so zu beobachten schien, das ging ihm nicht ein. Vielleicht weil er einfach ein Fremder war, der zum ersten Mal an seinem Tisch saß und schweigend alles beobachtete. Hielt er ihn für einen Spion? Er würde niemals Alrik unterstützen, der seinen Freund Enar mit seinen Handlungen dazu gebracht hatte, sein Zuhause zu verlassen.

Die Stunden vergingen, die Nacht wurde tiefer, schwärzer und das Gelächter lauter. Noch mehr Alkohol floss, die Männer und Frauen machten Witze, bei denen Sian rote Wangen bekam. So eine Ausdrucksweise war er einfach nicht gewohnt, keiner des kleinen Reisegrüppchens hatte jemals solche Sprüche abgelassen. Birga schien das alles nur zu belächeln, sie empfand es wohl schon als normal, das Menschen sich so benahmen. Im Gasthof waren sie immer zum Essen unter sich in ihrem Zimmer und gingen nur runter, wenn sie ihr „Geschäft" verrichten mussten.

Die Wangen des Blonden begannen zu brennen, aber nicht nur wegen der Verlegenheit, die er bei dieser Situation empfand, sondern auch weil ihm der Alkohol zusetzte, den er trank. Das erste Mal, als er Met getrunken hatte, war auf dem kleinen Fest, das sie im Räuberdorf geschmissen hatten. Hatten die Leute dort auch solche schamlosen Witze gerissen? Er konnte sich gar nicht mehr erinnern, so benebelt war er vom Alkohol und der ausgelassenen Feier gewesen.

Der Morgen graute, als sich die Leute Stück für Stück zurück zogen, manche mit einer der Frauen, die erstaunlicherweise, was den Trunkenheitsgrad anbelangte, ziemlich gut mithalten konnten. Sians Müdigkeit aber, er hatte es auf einen Becher Met belassen, weil er klar denken wollte, wurde immer größer. Er gähnte leise und beobachtete den Rest der Leute, die begannen, den Tisch abzuräumen. Zwei kräftige Arme hoben ihn aus dem Stuhl und obwohl er sich dazu zwingen wollte, die Augen aufzulassen, fielen sie ihm zu.

„Wach schon auf, du Schlafmütze. Es ist bereits Mittag", weckte ihn eine vorwurfsvolle Stimme, die er nur allzu gut kannte.

„Enar..." Seine Stimme klang, als hätte er Baumrinde gegessen, so knarzend wie sie war.

Noch mit geschlossenen Augen tastete er mit seiner Hand über das Bett, auf der Suche nach dem kleinen Nachtkästchen, das immer neben dem Bett stand, bis ihm etwas auffiel. Ruckartig riss er seine Augen auf und sah sich um, er war gar nicht in dem Gasthof mit Lehy, Enar und Ragna. Die beiden Frauen waren dort immer noch, aber er war im Versteck der Vari. Stirnrunzelnd setzte er sich auf, doch da reichte man ihm schon einen Tonbecher. Skeptisch sah er hinein, entdeckte aber klares Wasser, das er hinunterstürzte, als hätte er seit Wochen nichts mehr getrunken.

Atem ringend gab er seinem Freund das Gefäß zurück, der es erneut mit Wasser aus dem Krug füllte. Für einen Moment kniff der Knabe die Augen zu, weil ihn das Licht der Mittagssonne ein wenig blendete. Er blinzelte und mit jedem Mal wurde es erträglicher, sich umzusehen. Er lag in einem Zimmer, das nur mit einem Bett und einer kleinen Kiste ausgestattet war, auf der der Krug stand. Als Enar wieder zu ihm zurückkehrte und sich auf die Kante des Bettes setzte, nahm der Blonde das Getränk entgegen und schluckte es dieses Mal mit langsamen Zügen hinunter. Der Raum ließ ihn sich unsicher fühlen, es war so kahl und fast sogar steril, während unten das bunte Leben geherrscht hatte.

„Wir sollten mit Aegir über das Rätsel des Orakels reden und über König Fjölnirs Schatz."

Dieser Satz brachte Sian dazu, seinen Reisegefährten fassungslos anzublicken. Was? Auf keinen Fall sollten sie jemand anderen davon erzählen, es waren schon zu viele in diese ganze Sache involviert, außerdem war er sich einfach nicht sicher, ob er diesem großen Mann wirklich vertrauen konnte. Selbst nach dieser sehr...eindrucksvollen Feier, warnte ihn sein Bauchgefühl ihn davor, diesem Fremden zu trauen. Deswegen schüttelte er den Kopf und trank noch einmal einen Schluck.

Enar sah dieses Mal ihn skeptisch an, Sian musste ihm erklären, warum er dagegen war. Doch wie sollte es ihm sagen? Das sein Gefühl ihm sagte, das irgendwas mit Aegir nicht stimmte?

„Er könnte uns dabei helfen, in die Kaserne zu kommen", versuchte es Enar und damit traf er einen Punkt bei Sian.

Natürlich war das etwas, worüber er auch schon nachgedacht hatte und er hatte bis jetzt noch immer keine Ahnung, wie er die Wachen überlisten und in diese eine spezielle Zelle kommen sollte. Sie brauchten dabei auf jeden Fall

Hilfe. Ob er diese aber von Aegir erhalten wollte, dabei war er sich einfach so gar nicht sicher.

„Wir werden ihn um Hilfe fragen, aber ich möchte den Grund dafür erst einmal für mich behalten", fügte er an, dabei sah er in Enars blassblaue Augen, die den Blick zweifelnd erwiderten.

Verschlossen, weil er es für richtig hielt, was er da sagte, verschränkte der Jüngere die Arme vor der Brust. Vielleicht mochte es Enar nicht gefallen, mochte es allen anderen nicht gefallen. Dennoch war es seine Entscheidung, die er auf keinen Fall bereuen würde.

Mit einem unzufriedenen Seufzen gab Enar nach, Odin sei dank, denn der Jüngere von beiden hatte nicht wirklich Lust gehabt, mit seinem Gegenüber zu streiten. Auch wenn er für sich dachte, dass er Recht hatte, so fiel es ihm doch sehr schwer, wirkliche Argumente für sein Verhalten zu finden. Alles, was ihm einfiel, war, dass er dem großen Mann mit den schwarzen Haaren und den dunklen Augen einfach nicht traute. Wie sollte er also für sein Verhalten logische Worte finden, wenn er es sich nicht einmal selbst erklären konnte.

Langsam wurde er wieder wach und richtig bei Sinnen, weswegen er nach den letzten Schlücken aus dem großem Gefäß anfing, aufzustehen und sich ausgiebig zu strecken.

Er hatte gefühlt noch nie so viel geschlafen wie heute aber irgendwie tat das auch wirklich gut. Bis auf das seine Muskeln merkwürdig angespannt waren, hatte er das Gefühl, sehr ausgeruht zu sein, was aber auch teilweise daran liegen konnte, dass er hier nicht befürchten musste, in Gefahr zu raten.

Er folgte Enar nach draußen in den Gang, der zu einer schmalen Holztreppe führte. Bei jedem Schritt knarzten die Stufen leise, was ihn ein wenig nervös machte. Wie konnten die Leute einfach so gemütlich hoch und runter laufen, wenn doch jedes Geräusch verkündete, dass sie bald einbrechen würde. Ihm war das echt nicht so ganz geheuer bis er endlich unten war und den Älteren in den Raum folgte, wo gestern noch die Feier stattgefunden hatte.

Mittlerweile war der Raum gänzlich aufgeräumt worden und doch war das, was er als erstes bemerkte, ein roter Haarschopf und die große Frau neben diesem. Er ging erleichtert auf sie zu und legte zur Begrüßung eine Hand auf die flammend roten Haare seiner besten Freundin. Diese stieß empört mit der Hand nach ihm, doch er wusste, dass sie es ihm nicht übelnahm. Im Gegenteil, ihr Lächeln verriet ihm, wie froh auch sie darüber war, dass sie ihn sah.

Als er sich auf einen Stuhl neben ihnen setzte, hatte er den Wunsch, ihnen alles zu erzählen, was er hier so erlebt hatte, auch von der riesigen Feier und dem drum herum. Doch irgendwie fühlte es sich nicht wirklich richtig an, da sie die Feier verpasst hatten. Er hätte es ihnen gerne gegönnt, doch war er sicher, dass das nicht der letzte Moment für solche Festlichkeiten war.

Da Aegir nicht da war, fiel ihm das Reden sehr viel einfacher, auch weil er wollte, dass sie wussten, was er sich so überlegt hatte. Ragna stimmte ihm überein, während Lehy sich nicht ganz sicher über die Sache schien. Er konnte durchaus ihre Zweifel verstehen, auch weil sie beide Aegir wohl nur kurz begegnet als sie von Enar hierhergebracht worden waren.

Während sie hier saßen, kam dann auch der Anführer der Vari zu ihnen herein, dieses Mal mit dem Mittagessen, das aber nicht ganz so üppig ausfiel wie das gestrige Mahl. Zum Glück, Sian hätte so eine Menge nicht zweimal hintereinander essen können.

Der dunkelhaarige Mann stellte sich den zwei Frauen richtig vor und obwohl sie es versuchte zu verbergen, schien Ragna von ihm, äußerlich zumindest, angetan zu sein. Wenn er mit bloßem Auge Maße nehmen müsste, dann war das Kind der Riesen nur ein kleines Stück größer als der Mensch. Sian hoffte, dass sie sich nicht in dem

Fremden irrte, doch auch hier teilte er seine Zweifel gegenüber den Absichten des Rebellenanführers nicht mit.

Als langsam zur Sprache kam, weswegen Sian eigentlich ursprünglich mitgekommen war, pflanzte sich ein ungutes Gefühl im Bauch des Knaben. Dennoch war er sich sicher, dass sie niemals anders an Fjölnirs Schatz kommen konnten. Ohne Hilfe wurde das einfach nichts.

„Morgen wird hier eine große Feier für Odin veranstaltet, um diesen zu ehren, da er half, diese Stadt zu errichten. Am Lichterfest werden alle teilnehmen, auch die Wachen und Soldaten dieser Stadt", teilte Aegir den Anwesenden mit und überraschte damit sogar Enar.

Der Königssohn hatte entweder gar nicht mehr daran gedacht oder es einfach völlig verdrängt, als er darüber nachdachte, legte er eine Hand an sein Kinn. Tatsächlich wäre das eine wirklich gute Gelegenheit, befand Sian. Sie sollten die Gelegenheit beim Schopfe packen, wenn sie wirklich das Relikt haben wollten, weswegen sie überhaupt hier waren. Noch einmal erinnerte er sich an die Worte der beiden Rabenkinder, die auf ihren kleinen Steinthronen ausgesehen hatten wie kleine Puppen, bleich und unnahbar.

Natürlich hatten sie Aegir verschwiegen, warum sie in die Kaserne mussten, beziehungsweise um was es sich genau handelte. Doch der Blonde erkannte, dass der fremde

Mann bereits etwas zu wissen schien. Er durfte ihnen auf keinen Fall in die Quere kommen, ansonsten konnte er es sich abschminken, jemals an seine Erinnerungen zu gelangen.

Ihm war es bis jetzt gar nicht aufgefallen, doch seit sie nun schon unterwegs waren, wurde der Wunsch nach seiner Familie und der Vergangenheit nicht nur immer größer, sondern es hatte sich auch noch mehr Wut angestaut. Wie ein Wolf kratzte dieses Gefühl an seiner Haut, wollte raus und etwas verschlingen, verletzen, jagen und beißen. Meistens hatte er diese Gefühle unter Kontrolle, doch jetzt, wo sie dem Ziel so nah waren, durfte keiner sie stören, da ran zu kommen. Wenn er etwas wusste, dann musste Sian es auf jeden Fall verhindern. König Fjölnirs Schatz durfte nicht in die Hände des muskelbepackten Aegir fallen.

Ein Schaudern überfiel den jungen Mann, doch zum Glück bekam es niemand mit, so dass er sich nach ein paar tiefen Atemzügen schnell wieder beruhigen konnte. Sein Bogen lag noch im Zimmer des Gasthauses, den er gerade wirklich sehr vermisste. Das dunkle Holz gab ihm immer ein wenig das Gefühl, etwas bewirken zu können und auch nicht ungeschützt zu sein.

Das Essen war beendet und obwohl der Junge gerne noch viel mehr Zeit mit Lehy und den anderen verbracht hätte, musste er einfach gerade raus. Ihm fiel Thoralf ein, den er seit dem Tag, seit er das mit der Prophezeiung gehört hatte, nicht mehr sah. Vielleicht würde ein erneuter Besuch seine Nerven wenigstens ein bisschen beruhigen, wobei er sich damit nun auch nicht wirklich sicher war. Ein Versuch war es wert.

Seine rothaarige Freundin begleitete ihn nach draußen, bog aber die nächste Straße in eine andere Richtung als er ab. Sie wollte ihre Mutter besuchen, die an der Schutzmauer Königswinters lebte. Er hatte sie nie so genau gefragt, was der Elternteil Lehys genau machte, glaubte aber, sich zu erinnern, das sie nun zum zweiten Mal verheiratet war und mit ihrem Mann ein Geschäft aufgebaut hatte. Wenn er vor morgen Abend noch einmal Zeit hatte, dann würde er dort vorbei schauen und wenn es nur mal aus Höflichkeit war.

Die schmalen Gassen führten ihn schnell zu dem Wohnplatz des Gelehrten und zum Glück hatte er behalten, wo der alte Mann lebte. Diese Stadt hier war mit ihren unzähligen Möglichkeiten an Wegen ein Labyrinth und noch immer hatte er ein wenig die Furcht, dass er sich hier verlaufen könnte.

Kapitel 14

Als er am Haus von Thoralf ankam, klopfte er an der Holztür, das Geräusch klang irgendwie dumpf. Als der alte Mann ihm die Tür öffnete, schlüpfte Sian hinein und entdeckte am Küchentisch Birga, die genüsslich ein dunkles Gebräu zu sich nahm. Nun, wie es auch sei, die ältere würde auf jeden Fall schon von der Prophezeiung wissen, also konnte er auch gut genug in ihrer Gegenwart mit Thoralf sprechen. Also setzte er sich ebenfalls mit an den Tisch, als der Gelehrte einen Stuhl dazu stellte.

Ein Becher Wasser landete vor seiner Nase und mit einem dankbaren Nicken führte er das Getränk zum Mund ehe er es wieder abstellte und überlegte, wie er das Thema, das ihn beschäftigte, anzusprechen. Dabei bemerkte er, dass die alte Frau ihn musterte, so als wartete sie darauf, was er ihnen sagen würde. Das war nicht so einfach, wusste er doch gar nicht, was die beiden zu diesem Thema dachten. Vermutlich nichts Positives, das wusste er auf jeden Fall sicher.

Mit einem leisen Seufzen nestelte er an seinem Wams herum, suchte dann aber in der Tasche nach dem kleinen

Schriftstück, dass ihm Thoralf beim letzten Mal mitgegeben hatte. Da stand etwas drauf, was ihn beschäftigte, schon seit er es erhalten hatte und das Thema anzuschneiden wäre vielleicht wirklich keine schlechte Idee.

Doch leider fand er die kleine, unscheinbare Pergamentrolle nicht mehr, obwohl er wirklich all die Taschen durchwühlte, die er eben am Körper mit sich trug. Er überlegte hin und her, wo er sie gelassen haben konnte und die einzige Erklärung, die für ihn logisch klang, war, dass sie wohl gestern Abend oder heute Morgen rausgefallen sein musste. Verdrossen sah er auf seinen Becher, zuckte dann aber leicht mit den Schultern und entschied sich, das alles ohne die kleinen Buchstaben auf dem Schreibstück zu bereden. Schließlich wusste er die Worte, die darauf standen, so gut wie auswendig, er hatte ja oft genug drauf gestarrt und es immer wieder in seinen Gedanken wiederholt.

„In der Prophezeiung steht, dass der Wanderer dafür sorgen wird, dass ein neuer König gekrönt wird und der alte zu Fall gebracht wird", begann Sian, wenn auch zögerlich.

Tatsächlich hoffte er auf eine friedliche Lösung, denn auch wenn er bereit war, zu helfen, so gut er eben konnte, war es ihm dennoch am liebsten, wenn er das ohne Kampf tun könnte. Aber Birga bestätigte ihm, was er ohnehin schon ahnte. Kampflos würde sich König Alrik niemals ergeben. Es war ihm zuwider, daran zu denken, wie das alles ausgehen könnte. Nicht auszudenken, was die Vari mit dem herzlosem Adeligen vorhatten, käme er in ihre Gefangenschaft. Bei diesem Gedanken zuckte er leicht zusammen, während Mama Birga ihm beruhigend die Schulter tätschelte.

Am liebsten hätte er noch weiter über diese Prophezeiung geredet, die angeblich ihn betreffen sollte, doch irgendwie scheute er sich auch davor. Die alte Frau mit dem langen, grauen Haaren schien mehr darüber zu wissen, doch in diesem Moment wünschte er sich einfach nur, er wäre niemals in diese Stadt gekommen. Das alles schien einfach so unwirklich, dass er gerade mit dem Gedanken spielte, die Augen zuzumachen und nie wieder darüber nachzudenken. Vielleicht würde er ja am nächsten Morgen aufwachen und alles war nur ein sehr verwirrender, langer Traum gewesen. Und dennoch wusste der Blonde, dass es leider die Realität war.

Als die Sonne sich langsam schon zum Abend neigte, beschloss der junge Mann zurück zu gehen. Es hatte für diesen Moment keinen Sinn mehr, zu hadern, im Gegenteil. Er würde sich mit Enar und den anderen einen Plan überlegen, wie er in diese verfluchte Kaserne kommen könnte, um den Schatz zu bergen. Vermutlich wusste Enar am besten Bescheid, schließlich hatte er hier mal gewohnt. Ob ihnen das Lichtfest morgen dabei half, war natürlich eine andere Sache. Aber man musste Dinge nutzen, die einem zuflogen, auch wenn sie die Chance eben nur minimal hoben.

Als er zu dem kleinen Haus zurückging, das die Vari teilweise beheimatete, gingen ihm ein paar Worte von Birga nicht mehr aus dem Kopf. Als er sie gefragt hatte, was sie täte, wenn sie Alrik gegenüberstehe, hatte sie ihm eine klare Antwort gegeben.

„Ich würde ihm eins überziehen, ihn fesseln und nie wieder zurück ans Tageslicht lassen."

Ihre Worte hatten sich in seinem Kopf eingebrannt. Obwohl er wusste, was dieser Mann alles getan hatte, hatte der Knabe Skrupel davor, ihm etwas anzutun. Klar, er konnte mit dem Bogen jagen, konnte Vieh erledigen ohne mit der Wimper zu zucken. Aber bis jetzt hatte er sich davor gescheut, Pfeile auf Menschen zu schießen. Doch wenn sein oder das Leben seiner Freunde davon abhing, dann würde er sich auf jeden Fall wehren. Er hatte es schon, seit er im Wald aufgewacht war, so gehalten, so würde er es auch weiterhin halten.

Als er durch den Eingang schritt, hörte er eine Vielzahl von Stimmen, denen er neugierig folgte. Dort, in dem Raum mit dem riesenhaften Tisch, war eine Menge an Leuten versammelt, die so gut wie alle noch nie gesehen hatte. Nur ein paar Gesichter kamen ihm bekannt vor, wie das des Bibliothekars, Jorik, eine der Unterstützer der Vari und tatsächlich auch Mitglied der Rebellion. Und weiter hinten saß Lehy mit Ragna, die ihn aber so weit hinten nicht entdeckten.

Die raue Stimme des Anführers unterbrach die leisen Gespräche unter den Leuten, die nicht darauf achteten, dass Sian wieder zurück wahr. Vermutlich nahmen sie ihn einfach nicht wahr, jetzt schon recht nicht mehr, als Aegirs Worte sie begeisterte.

„Leute! Ihr seid meine Familie und daran wird sich nie etwas ändern!"

Die Leute erhoben zustimmend ihre Krüge, die sie alle in der Hand hielten als wäre es angewachsen. Doch sie verstummten wieder, als Aegir weitersprach.

„Morgen beim Lichterfest haben wir die Möglichkeit, etwas zu bewirken! Wir können etwas ändern, wenn wir alle zusammenhalten. Das ist eine Gelegenheit, die sich nie wieder so ergeben wird für uns. Wir alle hier haben die Gelegenheit, etwas zu verändern und deswegen müssen wir dem

König nun endlich zeigen, was wir so draufhaben. Morgen, wenn der alte Alrik durch die Straßen zieht, sind wir da und wir zeigen ihm, aus welchem Holz die Vari geschnitzt sind."

Laute Zustimmung klirrte in seinen Ohren als die Leute ihre Krüge hoben um miteinander anzustoßen und genüsslich davon zu trinken, was auch immer sich dort drinnen befand. Etwas alkoholfreies würde es wohl auf keinen Fall sein. Hoffentlich wachten die Leute morgen mit klaren Verstand auf wenn sie sich wirklich gegen den König stellen wollten. Es war ein komisches Gefühl dabei zu zu sehen, wie die Frauen und Männer feierten, obwohl es nicht mal wirklich etwas zu feiern gab. Niemand konnte ihnen garantieren, dass sie das alle hier unbeschadet überstehen würde.

Neben ihn gesellte sich Mama Birga dazu, die nun auch angekommen war. Sie legte eine Hand auf Sians Schulter während sie seinen Blick folgte, der sich auf Aegir konzentrierte. Bei Odins heiligem Atem, das hier würde alles andere als gut ausgehen, sagte ihm zumindest sein Bauchgefühl. Trotzdem würde er nichts dazu sagen, denn auf keinen Fall wollte er die Menschenmenge da vor ihm gegen sich aufbringen. Das wäre eher unklug und er hing doch an seinem Leben. Außerdem war das wohl die einzige

Chance für sie, an den Schatz des ersten Königs zu gelangen.

Nach einigen Minuten aber wendete er sich von dem ganzen Spektakel ab. Er wollte den Leuten nicht dabei zusehen, wie sie ihr Unglück planten, er musste selbst daran denken, wie er in diese Kaserne hineinkam und dann wieder hinaus ohne dabei erwischt zu werden. Lehy würde ihn wohl begleiten, sie war schnell und findig, verlor aber dabei nie ihr Ziel aus den Augen. Das hatte er schon bei ihrer ersten Begegnung gemerkt, als sie ihm aus dem Lager Goliaths befreit hatte. Ob dieser jemals zurückgekehrt war? Oder hatte er die Flucht ergriffen, nachdem ihm der Brand im Räuberdorf solche Angst gemacht hatte? Wer wusste das schon?

In der Küche des Hauses, in dem er nun vorübergehend wohnte, gab es einen kleinen Tisch, an den er sich setzte und für einen Moment etwas Ruhe zu bekommen. Ein wenig später setzte sich Birga zu ihm, sie hatte wohl auch kein reges Interesse daran, anderen Menschen dabei zuzusehen, wie sie sich hemmungslos betranken und feierten. Er schüttelte den Kopf, verbrachte dann aber den restlichen Abend mit Birga, die sich ausführlich mit ihm unterhielt.

Von ihr erfuhr er zum Teil von der Lage der Dörfer und Städte im Umkreis von Königswinter. Es ging den Menschen dort draußen schlecht. Teilweise hungerten und froren sie, doch der König unternahm nichts um gerade das aufzuhalten. Im Gegenteil, er schien sich nur für sein eigenes Wohl zu interessieren. Gerade das machte Sian so wütend und obwohl er dem dunkelhaarigen Anführer der Vari nicht vertraute, so verstand er gerade jetzt, warum die Rebellion gegründet worden war. Es musste sich etwas ändern und gerade weil der König dazu nicht bereit war, musste man diese Veränderung anders herbeiführen. Dennoch war gerade Gewalt nicht das, was er für das richtige hielt.

In der Zeit, wo er dort saß, lernte er ein paar Leute der Vari kennen, die sich um das Haus bzw. um den Haushalt kümmerten. Da war zum einen Thyri, eine stämmige Frau in mittleren Jahren, die sich zum Teil um das Essen kümmerte, das alle so gierig verschlangen. Ihr Sohn, Yngve, arbeitete zu Weilen im Stall des Königs, von wo aus er schnell an benötigte Informationen rankam. Oft half er mit, Menschen aus der Stadt rein oder raus zu schleusen, da er einige der Wachen ziemlich gut kannte. Sein Haar war sehr hell, fast schon strohblond, wie das seiner Mutter, doch vom Rest schien er eher seinem Vater zu ähneln, der schon vor Jahren verstorben war.

Mit ihnen wohnte ein schmächtiger junger Mann, der ein Freund Yngvis war. Sein Name war Leif, er war kleiner als der Sohn Thyris und kam eigentlich aus einer sehr reichen, wohl behüteten Familie. Doch diese Familie war enge Anhänger des Königs und obwohl er seine Eltern und seine Geschwister sehr liebte, konnte er es nicht mit ansehen, wie sie in ihr Verderben rannten. Deswegen hatte er seine sieben Sachen gepackt und war direkt zu den Rebellen gegangen, wo man ihn mit offenen Armen empfangen hatte.

Am meisten aber faszinierte ihn die Geschichte Harkons, einem alten Mann, der die Rebellen seit Anbeginn unterstützte. Er war als Kind bei den Völva aufgewachsen, Frauen, die Zauber weben konnten. Dann war er selbst zu einem Zauberer geworden, er hatte gelernt, wie man Kleidung magisch verstärken konnte, so dass keine Klinge sie durchtrennen konnte. Dabei dachte Sian oft nach, wie es wohl wäre, selbst zu diesen Leuten hinzugehen und sie zu bitten, ihm so eine Ausbildung zukommen zu lassen. Ob er wohl auch magiebegabt war? Gab es so etwas überhaupt oder war das nur ein Hirngespinst vom alten Mann?

Die Zeit mit den Leuten hier glitt dahin wie ein Boot auf ruhiger See, sie verging ohne dass sie es wirklich merkten. Erst als Sian begann zu gähnen, beschlossen sie, alle zu Bett zu gehen. Noch während er im warmen Bett lag hörte er die feiernden Vari, und, ganz leise, eine singende Thyri, deren Lied ihn in den Schlaf geleitete.

Früh morgens wachte er auf, er hörte die Vögel zwitschern und die kühle Luft begrüßte ihn, was ihn leicht erschaudern ließ. Mit nackten Füßen berührte er den Boden, es musste so früh sein, dass alle anderen noch schliefen. Wann wohl die anderen schlafen gegangen waren? Er war sich sicher, dass die Feier noch lange angedauert hatte, doch zum Glück war er schnell eingeschlafen um alles mitzubekommen.

Unruhig geworden stand er auf um sich ein wenig die Beine zu vertreten und vielleicht etwas Essen zu finden, den er hatte wirklich Hunger. Gerade als er die Treppe hinunterstieg und sich daranmachte, die Küche aufzusuchen, entdeckte er einen Lichtschein aus dem Raum mit dem großen Tisch. Für einen Moment spielte er mit den Gedanken, einfach daran vorbei zu gehen und seine Neugier links liegen zu lassen. Doch das konnte er nicht, es lag einfach nicht in seiner Natur.

Als er in das Zimmer hineinblickte, entdeckte er Aegir, der auf eine Karte hinunter stierte. Und obwohl er so gar kein gutes Gefühl dabeihatte, ging er in den Raum hinein und klopfte leise gegen den Tisch um seine Aufmerksamkeit zu gewinnen. Der Anführer der Vari blickte irritierte zu dem jüngeren, bis sich ein unheilvolles Lächeln auf seine Lippen widerspiegelte. Und obwohl er eigentlich am Liebsten den nächsten Moment rausgegangen wäre, kam er näher um sich die Karte anzusehen und ihn zu frage, was er gerade plante. Sian hoffte nur, dass morgen alles glatt laufen würde, denn er wollte niemanden verletzt wissen. Dennoch war es die einzige Chance, die sie hatten um an diese unsägliche Truhe zu kommen, nach der er schon seit einer gefühlten Ewigkeit suchte.

Kapitel 15

Während er sich neben den Tisch stellte, um ebenfalls auf die Karte zu blicken, entdeckte er, dass diese den unteren Bereich von Königswinter abdeckte. Er erinnerte sich daran, dass es noch ein oberes Plateau gab, auf der das Schloss gebaut war und man einen langen Gang nach unten gehen musste bis man wieder in die Stadt kam. Mittig gelegen war ein großer Marktplatz mit vielen Ständen der Verkäufer, von wo er sich immer einen Happen Essen geholt hatte um dann weiter die Stadt zu erforschen.

Die Marktschreier waren ihm mit ihren lauten Stimmen waren lebhaft in seinem Gedächtnis eingebrannt so wie die alten und jungen Frauen, die ihm verschiedene Leckereien anboten. Er hätte gerne oft genug nein gesagt, doch sie rochen einfach viel zu gut als dass er sie einfach so ignorieren konnte. Wenn er es ganz ernst nehmen würde, dann hatte er wohl dabei auch ein wenig zugenommen, obwohl er es nicht näher herausfinden wollte.

Wenn man vom Stadtplatz wegkommen wollten, führten verschiedene kleine Straßen in noch kleinere Gassen. Es waren so unfassbar viele, dass man sie unmöglich zählen konnte. Jede Gasse schien in eine neue hinein zu führen, es war fast wie in einem Labyrinth und er wunderte sich wirklich, wie man sich in dieser Stadt nicht verlief. Es war komisch, aber so langsam fing er wirklich an, diese Stadt zu lieben.

Während er selbst darüber nachdachte, wie man morgen am besten vorgehen sollte, bemerkte er aus dem Augenwinkel eine Bewegung neben ihm. Eigentlich wollte er nicht genauer hinsehen, doch er tat es und mit erschrockener Mimik beobachtete er, wie Aegir die kleine Schriftrolle auseinanderzog, die sich sonst in der Tasche seines Wamses befand.

„Der, der wandert ohne Gedächtnis...", begann er zu lesen, doch Sian versuchte ihn zu stoppen, indem er nach dem kleinen Fetzen Pergament griff.

Der Blonde jaulte leise als sein Knie gegen den Tisch stieß, Schmerz durchfuhr ihn und er krallte sich mit der Hand, mit der er noch das Schriftstück erwischen wollte, an der Kante fest. Wut durchfuhr ihn und ließ ihn wie einen Wolf knurren während er versuchte, sich nicht auf ihn zu stürzen um etwas herauf zu beschwören, was er nur verlieren konnte.

Der spöttische Blick, der ihn daraufhin traf, machte ihn noch mehr wütend als zuvor und obwohl er versuchte, sich innerlich einzureden, dass er nichts tun sollte, was er später bereuen würde, so tat er sich damit wirklich schwer. Er hatte geahnt, dass mit diesem Mann etwas nicht stimmte, doch wenn er von seiner Prophezeiung wusste, dann war auf jeden Fall etwas falsch. Der Blick des Blonden wanderten zu den verschiedenen Tätowierungen auf der blassen Haut des Varianführers und erneut

musterte er das Zeichen, das genauso auf seiner Haut eingebrannt wirkte wie bei ihm. Ob er wohl in irgendeiner Weise in Verbindung mit diesem Mann stand?

„Weißt du, kleiner Sian, als ich von der Prophezeiung erfuhr, dachte ich, es geht dabei um mich. Ich bin vor einigen Jahren hier hergelangt, ohne Essen oder Heimat. Von meiner Vergangenheit wusste ich nichts und niemand konnte mir sagen, wer meine Eltern sind."

Mit skeptischem Blick beobachtete der Jüngere, wie sich der Mann mit den dunklen Haaren auf einen Stuhl setzte und er bemerkte ebenso den auffordernden Blick des anderen, es ihm gleich zu tun. Und obwohl er überhaupt nicht wollte, so tat er es und setzte sich ebenfalls auf das leise knarzende Möbelstück um ihn von dort aus besser im Auge zu behalten. Sians Knie pochte vor Schmerz, doch er ignorierte es weitgehend, denn seine gesamte Aufmerksamkeit war nur auf den Mann dort fokussiert.

„Als ich in deinem Alter war, kam ich nach Königswinter. Ich hatte keine Erinnerung an meine Vergangenheit
und erhielt meinen Namen vom alten Harkon, der mich unter seine Fittiche nahm. Er gab mir Essen und einen warmen Platz zu schlafen. Das Haus hier, in dem wir uns gerade befinden, gehörte einst ihm bevor er es mir zur Verfügung stellte. Mit der Zeit erkannte ich, dass meine Aufgabe
es nicht war, die Prophezeiung zu erfüllen, doch ich musste
vorbereitet sein, wenn derjenige kam, um den es ging. Ich
machte meine Ausbildung als Schmied, wurde dabei stark
und lernte die Menschen in der Stadt kennen. Doch je länger ich hier lebte umso mehr begriff ich, dass ich nicht länger warten konnte, ich gründete mit Harkon zusammen die
Vari. Immer mehr Menschen stießen zu uns, weil sie nicht
mehr wollten, dass dieser König alles kontrollierte."

Auch wenn Sian noch immer abgeneigt von dem großen Mann dort war, so erschien ihm seine Geschichte irgendwie logisch. Vielleicht war es auch das, was er für ihn
empfand, er war misstrauisch, weil er ihm so ähnlich war.
Für einen Moment schielte er auf das Zeichen an seinem
Handgelenk, dass er sonst nie weiter beachtete, weil er sich
daran gewöhnt hatte. Es war da, wie eine verheilte Wunde
verhielt es sich, es schmerzte nicht und machte sich auch
sonst nicht wirklich bemerkbar. Nur die dunkle Farbe auf

seiner Haut, die verschlungenen Linien, die die Dreieinig-keit bildete, machten es so wirklich besonders. Und das selbe Zeichen zierte Aegirs Brust, knapp unter dem Schlüs-selbein.

„Die Leute warten, Sian. Sie warten darauf, dass je-mand sie retten wird. Das kann niemand, das müssen sie al-lein schaffen aber vielleicht können wir beide ihnen den richtigen Anstoß dazu geben. Du und ich, die ohne Namen und ohne Vergangenheit sind, wissen ganz genau, wie es ist, auf sich gestellt zu sein. Birga ist sehr von ihr überzeugt und ich vertraue der alten Frau mein Leben an. Also setze ich ebenfalls mein Vertrauen in dich, enttäusche mich nicht.“

Nach der Ansprache stieß der Blonde überfordert den Atem aus während Aegirs blauen Augen sich von ihm ab-wendeten um wieder die Karte zu studieren. Natürlich wusste er, was davon abhing und wie wichtig die ganze Sa-che doch auch war, doch so wirklich einsehen konnte er es nicht, dass gerade er essentieller Teil von dem großen Gan-zen war.

Um Abstand zu dem großen Mann zu gewinnen, stand der jüngere auf und ging aus dem Raum, dabei fiel ihm sein eigentliches Ziel wieder ein. Essen. Sein Körper verlangte nach Nahrung und er gab diesem Verlangen nach. In der

Küche angekommen, schnitt er sich eine dicke Scheibe Brot hinunter, belegte sie mit Wurst und schlang sie hinunter, als hätte er seit Tagen nichts mehr Anständiges gegessen.

So langsam brach der Tag an und das Haus erwachte. Über ihm hörte er Schritte, die zur Treppe wanderten und dann auch hinuntergingen. Es fühlte sich gut an, die alltäglichen Geräusche zu hören, es beruhigte ihn auf eine komische Art und Weise. Durch die Tür schritt die dunkelhaarige Thyri und setzte ihm nach kurzer Zeit einen dampfenden Becher vor. Manchmal vergaß er, wie köstlich so ein Tee sein konnte, wenn man sich nur ein wenig Zeit und Mühe gab. In seinem Bauch wurde es ganz warm und auch so fühlte er sich nach der liebevollen Geste von der älteren Frau berührt. Wenn er eine Mutter hatte, so wünschte er sich, sie wäre so wie sie.

Mit der Zeit setzten sich auch Ragna, Lehy, Enar und Briga zu ihm, es war ein wirklich schönes Gefühl, seine alten Reisekameraden um sich herum zu haben. In den letzten Tagen hatte es sich so angefühlt, als wären sie inzwischen zerteilt und zerstreut, doch sie zeigten ihm, dass er sich hiermit irrte. Seufzend sah er sich in der Runde um, selbst wenn sie in letzter Zeit seine Launen aushalten hatte müssen, so wusste er einfach, dass sie zu ihm halten würden. Er hätte ihnen allen schon langen von der Prophezeiung erzählen sollen, gerade jetzt war der günstigste Zeitpunkt dafür. Gerade als er ansetzen wollte um ihnen zu erzählen, was heute morgen passiert war, da rann Leif in den Raum um sie zu holen.

Man hörte Aegirs kräftige Stimme schon im Gang und obwohl er heute morgen diese Begegnung mit dem Anführer hatte, so gefiel es ihm so gar nicht, die gesprochenen Worte zu hören. Irgendwie hatte er an sich schon eine Ablehnung gegenüber diesem Mann, auch wenn er sie wohl niemals offen aussprechen wollte. Lehy griff nach seinem Arm und hackte sich ein als er im Türrahmen stehen blieb um den weiteren Verlauf zu lauschen.

Eins musste er ihm lassen, er hatte seinen Plan Detail für Detail durchgedacht. Niemals hätte er damit gerechnet, denn es schien ihm alles so willkürlich zu passieren. Doch nun, mit dieser Struktur im Kopf, hatte er die Hoffnung auf eine Chance, eine einfache Lösung, die möglicherweise Gewalt vermied. Während er den Worten lauschte, blickte er zu Lehy hinunter, die sich immer mehr an ihn drückte. Er musste dringend mit Ragna sprechen bevor das hier einen Lauf nahm, der alles verändern würde.

Es herrschte eine Aufbruchstimmung als die letzten Worte verklangen, doch er konnte nichts zu Ragna sagen, da Lehy noch an seinem Arm hing. Erst als die Leute Stück für Stück aus dem Haus traten um nicht sofort entdeckt zu werden, gab er der großen Frau ein Zeichen, dass er mit ihr sprechen musste. Unter dem Vorwand, dass er etwas vergessen hatte, ging er zurück und bat sie, sich um den Rotschopf und die alte Frau zu kümmern, sollte etwas passieren. Kaum jemand wusste etwas von ihrer Mutter und so sollte es auch bleiben. Dort konnten sie sich wunderbar verstecken.

Stunden später waren alle auf ihren Positionen, Sians rechte Hand umklammerte den Schaft seines Bogens, den er sich geholt hatte, mit der anderen versicherte er sich, dass der Schlüssel an der Stelle war, wo er auch hingehörte. Ein aufgeregtes Beben ging durch seinen Körper, er benetzte seine trockenen Lippen mit seiner Zunge und spürte die Kälte um sich herum nun deutlich. Er hatte keine Ahnung, wie kalt es eigentlich war, doch es war kalt genug, dass sein Atem in einem kleinen Nebelgeschwader in die Luft stieg.

Neben ihm stand der schmächtige Leif, ihm gegenüber stand Lehy und er blickte ihr in die Augen. Seit sie sich in der kleinen Seitengasse versteckt hatten, war kein Wort über ihre Lippen gekommen. Sein Herz pochte laut und kräftig, das hier musste schnell gehen und niemand durfte sie dabei erwischen wie sie in das Gebäude rein und wieder rausgingen. Er holte tief Luft und ließ dabei seine rothaarige Freundin nicht aus den Augen. Irgendwie hätte er ihr gerne mitgeteilt, was er für sie empfand, was er für sie alle empfand, weil sie ihm in dieser gesamten Zeit wie eine Familie waren. Jeder einzelnen der kleinen Gruppe, die mit ihm quer durch das Land gereist war, standen ihm näher als es ein anderer sein konnte.

Schwere Schritte richteten seine Aufmerksamkeit auf die breite Straße und er lugte aus seinem Versteck hervor um zu sehen, was da vor sich ging. Um zur Kaserne zu gelangen, mussten sie quer über den gepflasterten Weg huschen. Der Zug aus den Wachen, ein paar Priestern und Anhängern, der königlichen Familie und dem König selbst schritt im langsamen Tempo durch die Stadt. Sians Augen suchten Alrik in der großen Gruppe, doch er erhaschte nur den blonden Schopf mit der mit Edelsteinen geschmückten Krone. Erst als die Prozession außer Sicht war, rührten die drei sich und Leben fuhr in ihre vor Kälte taub gewordenen Gelenke.

Leif war der erste, der aus der Gasse herausrannte und überprüfte, ob alles so weit war, wie es sein sollte. Erst als er ihnen ein Zeichen gab, folgten sie ihm über die Straße, doch Sian stoppte, als er zwei Wachen erblickte, die aus der Kaserne heraustraten. Zum Glück hatten sie ihn noch nicht entdeckt, so geräuschlos wie nur möglich eilte er auf die andere Seite, wo ihn seine Mitstreiter erwarteten.

Sie verkrochen sich hinter einem Marktstand und während sie alle drei fast schon gleichzeitig den Atem anhielten um auch so ja kein Geräusch zu machen, lauschte der blonde Knabe angestrengt um jedes Wort mitzubekommen, das fallen konnte. Doch die beiden jungen Männer in Uniform unterhielten sich über den heutigen Tag und die Feier danach, da sollten sie wohl Met, Bier oder dergleichen bekommen. Sian war gerade nicht besonders neidisch darauf, in diesem Moment brauchte er einen scharfen Verstand und musste so schnell sein, wie es ihm auch nur möglich war. Erst als auch die beiden Wachen weg waren, konnten sie sicher sein, dass keiner sie beobachten würde, wie sie in die Kaserne reingingen. Leif blieb draußen um sie rechtzeitig zu warnen, wenn sich jemand oder etwas dem Haus näherte.

Sians Herz schlug schneller als er sich näher an die schwere Tür schlich. Es sah einfach alles so aus wie er es geträumt hatte, sogar das leise Geräusch, wenn er die Tür öffnete, war genau dasselbe. Lehy ging hinter ihm her und ließ ihn nicht aus den Augen während er sich umsah, ob ja auch kein weiterer der Leute Alriks hier vorbeikam. Es sah aber relativ sicher aus, weswegen er erleichtert den Atem ausstieß und die Tür öffnete um sich dann mit Lehy hinein zu schmuggeln.

Das Innere des Gebäudes war fahl beleuchtet, nur ein einzelnes Fenster und wenige Fackeln spendeten Licht, ein Schauer durchfuhr den schmächtigen Leib des Jungen. Hoffentlich tauchte nicht dieser Schatten auf, der ihm in seinem Traum begegnet war. Er wüsste nicht, was er dann tun sollte, denn dieses Geschöpf war vermutlich nicht einmal von dieser Welt. Nervös klopfte er mit dem rechten Fuß auf dem Steinboden unter ihm, wohl um sich selbst zu beruhigen oder nahm er schon nervöse Ticks an?

„Sian, ich bin bei dir", raunte seine beste Freundin und mit einem halbherzigen Lächeln nickte er.

Mit schnellen Schritten eilten sie beide zur Treppe, die hinunterführte, doch er zögerte, sie hinunter zu gehen. Sollte er Lehy sagen, um was er Ragna gebeten hatte? Vermutlich nicht, sie wäre vermutlich mehr als böse auf ihn und er konnte es sogar verstehen. Doch ihre Sicherheit war ihm wichtig, mehr noch, sie bedeutete ihm alles. Er wollte niemanden von seiner Familie verlieren und dazu gehörte dieser Rotschopf einfach.

Schnell schüttelte er den Kopf und reagierte auf Lehys auffordernden Blick mit Bewegung. Sie rannten zum Verlies hinunter, wo dieses Mal nur eine Person in der Zelle saß. Ein ausgemergelter Mann, den sie beide erkannten und Wut stieg in ihm auf.

„Jorik…!" Noch während sein Name über ihre Lippen kam, stürzte sie auf die Zelle zu und rüttelte an den Gittern.

Bestürzt verfolgte Sian das Spektakel, doch sein Blick glitt gleich darauf zur letzten Kammer ganz hinten. Wenn sie sich nicht beeilten, würde man sie noch fassen und das konnte er einfach nicht zulassen.

„Lehy, befreie du Jorik und geht, ich kümmere mich um alles andere", beschloss er deswegen und ohne auf irgendwelche Widerworte zu hören, lief er weit nach hinten, um dann an der besagten Stelle stehen zu bleiben.

Sein Herz raste noch immer, schneller als er es jemals für möglich gedacht hatte. Vorsichtig drückte er die Tür auf und tatsächlich, es war das Einfachste der Welt sie zu öffnen. Entweder wusste der König tatsächlich nichts davon oder er hätte dem Jüngeren niemals zugetraut, den Schatz von König Fjölnir zu finden. Noch einmal holte er tief Luft, dann schritt er hinein. Mit den Augen suchte er die

Wand ab, es musste doch irgendwo sein. Und mit jeder Sekunde, die er suchte, wurde er verzweifelter. Seine Hände glitten über die kühle Wand, er hatte sich diesen Traum doch nicht eingebildet. Einfach alles hatte so gut zusammengepasst. Er durfte einfach nicht aufgeben, Panik überfiel seinen Verstand und mit jeder Minute, die verging, glaubte er noch mehr an einen schlechten Scherz der Nornen.

Gerade als er dabei war, aufzugeben, fand er zwischen den Rillen der Steine einen kleinen Schalter. Sein Herz flatterte als er den Schalter hinunter drückte und leises Knarzen und Knacksen ertönte vor ihm.

Kapitel 16

Mit großen Augen beobachtete der junge Mann, wie sich vor ihm eine Öffnung auftat. Er würde gerne zurück zu Lehy sehen um zu gucken, ob auch alles in Ordnung war, aber er konnte einfach keine Sekunde länger warten. Mit tiefen Atemzügen versuchte er sich zu beruhigen, während all seine Konzentration darauf konzentriert war, in der Dunkelheit des Ganges, der sich hinter der Mauer befand, etwas sehen zu können. Wie lange hatte er schon auf diesen Moment gewartet, Wochen, Monate, vielleicht sogar Jahre? Der Moment, als er im Wald die Augen geöffnet hatte, war gefühlt eine Ewigkeit her.

Langsam trat er durch die Öffnung und beobachtete den Eingang hinter ihm, doch es tat sich nichts, weswegen er dem Weg einfach folgte. Schuldgefühle krochen in ihm hoch, weil er Lehy nicht geholfen hatte, doch er ging einfach weiter. Lange Zeit sah er nur die Schemen, die ihm den Weg wiesen und obwohl er zu gerne eine Lichtquelle hätte, wagte er es nicht, sich eine Fackel oder dergleichen zu holen.

Licht blendete ihn als er ans Ende des langen Weges kam und erst als er sich an die Helligkeit gewöhnt hatte, erkannte er, was die Quelle war. Über ihn hingen gefühlt tausende Kristalle, die ein sonderbares Licht abgaben und so den gesamten Raum erleuchteten. Er staunte nicht schlecht und noch während er in den Raum eintrat, hatte er das Gefühl, dass er hier richtig war. Wie könnte es auch anders sein. Er benetzte nervös seine Lippen mit seiner Zunge und suchte mit den Augen sein Ziel.

Es war wirklich unschwer zu erkennen, was sein Ziel war. In der Mitte des Raumes, auf einem schweren Steinaltar, stand eine Truhe, mit Gold und Silber verziert. Ein Wappen war darauf zu sehen, ein Drache mit Augen aus grünen Edelsteinen und drei Schwänzen. Sian zog den Schlüssel hinaus, Aufregung jagte durch seinen Körper und ließ ihn ganz aufgeregt werden. Er war an seinem Ziel angekommen, er hatte seine Bestimmung erfüllt. Diese blöde Prophezeiung von wegen der Wanderer oder sonst was konnte ihn mal. Niemals, niemals, niemals würde er sich so einfach ergeben. Er würde den Inhalt nehmen und...ja, was war dann? Was sollte er damit nun tun?

Blinzelnd sah er auf den alten, rostigen Gegenstand in seiner Hand und sein Herz fühlte sich auf einmal ganz schwer an. Niemand hatte ihm gesagt, was dann seine Aufgabe war und er selbst wusste nicht, was damit zu tun war. Mit einem leisen, ergebenen Seufzen drückte er den Schlüssel in das Schloss und für eine Millisekunde hatte er Angst, dass er alles umsonst gemacht hatte. Was sollte er dann allen sagen? War wirklich alles umsonst gewesen?

Doch er passte und noch während er ihn im Schloss herumdrehte, hatte er das Gefühl, nicht alleine hier zu sein. Doch er drehte sich mehrmals um, da war niemand und er hörte auch keine Schritte auf sich zukommen. Vermutlich spielten ihm seine Sinne Streiche, weil er wegen der Anspannung so empfindlich war. Mit einem leichten Stoß öffnete er die Truhe. Staub wirbelte auf und ließ ihn husten, mit der Hand wedelte er vor sich herum um die Wolke aus Staub von sich fern zu halten. Das machte es nicht unbedingt besser, doch bald war er davon befreit und konnte sehen, was sich da in der Kiste befand.

Unter einer Staubschicht verborgen fand er zwei lange Gegenstände in Tüchern eingewickelt. Als er das erste aufschlug, fand er eine Schwertscheide darin, zwar staubig aber doch schön anzusehen. Der Rand war mit goldenen Streifen verziert und genau in der Mitte war, wie bei dem Drachen, ein Smaragd zu sehen. Sollte der Schatz etwa nur diese Schwertscheide sein? Er schlug den zweiten Teil auf und entdeckte auch das passende Schwert dazu, doch war diese in drei Teile gesplittert. Vorsichtig berührte er das Schwert und zuckte zurück, er hatte sich geschnitten und zudem war das Eisen eiskalt. Beim Anblick des noch immer strahlenden Materials vermutete er, dass vielleicht ein Zauber darauf lag. Über die Jahre hätte das Schwert rosten müssen. Vorsichtig zog er das Tuch unter dem Schwert hervor und schob die Teile der Waffe in die dafür vorgesehene Scheide hinein. So konnte er sich sicher sein, dass er beim Umschnallen selber keine Verletzungen davontrug. Noch während er den gefundenen Schatz an den Gürtel Band, dort wo auch sein Köcher hing, fuhr ein Beben durch den Raum.

Die Lichter des Raumes flackerten, einer der Kristalle fiel hinunter und zerberste vor seinen Füßen. Noch während er das Geräusch hörte, sprang er einen Schritt zurück und keuchte überrascht, weil er so gar nicht damit gerechnet hatte. Weiße Schwaden tauchten vor ihm auf, schienen nach ihm zu greifen um ihn zu einem der ihren zu machen. Doch sie hielten mit einem Mal inne und verblassten bevor eine Gestalt sich in der Mitte des Raumes materialisierte.

Wie beim Berggeist bemerkte er die unheimliche Blässe des großgewachsenen Mannes. Er trug eine Krone auf dem schwarzen Haar und wirkte mit seinem Bart zusammen auf eine seltsame Art sehr respekteinflößend. Sein Blick schien den Jungen zu durchlöchern, für einen kurzen Moment spielte Sian mit dem Gedanken, einfach weg zu rennen um ihm zu entkommen. Doch das war einfach nicht seine Art, er war kein Feigling und würde sich niemals so einfach vor etwas davonlaufen, was er nicht kannte. Also blickte er in seine Augen, während das Pochen seines Herzens immer lauter wurde und er zweifel daran hegte, ob er wirklich so mutig war.

Der Raum mit den Lichtkristallen, die nach dem Auftauchen des Geistes fahler wirkten, wurde kälter. Eine Stimme ertönte, wie als wäre sie von weit entfernt und doch meißelte sie sich in seinen Kopf ein. Männlich und kraftvoll, dabei verlangend nach Respekt und Ehre. Keinem anderen würde er diese zusprechen außer ihm, denn es wurde ihm klar, dass vor ihm der Geist König Fjölnirs stand.

„Bring das Schwert zum Göttervater."

Stirn runzelnd betrachtete er den Geist, als wolle er ihm ein Ammenmärchen erzählen. Es konnte nur er sein, der mit ihm gesprochen hatte. Und wie sollte er denn bitte Fjölnirs Schatz zu Odin persönlich bringen? Es war ja nicht so als wohnte dieser mal neben an. Einfach so an eine Tür zu klopfen mit der Hoffnung, es sei Odin hinter dieser war einfach keine gute Idee. Doch dann sah er vor seinem geistigen Auge einen simplen Steinaltar auf dem Berg, der genau hinter der Stadt stand. Als der König damals wohl die Stadt errichtete, hatte er zu Odins Ehren diesen Altar errichten lassen und noch während er zurücktaumelte, begriff er, dass seine Reise noch lange nicht zu Ende war. Verflucht nochmal, würde das hier jemals enden?

„Na gut...", murmelte er wütend während er sich wieder fasste.

Er musste wohl echt mal den übernatürlichen Wesen beibringen, dass man nicht einfach in den Geist eines Menschen eindrang, wann es einen beliebte. Der junge Mann runzelte die Stirn und noch während er sich überlegte, was er zu der Erscheinung vor ihm sagen sollte, begann dieser zu entschwinden. Frustriert aber auch teilweise erleichtert, weil er echt nicht wusste, was er noch sagen sollte, stieß er leise den Atem aus. Auf dieser verworrenen Reise war ihm schon manche Seltsamkeiten begegnet, doch er war immer wieder überrascht, wie sehr ihn diese verwundeten. Zu gut hatte er noch die Begegnung mit dem Schrat in Erinnerung, der von ihm den Schlüssel gefordert hatte und sich doch dabei verbrannte.

Wenn er es recht bedachte, hatte er wohl wirklich eine schützende Hand über sich. Zu oft war er schon aus verschiedenen Situationen rausgekommen, die echt gefährlich hätten enden können. Von Anfang an schien ihn etwas zu verfolgen und alles daran zu setzen, ihn zu sabotieren. Wie oft musste er denn noch fast umgebracht, entführt, bedroht und der Kälte ausgesetzt werden, bis dass die Götter endlich zufrieden waren?

Das hier schien auf jeden Fall nicht das Ende zu sein und so sah er sich noch einmal um, als ob er etwas vergessen hätte und doch zögerte er es nur hinaus, nach draußen zu gehen. Doch als er keinen Grund mehr fand, hier zu bleiben, drehte er sich um und ging den selben Weg zurück, den er benutzt hatte um hier her zu kommen. Als er den langen Gang wieder verließ und sich in der Zelle wiederfand, schloss sich die Steintür mit lautem Krachen und Knarzen, es sah aus als wäre dort nie etwas gewesen. Den Drang ignorierend, die Tür erneut zu öffnen. Er war einfach so neugierig und wünschte, er hätte sich noch mehr umsehen können, doch das schlechte Gewissen gegenüber Lehy ließ ihn nicht los. Und so beeilte er sich, dass er aus dem kleinen Raum hinauslief, den Gang absuchte ob noch jemand hier war und dann nach draußen eilte.

Lautes Geschrei drang an seine Ohren als er den Ausgang erreichte, Lehy schien nicht mehr im Gebäude zu sein und das war ein ziemlich gutes Zeichen für ihn. Man hatte sie anscheinend nicht erwischt, was ihn erleichtert aufseufzen ließ. Eine Sorge weniger, die er sich machen musste. Während er kurzzeitig überlegte, mit dem Schwert zu Odins Altar zu eilen, entschied er sich kurzfristig anders. Er musste sehen, ob es allen gut ging, er musste wissen, dass niemandem etwas passiert war. Also eilte er den Stimmen nach, die so etwas riefen wie „nieder mit dem König!" oder „Alriks Zeit ist vorbei!".

„Sian!"

Der Klang seines Namens ließ ihn stoppen und sich umsehen, er erspähte Aegir in einer der zahlreichen kleinen Gassen Königswinters und wunderte sich, warum er nicht bei den anderen waren. Diejenigen, die um Alriks Zug aufzuhalten, einen Kreis um ihn gebildet hatten und damit Sian mehr Zeit verschafft hatten. Diejenigen, die für ihn in diesem Moment die mutigsten Männer und Frauen der Welt waren, weil sie so etwas für einen schmächtigen Jungen wie ihn taten ohne groß nach dem Warum zu fragen.

Weil er die Chance minimieren wollte, entdeckt zu werden, lief er zu ihm und blickte in die dunklen Augen des bärtigen Mannes. Er wollte ihn fragen, was er hier wollte, warum er nicht bei den anderen war, doch er kam nicht zum Reden, denn Aegir begann ihn auszufragen.

Er erzählte ihm alles, von dem schmalen, dunklen Gang bis zur Kammer mit der Truhe. Als er den Geist erwähnte, runzelte er die Stirn, vor allem als er seine Vermutung äußerte, dass es sich um König Fjölnir selbst handelte. Der Geist hatte sich nicht wirklich vorgestellt noch hatte er wirklich den Kopf gehabt, ihn danach zu fragen. Doch das sollte eigentlich auch nicht von Belang sein, es gab viel Wichtigeres zu tun.

„Hör mir zu, Sian...", begann Aegir und schon allein bei diesen 4 Wörtern bekam der Blonde ein richtig ungutes Gefühl dabei, fast als warte da sein Todesurteil. „...Fjölnir hat das Schwert nicht umsonst versteckt. Wer immer es hat, der reagiert über dieses Land und jeden, der es bewohnt. Man kann gutes und auch böses damit bewirken, doch solange es zerbrochen ist, kann kein Gott, kein König, Prinz, nicht einmal du etwas damit bewirken."

Sians leckte sich über die trockenen Lippen, ein Tick, den er seit er hier in der Stadt war, übernommen hatte. Wenn er es richtig verstand, musste er einen Weg finden, das Schwert wieder zusammen zu fügen. Oh und er durfte dabei natürlich nicht draufgehen, denn das Schwert war nicht nur scharf wie sonst was, sondern ebenso eisig kalt.

Langsam wurde diese ganze Reise nicht nur sehr absurd, sondern verlangte Dinge von ihm, von denen er echt keine Ahnung hatte. Hoffentlich konnte ihm Odin, wo immer auch sein mochte, helfen. Einen anderen Ausweg gab es wohl aus der Misere nicht.

„Versprich mir, dass du dich um alle kümmerst. Um Lehy und Ragna, Birga, Enar."

Seine Stimme ließ kein Nein zu und das merkte der Varianführer wohl auch. Ein entschlossenes Nicken beruhigte den jüngeren etwas, dennoch wäre er am liebsten da geblieben um selbst nach allen zu sehen.

„Es werden wohl kaum noch Wachen an den Toren sein, dennoch wird Yngve dich begleiten und wenn nötig nach draußen schmuggeln. Bei Thor, ich hoffe, du findest eine Lösung."

Der Pfiff, den Aegir dann ausstieß, ließ ihn zusammenzucken und dennoch war er erleichtert, als er den Blondschopf entdeckte, den er gestern kennen gelernt hatte. Er hoffte, dass es seiner Mutter gut ging, dort wo sie war und dass sie keiner Gefahr ausgesetzt wurde. Thyri war ein herzensguter Mensch und er wünschte, dass seine Mutter genauso jemand war wie diese Person.

Er blickte den großen Mann mit dem dunklen Haaren noch einmal in die Augen bevor er als Zeichen des Abschieds nickte und mit dem ungefähr Gleichaltrigen davonlief. Seine Begleitung benutzte dabei Wege und Pfade, die er nicht einmal kannte, doch vermutlich war es einfach der schnellste Weg um aus der Stadt zu kommen. Ihre Schritte hallten auf den gepflasterten Weg wieder, Sians Atem ging schnell und er war erleichtert, als sie mit einem gewissen Abstand zum Tor stehen blieben.

„Es ist nur Ronan als Wache da, er ist einer von uns."

Der Mann, den Yngve meinte, lehnte sich gegen die Mauer und betrachtete seine Fingernägel, als wären diese das interessanteste der Welt. Es sah nicht so aus, als würde der Mann dort sich nicht wirklich darum kümmern, wer da an ihm vorbeiging. Selbst die helle Aufregung mitten in der Stadt schien ihn nicht zu kümmern, was in Sian irgendwie den Wunsch erweckte, ihn zu rügen. Warum bei allen Göttern half er den anderen nicht?

Er spürte Yngves Hand auf seiner Schulter, sein Kopf hob sich und er sah das verschmitzte Lächeln auf seinen Lippen. Konnte es sein, dass jeder einzelne von ihnen glaubte, dass er diese Sache gut machen würde? Dass er es schaffen könnte, einen König zu stürzen und einen neuen zu ernennen= Ihm lag etwas auf der Zunge, das er gerne gesagt hätte, doch war das weder der richtige Augenblick noch die richtige Zeit. Deswegen sah er dem anderen entschlossen in die Augen und lief einfach los. Er sah nicht zurück, sonst wäre er geblieben.

Kapitel 17

Eisiger Wind wehte und ließ ihn erneut erschaudern, während er sich noch mehr in seinen Wams hinein drückte. Für die Masse an Schnee, die hier lag, war er viel zu leicht angezogen. Er blickte hinunter auf Königswinter, während er in Gedanken bei seinen Freunden und den Vari war. Seit gefühlt Stunden lief er diesen Berg hinauf, der hinter der Stadt lag. Er war unbarmherzig steil.

Sians Kräfte begannen langsam zu schwinden, je länger der Anstieg dauerte. Seine Beine steckten tief im Schnee, die er jedes Mal anheben musste um den nächsten Schritt zu machen. Immer wieder musste er Pausen machen, weil es ihn so anstrengte. Dabei war der Wind nicht gerade hilfreich, im Gegenteil. Und trotzdem gab er nicht auf, denn er musste einfach sein Ziel erreichen. Dabei hatte er nicht einmal eine Ahnung, wo genau sich dieser Altar befand. War er an der Spitze des Berges? Oder irgendwo mitten darauf? Diese Hetzjagd von einem Punkt zum anderen machte so gar keinen Sinn mehr. Was hatte Königswinter überhaupt mit ihm zu tun, auch wenn es ihn natürlich interessierte, was aus den Menschen dort wurde. Er wollte sich nicht als Held aufspielen, denn er war keiner.

Die Glieder des jungen Mannes wurden schwerer und schwerer, die Augen fielen ihm immer wieder zu. Er wurde müde und wusste nicht, wie lange er das noch durchhalten konnte. Schwindel packte ihn und noch während er sich dagegen wehrte, fiel er mit dem Rücken zu Boden. Weißer Schnee empfing ihn und ließen ihn ein Stück einsinken, Kälte kroch unter seine Haut und in die Glieder. Seine Augen fielen zu und eisige Schwärze umfing den blonden Jungen.

Etwas warmes, nasses fuhr über sein Gesicht und weckte ihn aus einem nicht so ganz erholsamen Schlaf. Er wendete sein Gesicht ab, doch wohin er es auch drehte, es schien ihn zu verfolgen. Mit geschlossenen Augen versuchte er den Ursprung weg zu schieben, doch er war zu schwach. Er ließ seinen Arm wieder sinken und öffnete die Augen, um zu sehen, wer ihn da so malträtierte. Grauweißes Fell bewegte sich vor seiner Nase und er musste leise niesen.

Eisig blaue Augen starrten in die seinen und obwohl er sich damit schwertat, setzte er sich auf um das Etwas, dass ihn mit seiner Zunge geweckt hatte, besser sehen zu können. Er musste lächeln als er den Wolf erkannte, dem er schon einige Male begegnet war. Dankbar umfasste er das Gesicht des Tieres und schmiegte sich fest an ihn.

„Du hast mich vor dem Erfrieren gerettet", flüsterte er, während er das Gefühl des weichen, warmen Felles genoss, das sich gegen ihn drückte.

Er wäre gerne weiterhin so verweilt, doch erinnerte er sich durch das Gewicht am Rücken, dass da noch eine Aufgabe auf ihn wartete. Strampelnd versuchte er festen Stand zu bekommen, um sich dann hoch zu hieven. Nur mit viel Mühe, Not und der Hilfe des großen Wolfes schaffte er es, aufzustehen. Der Wind hatte inzwischen nachgelassen, doch er sah zu dem Wolf und ihm lag die Bitte, bei ihm zu bleiben, auf den Lippen. Doch vermutlich musste er es nicht mal laut aussprechen, denn der Wolf verstand ihn so oder so, da war er sich sicher.

Er wollte gleich los stampfen, doch das Geschöpf setzte sich einfach hin und sah ihn auffordernd an. Sian runzelte seine Stirn und betrachtete die Situation mit einem irritierten Blick. Was sollte er denn jetzt tun? Ein Gedanke mit bitterem Beigeschmack schlich sich in seinen Kopf, den er darauf hin gleich schüttelte.

„Ich werde nicht auf dir reiten!"

Aufforderndes Knurren, das kein Widerspruch zu ließ, unterbrach das ablehnendes Verhalten des jungen Mannes. Er versuchte erneut dem Tier klar zu machen, dass er auf keinen Fall auf seinen Rücken steigen würde, doch erneut machte der Klang des Geräusches tief aus seiner Kehle ihm klar, dass seine Worte ihm hier nicht weiterbrachten. Dieses Tier war einfach so unfassbar stur, dass er dafür Bewunderung übrighatte.

„Du Dickschädel...", brummte er während er sich zu dem Wesen umdrehte.

Dieses war wieder aufgestanden, hielt sich aber gebeugt, damit der Blonde aufsteigen und an ihm festhalten konnte. Kaum dass er festen und vor allem sicheren Halt hatte, sprintete der Wolf los. Seine Pfoten waren lautlos, nur der Schnee knirschte unter ihnen während er immer mehr an Geschwindigkeit zulegte. Er schien ganz genau zu wissen, wohin Sian musste, was diesen immer mehr denken ließ, dass das hier kein gewöhnliches Exemplar seiner Gattung war. Gut, man könnte schon allein von der Größe davon ausgehen, aber er hatte Wissen und Instinkt, das man auch gut einem Menschen zusprechen könnte. Und irgendwie schien er ihn immer wieder zu finden.

Dabei fiel dem Knaben auf, dass vor allem er aber auch sein Zwilling ihn immer wieder vor Gefahren rettete. Zum ersten Mal auf den Konungr, als er den Mut verlor und beinahe nicht mehr weitergehen wollte. Dann als sie von diesen komischen Spielmannsleuten unter Drogen gesetzt und entführt worden waren. Sein Leben schien sich immer wieder in komische Bahnen zu lenken und die Wölfe waren wohl ein großer Teil davon.

Je weiter höher sie gelangten, umso kälter wurde es natürlich und um sich davon etwas zu schützen, drückte er sein Gesicht mehr in das weiche Fell. Es fühlte sich fast schon ein wenig vertraut an. Er musste lächeln während seine Hände sich an ihn krallten, mit der Hoffnung, dass er ihm nicht weh tun würde. Das Geschöpf zeigte keine Anzeichen von Schmerz, was den Reiter sehr beruhigte.

Die Zeit schritt immer weiter voran, das ganz hier schien einfach kein Ende zu nehmen. Es fiel ihm immer schwerer, sich an sein Reittier fest zu halten und dennoch drückte er sich immer mehr an es, als würde sein gesamtes Leben davon abhängen. Tränen sammelten sich in seinen Augen, die er mit blinzeln versuchte zu verscheuchen. Kamen sie, weil ihm kalt war oder weil er an all die Menschen dort in Königswinter denken musste, die sich wegen ihm in Gefahr begeben hatten?

Irgendwann aber hielt das starke, kräftige Wesen doch an, durch den Ruck fiel Sian fast hinunter. Seine Beine fühlten sich ganz wackelig und auch ein wenig wund an, als er hinunterstieg. Seine Augen suchten die schneebedeckte Gegend ab und erkannten schnell das Ziel seiner Odyssee. Der Altar war aus massiven Stein, grau und dazu auch recht klobig. Als er dort hin stampfte, folgte ihm sein Begleiter.

Seine Finger müssten eigentlich schon zu Eiszapfen geworden sein, so kalt war es hier. Doch als er seine Hände auf den Gegenstand legte, fühlte dieser sich warm an, fast schon ein wenig lebendig. Ein leises Klopfen ging von ihm aus, wie ein Herzschlag in der Brust eines Menschen. Es war angenehm und beruhigend, er spielte tatsächlich mit dem Gedanken, seinen Ohr gegen den Stein zu drücken und dem Ganzen zu lauschen. Doch gerade wegen dieser absurden Idee schüttelte er den Kopf.

Stattdessen tat er das Einzige, was ihm in den Sinn kam, er schnallte die Scheide von seinem Gürtel und begann, die drei Teile auf den Altar zu legen. Das war einfacher gesagt, als gemacht, denn wie sollte er das tun, wenn er es nicht berühren konnte. Nur mit schütteln und rütteln schaffte er es, was ihn einen erleichterten Seufzer entlockte. Na wenigstens hatte er etwas auf dieser komischen Reise geschafft, wenn es auch nicht viel war. Zusammen mit den

Schwertstücken legte er den hübsch dekorierten Schutz dafür dazu.

Doch was jetzt? Würde Odin nun einfach vom Himmel steigen und ihn fröhlich begrüßen? Er konnte sich nicht vorstellen, dass er ein großes Aufsehen um seine Erscheinung machte oder wollte der Gott, dass Sian einen Beschwörungszauber sprach? Sollte er tanzen, Blut vergießen, ein Gebet sprechen oder alles zusammen? Noch während er ratlos in den Himmel über ihn starrte, der mit ein paar Wolken verhangen war, verließ ihn langsam die Zuversicht. Er war für die Menschen dort unten die reinste Enttäuschung, das hätte er ihnen auch gleich sagen können. Mit leisem Seufzen wendete er sich an seinen tierischen Freund, der einfach nur neben ihn saß und wohl auf das gleiche Wunder wartete, wie er.

„Soll ich mal mit ihm reden? Du weißt schon, von Mensch zu Gott?", fragte er ihn in seiner Notlage und wusste doch, dass er keine Antwort kriegen würde.

Der Gefragte legte seinen Kopf nur schief und sah ihn an, was Sian nur die Schultern zucken ließ. Also gut, dann eben das Gespräch. Was konnte er auch schon verlieren, außer dass Thors Hammer ihn vielleicht niederschlug, weil er unhöflich zu seinem Vater war.

262

„Hey Odin, Allvater oder wie auch immer genannt werden willst...", begann er zögerlich während er seine Schultern nach oben zog, er fühlte sich hier mehr als unbehaglich. „Hier spricht Sian. Du weißt schon...der Auserwählte, der Junge ohne Gedächtnis. Ich hab dir das Schwert gebracht."

Mit jedem Wort mehr war ihm das peinlich und machte ihn verlegener, zum Glück sah keiner zu. Außer vielleicht die Götter, die sich jetzt bestimmt den Bauch hielten vor lachen.

„Ha ha", grummelte er leise während er seinen Gefährten anblickte, der ihn abwartend anblickte.

Eigentlich hatte er kein Interesse an Schwertern, seine Waffe war definitiv der Bogen. Doch während er hier so stand, betrachtete er König Fjölnirs Schatz. Der Griff war mit Leder gebunden und minimierte wohl so die Chance, dass man abrutschen konnte. In den Parierstangen, die beiden kurzen Teile, die vom Griff seitlich abstanden, waren geschmückt mit zwei Smaragden. Das schien wohl der Lieblingsedelstein des Königs gewesen zu sein. Er konnte sich vorstellen, wie er mit dieser Klinge Kampf für Kampf gewonnen hatte.

Als er den Geist des Königs gesehen hatte, er war sich immer noch sehr sicher, dass es Fjölnir gewesen sein musste, da wurde ihm bewusst, dass der erste der Könige ein sehr einzigartiger Mann gewesen sein musste. Seine Stimme, seine Haltung, allein wie er dort stand, hatte einen unvergleichlichen Stolz ausgestrahlt.

Das Heft des Schwertes ging zur Klinge über, die eine merkwürdige Farbe hatte. War der vordere Teil noch silbern von Stahl und braun von Leder, so strahlte der Rest ein bläuliches Weiß aus, was ihn an Eis denken ließ. Tiefes, gefrorenes und unberührtes Eis. Zu gerne hätte er es noch einmal berührt, doch die Wunde an seinem linken Zeigefinger erinnerte ihn daran, was passieren würde, wenn er es tat. Zwar blutete er schon lange nicht mehr, er hatte auch nicht mehr wirklich darauf geachtet, doch tat schmerzte sie noch immer, wenn auch nur ziemlich leicht.

Er hatte während der Zeit nicht darauf geachtet, was sein Retter da tat und noch während er die Teile auf dem Steinblock betrachtete, stieß der Wolf immer wieder mit seiner Nase gegen die Tasche. Als wollte er etwas rausholen.

„Also wirklich...", kam von Sian als er den Kopf des Tieres wegschob, doch diese war nach zwei Sekunden wieder dort und so tat er ihm einfach den Gefallen und öffnete er sie um zu sehen, was er daraus wollte.

Ihm fiel sofort die Frucht des Königsbaumes auf, die er dort hineingetan hatte. Er erinnerte sich an Enars Worte, dass man damit irgendwie Odin selbst beschwören konnte, wenn man nur wusste, wie es ging. Normalerweise würde er das als Irrglaube abtun, als Märchen oder den Rest einer Legende, doch in der Not suchte man eben auch das letzte Fünkchen Hoffnung.

Als er sie herauszog, hatte er fast die Befürchtung, dass die Frucht angefangen hatte, schlecht zu werden, zu schimmeln, doch dem war nicht so. Sie sah immer noch genauso frisch aus wie an dem Tag, als sie hinuntergefallen war. Die dunkelroten Kerne schienen zu schimmern und wenn er einen davon zwischen Daumen und Zeigefinger nahm, so platzten sie und Flüssigkeit, ähnlich wie Blut, quoll hervor. Ein paar der Tropfen fielen in den Schnee, doch er war mehr davon fasziniert, wie es auf seiner Haut aussah.

Leises Knurren ließ ihn seinen Kopf zu dem Ursprung drehen und noch während er fragend dreinblickte, realisierte er, was er mit der Frucht machen musste. Denn Obst war ja zum Essen da und was sonst sollte man, mit Lebensmittel machen.

„Ich...muss es essen, nicht wahr?", fragte er seinen Genossen und so sehr ihn das Ganze auch nicht gefiel, musste er wohl da durch.

„Super."

Seine Freude hielt sich wirklich in Grenzen, er betrachtete die roten kleinen Dinger im Inneren bevor eine Hand voll hinaus holte und sie vor die Lippen hielt. Einen kurzen Atemzug und ein Stoßgebet später, ließ er sie in seinen Mund fallen. Noch schmeckte er kaum etwas, doch wenn er drauf biss, würde sich das sehr schnell ändern. Seine linke Hand legte sich auf den Kopf des Wolfes, um sanft durch sein Fell zu streicheln bevor er anfing zu kauen. Der Geschmack, der ihn überfiel, war echt gewöhnungsbedürftig. Es war sauer und bitter zugleich, er rümpfte seine Nase und kniff angewidert seine Augen zu bevor er es hinunterschluckte. Und wartete.

Kapitel 18

Das Gefühl, beobachtet zu werden, war auf einmal da. In einem Moment hatte Sians Bauch noch gegrummelt, weil er Hunger hatte und die komischen Innereien der Frucht ihm so gar nicht behagte. Doch dann war da auf einmal jemand, der ihn ansah, ohne etwas zu sagen oder zu tun. Irgendwie hatte er Angst davor, die Augen zu öffnen um zu sehen, wer das war. War es Odin, ein Geist oder wieder ein Geschöpf aus dem Wald? Ein Mensch wäre hier eher ungewöhnlich gewesen, hatte man ja extra ihn geschickt um diese Sache hier zu erledigen.

Er spürte eine feuchte Nase an seiner Hand und er musste daraufhin lächeln, weil ihm die Ermutigung wirklich guttat. Langsam hob er seine Lider, seine Augen wurden von dem strahlenden Weiß geblendet, weswegen er sie noch einmal schloss und sie nur langsam und blinzelnd öffnete.

Das erste, was er sah, war ein zweiter Wolf, der dem neben ihm sehr ähnlich sah. Er hatte vielleicht etwas mehr grau im Fell, wirkte aber bei seinem Aussehen anmutig und kräftig. Und neben ihm stand jemand.

Der Fremde stand einfach nur da, in einem bloßen Umhang gekleidet und mit einer Hose aus Stoff und Leder, seine Schuhe sahen gut gefüttert aus. Seine Gestalt allein wirkte eindrucksvoll und dennoch zeigte sein Gesicht Furchen des Alters. Dazu trug auch das schlohweiße Haar bei, das weder wirklich lang noch kurz aussah. Seine Augen, oder besser sein rechtes Auge, hatte eine helle, fast schon weißliche Farbe, während das linke nicht einmal einen Augapfel besaß. Sian wollte nicht dort hinstarren, doch es fiel ihm wirklich schwer, es nicht zu tun.

Er kam näher, die Schneemasse unter ihm schien ihn nicht wirklich zu stören. Während Sian innerlich die Sekunden zählte, hatte er das Bedürfnis den Abstand zwischen dem alten Mann und ihm wieder zu vergrößern. Nicht, dass er sich fürchtete, dennoch war ihm das alles hier nicht wirklich geheuer. Sollte das etwa Odin sein? Der Gott selbst, der Allvater in Menschengestalt? Irgendwie hatte er ihn sich...größer vorgestellt. Jedenfalls für einen Gott wirkte er beinahe schon normal, bis auf das fehlende Auge und der Mühelosigkeit, mit der er den Schnee durchschnitt und an einer der hinteren Ecken seines Altars stehen blieb.

Als er eine Hand auf den Altar legte, ging ein Ruck durch den Körper des jungen Mannes. Seine Haut kribbelte und sein Mund wurde trocken, dieses Schweigen ließ ihn das wilde Trommeln seines Herzens nur noch stärker wahrnehmen. Die Aura, die diesen Mann gab, war sicher nicht von dieser Welt und so bereitete er sich auf die Dinge vor, die vielleicht passieren könnten. Wie etwa, dass er einfach so tot zu Boden fliegen würde, seine Freunde nie wiedersah und alles in allem die Revolution, die Aegir gestartet hatte, einfach sinnlos war.

„Du hast einen langen Weg hinter dir, Sian. Und so leid es mir tut, auch noch einen langen vor dir."

Seine Stimme fuhr dem eben genannten in Mark und Bein, er bekam Gänsehaut, die ihm über die Arme und den Rücken jagte. Er konnte nicht einmal sagen, was ihn daran so beeindruckte. Weder war es seine Art zu reden, noch seine Tonlage oder seine Stimme. Allgemein beeinflusste sein Auftreten Sians Verhalten, was ihn ein wenig wurmte. Er war nicht wirklich ehrfürchtig, noch sehr gläubig. Er erkannte die Anwesenheit der Götter auf der Erde als solches an, doch musste er dabei gleich auf die Knie fallen, wenn er einem begegnete?

Dass er aber seinen Namen kannte und auch wohl wusste, was er alles schon durchgemacht hatte, ließ den Blonden zum Schluss kommen, dass es sich hier tatsächlich um Odin selbst oder einen zauberkundigen Menschen handelte. Letzteres schien ihn in seiner Lage auf dem eisigen Berg eher weniger sinnvoll, obwohl es ihm tatsächlich viel lieber wäre. Mit einem Menschen würde es ihm auf jeden Fall leichter fallen umzugehen als mit einem Gott.

„Nun, wie ich sehe, hast du Geri und Freki schon kennen gelernt. Sie scheinen dich gern zu haben, sonst hätten sie dir niemals geholfen. Eigentlich sind sie sehr eigen, was Kontakt mit menschlichen Wesen betrifft, aber bei dir haben sie wohl eine Ausnahme gemacht."

Der Wolf neben ihm winselte leise und drückte seinen Kopf gegen die Hand des Jungen, der ihn sanft streichelte. Also war das hier neben ihm wohl Geri, da er sich beim Klang seines Namens bewegt hatte. Die Wölfe Odins wurden in den Überlieferungen eher selten genannt, doch die Namen kannte er auf jeden Fall. Der Zwilling setzte sich in den kalten Schnee zur Seite Odins und sah so aus, als würde er für den Rest der Ewigkeit dort verweilen.

Nun endlich fiel sein Blick auf das Schwert, das Sian vor einer gefühlten Ewigkeit dort hingelegt hatte. Allgemein schien seine Reise kein Ende zu nehmen, der Allvater selbst war seine letzte Hoffnung. Wenn einer ihm helfen konnte, dann bestimmt er.

Bevor er ansetzen konnte mit dem Sprechen, hob der Gott eine Hand um ihm zum Schweigen anzuhalten. Daraufhin kniff er seine Lippen aufeinander um den älteren nicht mit Fragen zu durchlöchern. Ob er ihm wohl mit seinen fehlenden Erinnerungen helfen konnte? Er ersehnte sich im Moment nichts mehr, als sich endlich wieder an alles erinnern zu können. Wie alt er war, wie er überhaupt hieß und wer seine Eltern waren, hatte er noch Familie, wartete da jemand auf ihn?

Lehys Gesicht durchzuckte sein inneres Auge, natürlich wartete da jemand auf ihn, doch wie konnte er es vermeiden, die Personen dort in Königswinter zu enttäuschen, wenn er doch alles daransetzte, sich an die anderen zu erinnern.

Odins Schritte knirschten im Schnee als er neben dem Altar Schritt und seine Hand über die kalte Klinge wandern ließ, vom Heft abwärts bis zur Spitze. Vor seinen Augen fügte sich die Waffe zu einer einzigen wieder zusammen und noch während er nicht aus dem Staunen herauskam, fragte er sich, ob das nicht alles eine Illusion war. Es kam ihm so surreal vor, dass sich dieses komische Ding aus Eis einfach so wieder verband, als wäre es niemals getrennt gewesen. Und dabei deutete nichts mehr darauf hin, dass es mal auseinander war, kein Kratzer, nichts. Sian hätte die Klinge gerne berührt um nachzusehen, ob es auch wirklich stimmte und kein Teil mehr ohne das andere war.

„Einst gab ich das Schwert Gram seinen Besitzer, damit es über Fjölnir wachen und ihn beschützen konnte. Doch der König wurde mit jedem Tag arroganter, er ernannte sich zum Alleinherrscher und seine Untertanen mussten unter ihm leiden. Deswegen zerbrach ich das Schwert in der Schlacht bei Völdusgard, damit er sich bewusstwurde, dass Macht allein nicht zählte. Seit dieser Zeit sehe ich mit Wohlgefallen auf das Geschlecht Fjölnirs bis zu dem Tag als die Zwillinge Erik und Alrik geboren wurden."

Beim Klang des Namens, der eigentlich Enar gehörte, stellten sich Sians Härchen am Arm und Nacken auf. Immer wieder vergaß er, dass man ihn eigentlich so nannte, dass er ein Adeliger und somit Teil des Königsgeschlechts war. Doch er nickte nur, damit Odin in seinen Erzählungen fortfahren konnte, es interessierte ihn tatsächlich, wie alles anfing und vielleicht würde er auch zu dem Teil kommen, der Sian betraf. Was hatte das alles mit ihm zu tun.

„Während in mir die Hoffnung wuchs, dass einer der Zwillinge zu einem guten König heranwachsen würde, wurde der andere...nun, du hast es ja selbst gesehen. Alrik ist nicht er selbst, war er nie, doch seine Frau half ein wenig, es einzudämmen. Königin Ingard war eine Frau von großer Güte, voller Liebe und sie hat es geschafft, den

Wahnsinn in ihrem Mann zurück zu halten. Doch bei der Geburt ihres Sohnes Ergil verstarb sie und ließ die beiden zurück. Das alleine genügte aber nicht, Hel, die Göttin der Unterwelt versprach ihm, seine geliebte Frau zurück zu bringen, wenn er mit ihr einen Handel vereinbart. Einen Handel, der dich einschließt, Sian."

Leise schnappte der eben genannte nach Luft, Knurren kam von beiden Wölfen und der, der neben ihn stand, drückte sich an den Jungen, als wolle er ihn vor allen Gefahren schützen. Dem Blonden schwirrte der Kopf, was sollte eine Göttin von ihm wollen? Er war ein Junge, allein auf der Welt, seine Familie kannte er nicht oder wusste nicht einmal, ob sie überhaupt lebte. Was also sollte er haben, was das rechtfertigte?

„Du bist die einzige Seele, die ihr jemals abhandengekommen ist", beantwortete der alte Gott vor ihm, ein leises Geräusch bestätigte, dass er die Waffe zurück in seine Scheide geschoben hatte.

„Sian, du bist ein Wanderer. Du ziehst von einem Leben zum anderen, du hast schon mal existiert und du wirst auch wieder existieren. Dein Tod ist nicht dein Ende, sondern ein Neubeginn und das immer wieder und wieder. Nichts mag diesen Kreislauf durchbrechen, nicht einmal eine Hel. Und doch versucht sie es, denn sie giert nach deiner Seele."

Die Enthüllung ließ in stocksteif werden, er blinzelte während es ihm immer schwerer fiel zu atmen. Die Vorstellung, dass er seit Ewigkeiten existierte und immer wieder auf die Erde kam, nur um dann erneut zu sterben und noch einmal das ganze Leben durch zu machen, fiel ihm in diesem Moment besonders schwer. Blinzelnd blickte er den Gott an, der mehr als ruhig wirkte, als wäre das hier kein schwerwiegendes Ding. Für Sian war es das, schließlich erfuhr man nicht jeden Tag vom Allvater, dass man ein Wanderer ist, oder wie auch immer er ihn betitelt hatte. Und doch machte jetzt die Prophezeiung mehr Sinn.

„Der, der wandert ohne Gedächtnis,
der keine Familie hat und nichts weiß.
Ein Mann, ohne Hindernis,
der die Falten der Welt kennt und vergisst.
Einer, der nicht dazu gehört,
wird Könige überleben, einen krönen
und dem letzten verzeihen,
weil er selbst nicht ohne Fehler ist
und dennoch um verlorene Seelen weint."

In den Tagen, bevor er das kleine Stück Pergament verlor, hatte er immer wieder die Zeilen gelesen, sich diese eingeprägt, als wären sie das Wichtigste auf der ganzen Welt. Er hatte gehofft, darin Antworten zu finden. Doch etwas störte ihn dabei, denn obwohl er kein Gedächtnis hatte, dachte er immer, er würde dazu gehören. Irgendwie fühlte es sich immer so an, wenn er mit den anderen gesprochen hatte.

„Nun, wenn ich nicht dazu gehöre, woher komme ich dann?"

Das Gesicht Odins zog Furchen, er runzelte seine Stirn und starrte ununterbrochen ins Gesicht des Jüngeren. Mittlerweile hatte sich Sian an den Anblick des einen Auges gewöhnt, während das andere einfach leer war.

„Du wurdest in deinem ersten Leben nicht bei den Nordmännern geboren, Sian. Dein Volk lebt weit im Süden, dort, wo man dir das Zeichen der Triqueta auferlegt hat. Die Kelten waren schon immer ein sehr abergläubisches Volk und so dachten sie, dass dich das Zeichen beschützen würde, egal wohin du auch gehst. Ich glaube sogar, deine Mutter war eine Zauberkundige, die mit aller Macht versucht hat, dich vor Gefahren zu bewahren", erklärte der Großgewachsene und Sian erlitt einen weiteren Schock, der ihm beinahe die Sinne raubte.

Fast schon wünschte er, Odin hätte ihm diese Fragen niemals beantwortet. Doch leider konnte er das nicht mehr rückgängig machen und so tat er das Einzige, was ihm sinnvoll erschien. Er schnappte sich das Schwert und band es sich wieder an den Gurt, wo auch sein Köcher mit den Pfeilen verweilte.

„Geri wird dich zur Stadt hinbegleiten, ab da bist du dann wieder auf dich alleine gestellt", warnte er ihn, als der Junge sich von ihm abwendete und durch den Schnee stapfte.

„Sian!", hörte er seinen Namen noch einmal, er wendete sich zu dem mächtigen Mann und sah ihn fragend an.

„Wenn dir niemand dir zuhören will, dann schlag mit der Spitze des Schwertes gegen den Boden. Das wird alle Aufmerksamkeit auf dich richten."

Der Hinweis verwirrte ihn, doch er nickte dann um nicht noch mehr Zeit zu verschwenden. Er hatte sich zwar alles in Ruhe angehört, doch ihm wurde immer stärker bewusst, dass da Leute auf ihn warteten. Er durfte sie nicht enttäuschen und doch war er einfach schon viel zu lang hier. Zwar hatte er jetzt die Antworten, die er wollte und doch war es sehr unbefriedigend gewesen.

Während er erneut auf Geri kletterte, sah er noch einmal zurück. Doch es war niemand mehr zu sehen, nicht einmal der zweite Wolf, der so still neben dem Gott saß, als wäre er eine Statue. Seufzend schmiegte er sich an sein Reittier und schloss seine Augen, er hörte das leise Herzklopfen seines Freundes. Es beruhigte ihn, gleichzeitig aber machte es ihm bewusst, dass diese übernatürlichen Wesen genauso waren wie die Menschen. Sie fühlten, litten und liebten wie jeder andere hier auf diesem Planeten. Es machte keinen Unterschied, woher sie kamen und wohin sie gingen, sie waren noch immer dasselbe wie er oder jeder andere auf diesen Planeten.

Der Ritt zurück war zwar kürzer als der hinauf, dennoch kam er ihm furchtbarer vor. Der steile Berg ließ Geri immer wieder nach unten rutschen, so dass er einige Male anhalten musste, damit er nicht hinfiel und dabei den zitternden Sian verlor. Beim Aufstieg war er so aufgeregt gewesen, weil er einen richtigen Gott treffen und dabei vielleicht Antworten erhalten würde. Doch nun war die Anspannung weg, er fühlte sich wie ein Häufchen Elend auf dem Rücken seines Reisegefährten. Dabei half es auch nicht, dass er durchgeschüttelt wurde und ein paar Male fast runter fiel während der Wolf alles Mögliche tat um genau das zu verhindern.

Kapitel 19

Es war wirklich sehr komisch, wieder festen Boden unter seinen Füßen zu haben, als sein Gefährte ihn vor den Toren der Stadt absetzte. Er streichelte noch einmal den Kopf des Wolfes, ehe dieser sich anspannte und dann davonlief. Er hatte sich ziemlich an den Wolf gewöhnt, weswegen er ihn so ein wenig vermisste während er sich umwandte und das Tor musterte, durch das er gleich gehen würde. Alles hing jetzt von ihm ab, von seinem Mut und dass er Ruhe bewahrte. Sein Herz schlug laut und wild, während er immer wieder tief Luft holte um sich zu beruhigen. Was sollte schon schiefgehen?

Als er durch das Tor schritt, war niemand mehr hier um es zu bewachen. Es war richtig merkwürdig, doch er dankte ebenso dem Umstand dafür. Noch während er in die Stadt hineinging, bemerkte er die seltsame Stille, die sich darübergelegt hatte. Ein ungutes Gefühl beschlich ihn als er die Straße entlang hoch zum Marktplatz ging, wo sich vorhin noch der Auflauf gebildet hatte, um die Prozession des Königs aufzuhalten. Der Schnee knirschte unter ihm während seine Schritte immer schneller und schneller wurden.

Noch während er seinem Ziel näherkam, hörte er tatsächlich Stimmen aus der Richtung. Für eine Sekunde blieb er stehen, nicht nur um nach Atem zu schöpfen, den er gierig einzog, sondern um zu überlegen ob es nicht besser sei, durch eine der Seitenstraßen zu kommen. Von dort aus wäre es nicht so einfach, ihn zu entdecken, falls man es auf ihn abgesehen hatte. Und so, wie er von Odin erfahren hatte, würde das auch so sein. Niemals würde Hel es erlauben, dass man ihn davonkommen ließ.

Also nahm er die Gasse, von der er wusste, dass sie ebenfalls zu dem großen Platz führte, nur, dass er dadurch ein wenig länger brauchte. Wie automatisch führten ihn seine Füße dorthin, wo er hinwollte, denn er kannte mittlerweile diesen Ort besser als er es erwartet hatte. Er wusste gar nicht, wie lange er hier schon verweilt hatte und obwohl er es sich nicht eingestehen wollte, liebte er diese Stadt als wäre sie sein Zuhause.

Am Ende des Weges erkannte er eine Menschenmenge, die dort herumstand und er fluchte leise, weil er nicht erkennen konnte, was geschah. Was war nur los, das all möglichen Leute sich versammeln mussten? Denn laut des Plans von Aegir hätten sie sich schon längst alle auflösen müssen, es war nicht vorhergesehen, dass noch mehr passierte. Er begann sich durch die Massen zu drücken, murmelte ständige Entschuldigungen, falls er jemanden unbeabsichtigt mit dem Ellbogen traf und drängelte sich so immer weiter nach vorn. Es gefiel ihm gar nicht, durch so eine Menschenmasse gehen zu müssen, allgemein war die Anwesenheit für so viele kräftezehrend.

Als er vorne angekommen war, entdeckte er, was los war und ein Zittern ging durch seinen Körper, als er begriff, was in den nächsten Momenten geschehen würde. Viele verschiedene Leute knieten auf dem bloßen Boden, darunter Enar und Aegir. Wie sie die beiden erwischen konnten, war ihm ein Rätsel, doch nach einem kurzen Überblick stellte er erleichtert fest, dass es von Ragna und Lehy keine Spur gab. Hoffentlich war die großgewachsene Frau seiner Bitte nachgekommen und hatte den Rotschopf zu ihrer Mutter gebracht, wo die beiden auch blieben.

Sein Blick fiel nach vorne zum König, der wie eine Statue vorne stand und seinen Blick über die Menge gleiten ließ. Sian konnte nicht sagen, ob die Menschen einverstanden damit waren, was hier passierte oder ob sie es ablehnten. Der blonde Junge hoffte letzteres, denn er konnte es einfach nicht zulassen, dass jemand etwas passierte.

Etwas hinter Alrik stand ein großer Baumstumpf mit einem Korb davor. Der Mann, der gerade seine Axt in der Hand betrachtete, schien sich durch nichts stören zu lassen, was auch immer da gerade um ihn passierte. Bis jetzt konnte er kein Blut oder dergleichen feststellen, doch er ahnte bereits, was das hier werden sollte. Und niemals würde Sian einer Hinrichtung zustimmen. König Alrik und das Volk von Königswinter konnten sich auf etwas gefasst machen.

Erneut suchte sein Blick nach den Mitgliedern der Vari, die dort knieten und er sah Enar, wie dieser sich zusammen kauerte. Verzweifelt dachte er darüber nach, was er machen könnte um das alles zu stoppen. Noch während er mit dem Gedanken spielte, tatsächlich Odins Hinweis in die Tat auszuführen, hörte er jemanden laut seinen Namen rufen. Sein Gesicht wurde kalkweiß als er realisierte, dass es nicht irgendwer war, sondern der blonde Mann mit der Krone. Seine Augen schienen ihn erstechen zu wollen und noch während seine Füße sich wie angewachsen fühlten, stieß ihn jemand von hinten an. Der Knabe stolperte nach vorne, konnte sich gerade vor einem Fall retten.

Er wusste nicht wirklich, was ihm mehr Angst machte, der gefährliche Glanz in Alriks Augen oder die Tatsache, dass seine Freunde bald ohne Kopf waren, wenn er nicht Mut bewies. Er atmete tief ein und aus, er zögerte. Ihm kam der einzig schlüssige Gedanke und so band er das Schwert von seinem Rücken los und hielt die Scheide fest umklammert während er auf das zuging, was sein Ende bedeuten könnte.

„Willst du versuchen, mich mit dem Schwert zu töten, Kind?", begrüßte ihn der König spöttisch, als Antwort schüttelte der Junge den Kopf.

„Ich möchte, dass du all diese Leute frei lässt, jeden einzelnen von ihnen."

Diese Worte ließen den Mann vor ihm laut aufmachen, er lachte laut und lange, hielt sich dabei den Bauch während die Leute um ihn herum anstarrten, als wäre er verrückt. Und mit großer Wahrscheinlichkeit war er das auch.

„Du glaubst doch nicht etwa, dass ich meinen Bruder, den Verräter, einfach so laufen lasse. Er und seine Gruppe von Rebellen wird niemals mehr etwas tun können, was mir schadet!"

Seine Stimme wurde mit jedem Wort wütender, ihr Klang herrischer und seine Worte hinterließen einen Geschmack von Verrücktheit. Während Sian nur vor ihm stand und nichts weiter tat als ihn anzusehen und ihm zu lauschen, überlegte er, wie er am besten aus dieser Situation rauskam. Eigentlich wollte er nichts tun, was einem anderen schaden könnte. In seinem Inneren wusste er, dass es keine andere Möglichkeit geben würde als das Schwert so zu gebrauchen, wie Odin es ihm gesagt hatte.

Seine Hand umklammerte die Schwertscheide fester während er fieberhaft darüber nachdachte, was er tun könnte.

Stimmen riefen laut durcheinander und noch während er nach hinten sah, bemerkte er, dass Enar, Aegir und der Rest der Vari aufgestanden waren. Die Menge an Leuten rund um den Platz schienen das als Anlass zu nehmen, laut Parolen gegen den König zu rufen, ihn zu verwünschen und als niedrigstes aller Wesen zu beschimpfen. Das war zwar nicht gerade das, was Sian sich gewünscht hatte, doch erfüllte es auf jeden Fall seinen Zweck. Alrik war abgelenkt während Sian den Schwertgriff mit seiner freien Hand umfasste.

Aus dem Augenwinkel konnte er sehen, wie sein Freund Enar sich die Handgelenke rieb während er sich zu einem Rotschopf umdrehte, wohl um ihr zu danken. Wenn er eins über Lehy sagen konnte, dann, dass sie stets einen perfekten Auftritt hinlegte. Die Wachen rund um die Truppe schien fassungslos zu sein, da sie das Mädchen nicht bemerkt hatten und noch während er die bläuliche Klinge aus ihrem Schutz hinauszog, bemerkte er, dass der ganze Platz auf einmal still geworden war. In einem Moment hatten die Menschen noch getobt, im anderen schienen sie mehr als fasziniert von dem zu sein, was sie da vor sich hatten.

Das Schwert glänzte trotz der fahlen Wintersonne und noch während er es in seiner Hand drehte, sah er Alrik in die Augen. Sein spöttisches Lachen war dem König völlig entglitten, genauso wie der Ausdruck von Belustigung in seinen Augen. Er wusste nun, dass Sian es völlig ernst meinte, vielleicht erkannte er auch das Schwert in seiner Hand, dass einst seinen Vorfahren gehörte. Wie es auch immer war, Sian war kein Feigling, er war damals nicht vor Enar weggerannt, als dieser ihn köpfen lassen wollte und er würde auch nicht vor seinem Zwilling davonlaufen, der mehr als verrückter war als sein Freund es auch nur ansatzweise sein konnte.

Noch während er überlegte, ob das Angst in den Augen seines Gegners war, hörte er wie Schritte näherkamen und doch wagte er es nicht, sich zu ihnen umzudrehen, denn er traute in diesem Moment dem blonden König alles zu. Als er eine Hand auf seiner Schulter spürte, musste er lächeln, denn er erkannte den leichten Druck der Hand wieder. Enar hatte sich neben ihn gestellt, die Wachen selbst hatten ihn durchgelassen und Sian war gerade mehr als dankbar dafür. Es war immer gut zu wissen, dass dieser

Mann neben ihm zu ihm hielt, egal was auch immer passieren würde.

Das schien dem Zwilling ihm gegenüber so gar nicht gefallen, er fing an zu toben und zu fluchen. Worte kamen aus seinen Mund, von denen Sian niemals gedacht hätte, sie jemals zu hören. Je weiter er machte, umso mehr steigerte er sich hinein und eine Welle aus Verwünschungen ließen Sians Ohren klingeln. Doch er schien nicht mehr damit aufhören zu wollen, sein Kopf wurde rot und das war für ihn das Zeichen, dass er reagieren musste. Kraftvoll und in der Hoffnung, dass er das Schwert nicht beschädigte, schlug er es gegen den massiven Steinboden unter ihm. Das Schwert machte einen klirrenden Laut. Doch das war auch schon alles, jedenfalls für den Moment. Betretenes Schweigen herrschte in den Reihen und der König setzte schon zum Lachen an, als das Unvorhersehbare passierte.

Erst war es ein harmloses Vibrieren, doch mit jedem Augenblick wurde es stärker. Die meisten Leute stürzten zu Boden, die Hände schützend über den Kopf, in Erwartung, dass ein Erdbeben kam. Und es kam, bedrohlich wackelte die Erde und schien ihren Zorn damit Luft machen zu wollen. Noch während er Alrik dabei zusah, wie er fiel, spürte er die Hand seines Freundes, wie sie sich fest an ihn klammerte. Die beiden und Aegir, der wenige Schritte von ihnen weg stand, waren die einzigen, die sich auf den Beinen halten konnten. Gerade, als er das Gefühl hatte, der Boden entglitt ihm unter den Füßen, schien es wieder aufzuhören.

Durch die Anstrengung hatte sich Sians Atem beschleunigt, er fühlte sich als hätte er einen Dauerlauf durch den Wald gemacht. Er schob das Schwert zurück in seinen vorhergesehenen Platz und tadelte Odin in Gedanken dafür, dass er ihm nicht gesagt hatte, was da auf ihn zukommen würde.

Noch während er den König betrachtete, der da am Boden vor ihnen lag, hatte er das Bedürfnis, ihm aufzuhelfen. Er hatte tatsächlich Mitleid mit dem Mann dort, der sich gerade bemühte, wieder auf die Füße zu kommen. Seine Würde hatte er in dem Moment verloren, als er wie ein Käfer auf dem Rücken versucht hatte, aufzustehen und es erst nach einigen Versuchen geschafft hatte.

„Alrik, du bist nicht länger König. Versuche zu begreifen, dass der Thron nicht mehr dein Platz ist, sondern jemand anderen gehört."

Enars Worte ließen den Jungen für einen Moment innehalten. Hieß das, der Königssohn würde nicht verlangen, was ihm nach dem Geburtsrecht tatsächlich zu stand? Alriks Verhalten ließ Sian die Frage vergessen, die ihm zuvor noch auf den Lippen lagen und noch während sich der blonde König auf einen von ihnen stürzen konnte, war nicht nur Sians Bogen auf den Körper des Mannes gerichtet. Unzählige Wachen und ein paar Vari hatten ihre Waffen gezückt, die Drohung lag wie ein offenes Buch in der Luft. Würde er es wagen, auch nur ein Haar von den beiden Männern zu krümmen, so würde er schneller tot sein, als ihm lieb war.

Man konnte den Denkprozess hinter der Stirn des gedemütigten Mannes richtig erkennen, doch er kam wohl zum Schluss, dass es das nicht wert war. Der junge Mann war erleichtert, dass auch die übrigen Menschen eingesehen hatten.

Bevor aber auch nur ein einziger Mann zu Alrik gehen konnten, öffnete sich ein pechschwarzes Tor hinter dem verrückten König. Es öffnete sich und hinaus trat eine Frau, die nicht von dieser Welt schien. Sian erkannte die selbe Aura wie auch bei Odin, es musste definitiv eine Göttin sein. Auf ihrem silbernen Haar saß eine Krone, über und über mit schwarzer Farbe bedeckt und winzigen, roten Edelsteinen, die funkelten, wenn man sie genauer ansah. Ihre Schritte waren anmutig und elegant und das, obwohl sie ein langes Kleid trug. Ihre Handgelenke und ihr Hals trugen Schmuck, der genau aussagte, was sie damit sagen wollte. Ja, sie war wunderschön und hässlich zugleich anzusehen, doch sie trug es mit der größten Fassung, die sich ein normaler Mensch nicht einmal vorstellen konnte.

Lodernde Flammen in blauer Farbe folgten ihren Schritten, sie züngelten vor sich hin und machten zischende Geräusche sobald die Frau stehen blieb. Alrik, der mittlerweile kniete, sah nach oben und sein Gesicht verwandelte sich in eine vor Angst und Grauen verzehrte Maske. Noch während er wimmerte, legte die Göttin eine Hand auf sein Gesicht, die langen Fingernägel, verziert mit roter Farbe darauf, ließ das alles noch erschreckender wirken, als es schon war.

Ihr Lächeln ließ Sian schlucken, sein Herz verkrampfte sich und zum ersten Mal spürte er nicht Angst, sondern blinde Panik. Und obwohl er den Drang hatte, weg zu rennen und jeden anderen in seiner Nähe zu überzeugen, dasselbe zu tun, stand er wie in Stein gemeißelt da.

„Nun, mein Herz", wandte sie sich mit kalter, emotionsloser Stimme an den König und ließ dabei die gesprochenen Worte wie eine einzige Lüge klingen. Hatte sie denn überhaupt ein Herz? „Du hast deinen Teil der Abmachung nicht erfüllt, also soll der Tod dein Ende sein."

Noch während Sian daran dachte, Alrik zu retten, züngelten die hellen Flammen über den Leib des Mannes, der einst ein König war. Zuerst in einer Schockstarre, begann er zu schreien als das Feuer sich durch das Fleisch und Muskeln fraß. Wenige Sekunden später blieben nur noch blanke Knochen zurück, nichts Anderes erinnerte an den eben noch dagewesenen Menschen.

Der junge Mann konnte die Augen einfach nicht von dem Haufen aus Überresten abwenden, so ging es wohl aber auch den meisten. Noch während er fassungslos den Kopf schüttelte, spürte er kalte Augen, die seinen Körper betrachteten, als wäre er Nahrung. Er wollte die Göttin da vorn anschreien, wollte ihr mit aller Kraft bedeuten, dass er niemals auch nur einen Fuß in ihr Totenreich setzen würde. Und sie bemerkte seine Wut, ein schamloses Lächeln breitete sich auf den blassen Lippen aus, das ihm ganz genau sagte, was er schon wusste. Sie wartete auf ihn und würde auch nicht eher ruhen, bis sie ihn endlich hatte. Die Göttin von Helheim ließ keine Seele entkommen und wenn sie hunderte von Jahren danach jagte.

So plötzlich, wie sie gekommen war, so schnell verschwand sie auch wieder. Sian war mehr als froh, als die Frau in das Portal zurückkehrte, alles an ihr hatte ihm Gänsehaut bereitet, vor allem die dunkelroten Augen, die sich in sein Gedächtnis gebrannt hatten. Es herrschte für einige Minuten Schweigen, vermutlich um sich sicher zu sein, dass dieses unheimliche Wesen nicht erneut auftauchen würde. Als eine angemessene Zeit verstrichen war, hallten Jubelrufe über den gesamten Platz von überall her. Nur Sian und Enar war nicht so wirklich nach feiern zu Mute. Dieser Sieg hatte einen bitteren Beigeschmack und irgendwie konnte er sich einfach nicht dazu aufraffen, in die glücklichen Stimmen der Bewohner von Königswinter mit einzustimmen.

Er hoffte, dass Alrik nun bei seiner Frau sein konnte, bezweifelte es allerdings, da er ahnte, dass Hel ziemlich ungnädig mit ihm sein würde.

Noch während er wie ein Stein mitten auf dem Platz stand, blickte er zu Enar auf, der sich selbst unsicher zu sein schien, wie er auf diese Tragödie reagieren sollte. Vermutlich hatte er, genauso wie Sian, gehofft, dass er seinen Zwilling irgendwie auf die gute Seite bringen könnte. Oder wenigstens ihn vor seinem grausamen Schicksal zu beschützen.

Der bittere Nachgeschmack, der sie beide nach dem Ende des König im Mund hatten, wollte einfach nicht weichen als sie sich umdrehten und auch während Lehy zu ihnen gerannt kam, um sie beide zu umarmen, fühlte sich Sian schuldig. Irgendwie hätte er ihn retten können, wäre sein Körper aufgrund der Panik nicht zu Stein verwandelt worden. Er tätschelte Lehys Rücken während er fragend zu

Enar blickte. Dieser sah alles andere als glücklich aus, was er verstehen konnte. Dennoch war er froh darüber, dass ihm nichts passiert war.

In Königswinter würde eine neue Zeit anbrechen und er war sich sicher, dass sein Freund einen großen Teil dazu beitragen würde.

Epilog

Vogelgezwitscher und leises Jaulen rissen den blonden Jungen aus einem sehr unruhigen Schlaf. Noch während er sich die Hand über die Augen hielt, in der Hoffnung, dass er dann wieder einschlief, wälzte sich das große, weiche Ding neben ihm hin und her. Sian seufzte, er war wirklich müde, doch anstatt ihm ein wenig Schlaf zu gönnen, war Geri ganz anderer Meinung. Wölfe.

Grummelnd stand er auf und warf seinem neualten Reisegefährten einen toten Hasen zu, den er gestern auf der Jagd erledigt hatte. Dieser Gierschlund hörte beinahe gar nicht mehr auf zu essen, seit er am Tor auf ihn gewartet hatte und ab diesem Moment dachte er gar nicht mehr daran, ihn zu verlassen. Was Sian eigentlich auch begrüßte, schließlich war er mit ihm viel weniger einsamer.

Er dachte an die Krönung Enars zurück, der dabei ausgesehen hatte, als wäre ihm das alles zuwider. Der König selbst hatte zu seinem Freund gesagt, dass er das alles nur machen wollte bis Ergil alt genug wäre, diese Aufgabe zu übernehmen. Der Sohn Alriks war maximal 3 Jahre alt, also würde es noch eine Weile dauern, bis aus ihm ein verantwortungsbewusster Regent werden würde. Doch Sian glaubte an Enar, der seinen Namen offiziell in diesen geändert hatte lassen. Vermutlich wollte er das Meiste, was ihn an seine Vergangenheit oder seinen Bruder erinnerte, auslöschen. Zum Glück war er liebevoll zu seinem Neffen, aber nichts Anderes hatte er von ihm erwartet.

Die kühle Frühlingsluft ließ Sian gähnen und sich strecken, während seine Hand über seine geschlossenen Augen fuhren und dabei versuchte, den Sand von seinem Schlaf zu vertreiben.

Während seine Gedanken langsam zu Lehy und auch Ragna glitten, bekam er Schuldgefühle. Er hatte beiden einen Brief hinterlassen, wo er ihnen alles erklärte. Kein Detail hatte er ausgelassen, bis auf die Richtung, in die er ging. Odin hatte ihm gesagt, dass er von Kelten abstammte, also würde sein Weg nach Süden führen. Irgendwo dort musste das Geheimnis seiner Herkunft liegen. Er würde nicht eher ruhen, bis er wusste, was mit ihm passiert war.

Unruhig geworden, stand er langsam auf, zog sich an und packte alles wieder in seine Tasche.

„Na komm, Geri", hielt er den Wolf an, aufzustehen und ihm zu folgen. Dieser folgte ihm, ohne sich zu beschweren oder auch nur einen Ton von sich zu geben.

Lange dauerte es nicht, den Wald zu durchqueren und noch während er aus diesem hinaustrat, blendete ihn die helle Morgensonne. Obwohl er die anderen vermisste, tat es irgendwie auch gut, für sich zu sein. Niemand war hier, der ihm sagte, was er zu tun hatte. Aber auch niemand war da, um ihn zu umarmen, wenn er Angst hatte und aus seinen Albträume aufschreckte. Der Schattenmann schien ihn noch immer in seinen Träumen zu verfolgen, doch es schien, als könnte er ihn nicht mehr erreichen.

Erstaunt sah Sian sich um, die Welt unter ihm sah einfach wunderschön aus. Grünes Laub erstreckte sich unter dem Berg, auf dem er stand und er musste lächeln. Ihm stand die ganze Welt offen und er durfte sie bereisen. Geris Kopf schmiegte sich an seine Hand, bevor die beiden sich an den Abstieg machten. Niemand konnte ihn mehr aufhalten.

Ende

Glossar

Die meisten Fremdbegriffe wurden zum größten Teil der altnordischen Sprache entnommen bis auf sehr wenigen Ausnahmen.

Dalairia
Eine Art Code/Begrüßung der Räubersleute, um den anderen zu vergewissern, dass alles gut gegangen ist.

Konungr – König
Der höchste Berg und Wohnsitz des Orakels

Jotunnbarn – Kinder der Riesen
Ein Volk, das von den Riesen abstammt und die einst weit im Norden gewohnt haben. Jetzt sind nur noch wenige mehr übrig, Ragna und Goliath gehören dazu.

Kropr – die Krähe
Der Berggeist des Konungr, der sich nur denen zeigt, die das Schicksal verändern können

Hugin und Munin

Die beiden Jungs sind das Orakel, das auf dem Konungr wohnt. Sian erinnerten sie ein wenig an zwei Krähen, da sie so gierig nach glitzernde Sachen waren.

Geri und Freki

Die beiden Wölfe Odins. Es heißt, dass sie nur selten die Seite ihres Herren verlassen, doch irgendwie scheint Geri das nicht ganz so eng zu sehen.

Nachwort

Kaum zu glauben, dass ich Wolfsmond zu Ende gebracht habe. Es stand ein paar Mal auf der Kippe und ich bin dennoch sehr froh, es durchgezogen zu haben.

Ich fing damals Wolfsmond an zu schreiben, als ich einer sehr misslichen Lage war. Es hat mir geholfen, wieder ein wenig klarer zu werden und zu wissen, was ich eigentlich vom Leben möchte.

Außerdem war ich fasziniert davon, wie man mit Wörtern ein Buch füllen kann und dieses Buch hat mir gezeigt, wie schön es ist, etwas nicht nur zu gestalten, sondern es auch irgendwann zu vollenden.

Leider fällt mir der Abschied von Sian und den anderen nicht einfach, dennoch bin ich mir sicher, dass andere mit der Geschichte ihre Freude haben werden.

Also danke, dass du Wolfsmond gelesen hast, danke auch dafür, dass du das Nachwort liest, weil ich ganz genau weiß, wie oft das eigentlich überblättert wird.

Danksagungen

Ich möchte mich bei allen bedanken, die mir bei dieser langen Reise unterstützt haben, die mir in den Ohren lagen, weil sie endlich Wolfsmond lesen wollten und für all die Aufmunterungen, wenn ich mal wieder Zweifel hatte. Ohne euch hätte ich es nie geschafft, das hier jemals zu Ende zu bekommen und es wäre doch sehr schade um Sians Geschichte gewesen, hätte ich sie niemals vollendet.

Einen besonderen Dank geht an:

Ise, Lumen, Engi, Bambi, ihr lagt mir immer in den Ohren und habt mich dazu gedrängt, weiter zu schreiben. Etwas Besseres konnte mir gar nicht passieren.
Fey, Ito, ihr seid wundertoll. Wenn ich mal jammern musste, dann wart ihr mit einem offenen Ohr da.
All die Leute auf meinem Discord Server, ihr seid eine wahnsinnige Bereicherung und ich freu mich an jeden einzelnen Tag darüber, dass es euch gibt.